星海社
FICTIONS

東離劍遊紀　上之巻　掠風竊塵

分解刑（ニトロプラス）

原案／虚淵玄（ニトロプラス）　Illustration／倉豊瑄

星海社

Illustration　詹豐瑄
Book Design　有馬トモユキ
Font Direction　三本絵理＋阿万愛

東離劍遊紀

上之巻

掠風竊塵《リョウフウセツジン》

原案＝虚淵玄（ニトロプラス）
著＝分解刑（ニトロプラス）
Illustration＝詹豐瑄《センホウセン》

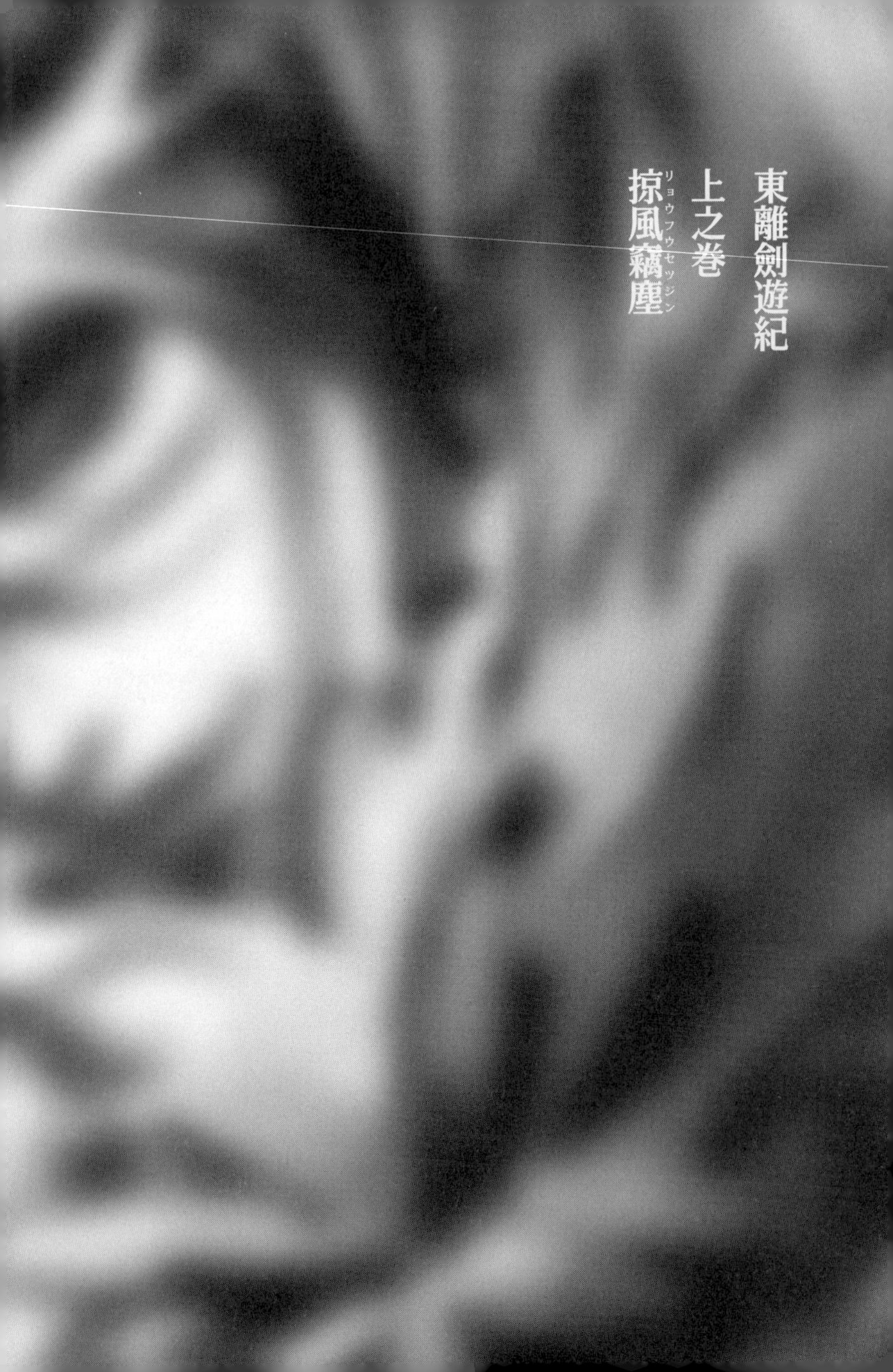

東離劍遊紀

上之巻

掠風竊塵《リョウフウセッジン》

登場人物紹介

凜雪鴉《リンセツア》

綽号《とおりな》：掠風竊塵《リョウフウセツジン》

気品漂う謎多き美丈夫《びじょうふ》。常に煙管《きせる》を手にしている。
博識かつ狡知《こうち》に長け、立ち振る舞いは常に優雅。

殤不患《ショウフカン》

謎多き風来坊。武器は質素な拵《こしら》えの刀。
皮肉屋を装い、常に憎まれ口ばかり叩いているが、性根は義に篤《あつ》い男。

丹翡《タンヒ》

聖剣「天刑劍《てんぎょうけん》」を祀《まつ》る「鍛劍祠《たんけんし》」の番人を代々務めてきた一族の末裔《まつえい》。

伝統と責任を背負ってきた自負ゆえにプライドが高く、生真面目だが、世間知らずでお人好しという純朴《じゅんぼく》な側面も。

狩雲霄《シュウンショウ》

綽号《とおりな》：鋭眼穿楊《エイガンセンヨウ》

冷静沈着な男。弓の名手として東離《とうり》に名が知れ渡る豪傑《ごうけつ》。
捲殘雲《ケンサンウン》を舎弟として連れている。

捲残雲《ケンサンウン》

綽号《とおりな》：寒赫《カンカク》
狩雲霄《シュウンショウ》に憧れ付き従っている舎弟。槍《やり》の使い手。
お調子者で、東離中におのれの名声を轟かせようと躍起《やっき》になっている。

蔑天骸《ベツテンガイ》

綽号《とおりな》：森羅枯骨《シンラココツ》
天然の要害「魔脊山《ませきざん》」に聳《そび》える七罪塔《しちざいとう》を根城とする「玄鬼宗《げんきしゅう》」の頭目《とうもく》。
「鍛剣祠《たんけんし》」を襲撃して「天刑剣《てんぎょうけん》」の柄《つか》を奪い、さらに丹翡《タンヒ》が持つ鍔《つば》をも狙っている。

刑亥《ケイガイ》

綽号《とおりな》：泣宵《キュウショウ》
夜魔《やま》の森に住まう魔族の美女。
窮暮之戰《きゅうぼのせん》が終わり、魔族の軍勢が撤退した後も人間界に残った。人間嫌いであり、とりわけ凜雪鴉《リンセツア》には並々ならぬ憎悪を抱いている。

殺無生《セツムショウ》

綽号《とおりな》：鳴鳳決殺《メイホウケッサツ》
冷酷非情で江湖《こうこ》に名高い殺し屋。無双の剣術を誇る。
過去の因縁により、凜雪鴉《リンセツア》の命を狙っており、執拗《しつよう》に彼を追いかける。強敵と出会えば挑まずにはいられない剣客としての矜持を持つ。

用語集

窮暮之戰《きゅうぼのせん》
二百年前、魔界の軍勢が人間界に攻め込んだ大戦。

神誨魔械《しんかいまかい》
窮暮《きゅうぼ》之《の》戦《せん》の折、神仙の技術によって鍛造された超常の兵器群。これにより人類は魔神に対抗する力を得た。

護印師《ごいんし》
窮暮《きゅうぼ》之《の》戦《せん》以降、神誨魔械《しんかいまかい》を監視・守護する役割を担っている者たちの呼称。

翠輝剣《すいきけん》
丹翡《タンヒ》が持つ、丹家伝来の宝刀。女性向けの拵えで、霊力を帯びた翠晶鉄《すいしょうてつ》によって鍛《たん》造《ぞう》された。

天刑剣《てんぎょうけん》
丹家の護印師《ごいんし》が守護する聖剣。神誨魔械《しんかいまかい》の中でもひときわ強大な力を有するとされる。現在は刀の柄《つか》と鍔《つば》をそれぞれ取り外すことでその力を封じ、柄を丹衡《タンコウ》が、鍔を丹翡《タンヒ》が保有している。

鍛剣祠《たんけんし》

天刑剣《てんぎょうけん》が祀られている祠。丹家によって代々守られてきた。

西幽《せいゆう》／東離《とうり》

窮暮之戦《きゅうぼのせん》の際に生じた鬼歿之地《きぼつのち》が、かつての大国・萬輿《ばんこう》を東西に分断し、西幽《せいゆう》と東離《とうり》の二つの国となった。

鬼歿之地《きぼつのち》

かつての大国・萬輿《ばんこう》を西幽《せいゆう》、東離《とうり》に分断する呪われた荒野。窮暮之戦《きゅうぼのせん》から二百年、この地に足を踏み入れ、生きて帰ったものは誰ひとりとして居ないとされている。

七罪塔《しちざいとう》

三つの関門によって守られた、蔑天骸《ベッテンガイ》の居城《きょじょう》。

魔脊山《ませきざん》

七罪塔《しちざいとう》のある土地。魔界にも等しい瘴気《しょうき》が立ちこめ、常人では踏み入ることすら憚《はばか》られる。

辟邪聖印《へきじゃせいいん》

護印師《ごいんし》たちが習得する防衛結界術。不浄の眷属《けんぞく》の接近を阻《はば》む効力を持つ。

雷鳴、閃光、天地揺るがす轟きを鳴り物に、物語は幕を開ける。
晴天にわって霹靂《へきれき》を聞くかの如《ごと》き、驚天動地の幻想奇譚。

第一章

雨傘の義理

稲妻が天の底を割り、沛雨瀑布《はいうばくふ》に等しく、地に落ちては濁流懸河《だくりゅうけんが》を生ず。

白刃を引っさげ、滴《しずく》の帳《とばり》を破って紫竹の林を疾《はし》る影が二つ。

右手側には断崖《だんがい》の縁、稲光のみが時おり黒天を裂《さ》いて馳《は》せる兄妹を映し出す。

先を行く一影、丹衡《タンコウ》は冷静沈着な男だ。

「走れ、丹翡《タンヒ》！　走れ！」

その丹衡《タンコウ》が声を荒らげている。

剣を執《と》ってはまず当代一流、名家の後継としてすでに役目に殉じる決意もある男が、だ。

しかし、声には隠しようもなく焦りが滲《にじ》んでいた。

「兄上！」

わずかに遅れて走る少女は息を乱しながらも、愛用の利器、翠輝剣《すいきけん》を握る手に力を込めた。

墨汁のような雨を浴び、濡れ鼠《ねずみ》の装束に跳ねた血痕はすでに赤黒く濁っている。本祠《ほんし》での熾烈《しれつ》な戦闘を切り抜けた名残《なごり》だ。目指す分祠はほど近い峰にある。

疾駆《しっく》で乱れほつれた髪、柳眉《りゅうび》はさかだち、青い果実のような少女に鬼気迫る陰影を加えている。

後方を駆ける丹翡《タンヒ》に意識を割きながらも、丹衡《タンコウ》の身に染みついた武術は上下左右から音もなく疾《はし》った飛刀を迎撃していた。

神速で巡った穆輝剣《もくきけん》は翠晶鉄《すいしょうてつ》特有の美しい鈴鳴り四つを一つに重ねて響かせる。

四方から飛び出した仮面の男たちが行く手ばかりか退路まで断とうとする。

一瞬のうちに標的を圧するはずであった必殺の方陣はしかし丹衡《タンコウ》の振るった円陣を敷く剣光によって阻《はば》まれていた。

円を描く一颯《いっさつ》は泥水が地に張りつけていた枯葉を舞い上げ、宙空に揺らめかせた。濡れそぼつ枯葉に注ぎ込まれた勁力《けいりょく》が瞬時に水を弾《はじ》き、薄葉に骨を砕く力を備えさせたのだ。

その一葉一葉に込められた並々ならぬ勁力が襲撃者をしてその場に踏み留まらせる。

だが、冷や汗が額を伝うよりも早く襲撃者の首は胴に別れを告げていた。舞い上がった枯葉を踏台に宙を駆けた丹衡《タンコウ》が踊るように四度剣を振るったのである。

転げ落ちた首の後を胴が追い、またさらに枯葉が追った。総《す》べて地に斃《たお》る。

頼りない足場が地に墜《お》ちる間もない軽功《けいこう》の絶技だ。

名づけて飄劫《ひょうこう》・無影踏脚葉《むえいとうきゃくしょう》。

少壮の天才剣士が江湖《こうこ》での修行時代におのれで編み出した妙技である。葉がなければ舞い上げるのは砂でも礫《れき》でも構わない。環境を臨機応変に活用するのが飄劫《ひょうこう》の技だ。

丹衡《タンコウ》は丹家の跡継ぎとして家伝の丹輝剣訣《たんきけんけつ》を修めている。

丹家の始まりは、天に仕え妖魔を滅す祓魔師《ふつまし》である。

それが魔界の軍勢が攻め寄せた窮暮之戰《きゅうぼのせん》にて救世の軍に加わり、神仙より授けられた宝具神誨魔械《しんかいまかい》を振るって魔神を退けた。

大陸中央の古国萬輿《ばんこう》は、東離《とうり》と西幽《せいゆう》の二国に引き裂かれたが、戦乱はかろうじて人類の勝利に終わった。

そして窮暮之戰《きゅうぼのせん》の終結後、丹家の先祖はその戦功により東離《とうり》の帝より士大夫《したいふ》として一家を構えることを許されたのである。

魔神を退けた神誨魔械《しんかいまかい》――天刑剣《てんぎょうけん》を祀《まつ》り、魔族の再侵攻に備えるためである。

であるから丹家に伝承される剣術、丹輝剣訣《たんきけんけつ》とは本来その仮想敵を妖魔の類とする。つまり外道法術を操り、人外の体捌《さば》きをする妖魔討伐を主眼に練り上げられた剣術なのである。

自然その奥義は、研ぎ澄ました破邪《はじゃ》の霊力を利刀《りとう》と化して放つ技、龍脈《りゅうみゃく》と接続し邪を辟《さ》ける陣を敷く法術、指一本触れず抜剣し遠方の敵を断つ御剣術《ぎょけんじゅつ》など、総じて間合いを広くとることが術理の根底にある。

江湖を漂泊した若年時代の丹衡《タンコウ》が、敢《あ》えて丹輝剣訣《たんきけんけつ》によらず、対人接近戦に特化した独自の術理を工夫するのも当然と言えた。

むろん若くして己が技を奥義と言える域まで練り上げ、実戦投入することは非才の者に敵うことではない。丹衡《タンコウ》の剣の蘊奥《うんおう》に達する深い理解と研鑽《けんさん》、そして英傑の末裔《まつえい》たる丹家の血が為《な》せる業《わざ》である。

生き馬の目を抜く無頼《ぶらい》に溢れた江湖では伝統と格式だけでは生き残れず、機知に富んだ者だけがなにがしかを得るのである。

一族の伝統に鍛えられた丹輝《たんき》剣訣《けんけつ》とおのれの才と機知を頼りに江湖で磨き上げた飄《ひょう》劫《こう》の技、双方を呼吸の如く自在に使いこなす丹衡《タンコウ》は武人として完成されている。

危なげなく敵を殲滅《せんめつ》した兄を見て、丹翡《タンヒ》はほっと胸を撫で下ろした。

「伏せろッ！」

丹衡《タンコウ》の叫びがなければ丹翡《タンヒ》は一刀にて落命していたものと思われる。それほど不意をつく鋭さであった。

尊敬する兄の挙動を窺《うかが》い、導きを求める丹翡《タンヒ》の癖は経験の浅さゆえであるが、その分、指示に従うことにも躊躇《ちゅうちょ》がない。

是も非もなく乙女は地に転びすさった。泥に塗《まみ》れることも厭《いと》わない、その素直さが文字通りの薄皮一枚で必死の間合いからその身を救い出した。

油断を生じたのも幼さなら、その命を救ったのも幼さであったと言える。

乙女のうなじが占めていた空間を彎刀《わんとう》が貫いている。

瞬刻《しゅんこく》、湿った真綿のような雲を縫《ぬ》って差した月光が隠形《おんぎょう》を解くように刺客の姿を照らし出した。

「下郎！」

丹翡《タンヒ》が叫んで剣を向けようとするが、翠輝剣《すいきけん》はその手から消えている。

肩口が鋭く痛み、立ち上がろうとする脚からも力を奪う。

「なかなかの業物《わざもの》じゃねえか。気に入った」

刺客――殘凶《ザンキョウ》は野卑《やひ》な笑みを浮かべた。

鼻梁《びりょう》を直角に分断するように走る刀傷が虎狼《ころう》のように威嚇的な凄みを加えている。

翠輝剣《すいきけん》は殘凶《ザンキョウ》の手にあった。

攻防の最中、剣の主にさえ悟らせず得物を掠《かす》め取る神偸《しんとう》の奪刀術《だっとうじゅつ》である。そればかりか、剣を奪いつつ、地へ身を投げた丹翡《タンヒ》の肩へ咄嗟《とっさ》に掌打《しょうだ》を送り、傷つけてさえいる。

この殘凶《ザンキョウ》という男、獣じみた出で立ちに加え、隠形《おんぎょう》、偸盗《ちゅうとう》の技に秀でているが、ただの夜盗ではない。神誨魔械《しんかいまかい》、天刑剣《てんぎょうけん》を狙う邪宗門玄鬼宗《げんきしゅう》の幹部である。

「なぜ分かった？」

妹の無事は確認している。丹衡《タンコウ》が投げかけたのはおのれの脳内にしかなかったはずの逃走経路を悟られたことへの疑問である。明らかに殘凶《ザンキョウ》と部下たちは待ち伏せていた。

「分祠の神木を通じて龍脈を開き、大地の経路を辿る縮地《しゅくち》の法で落ち延びる……いかにも本拠地を落とされた堅物の護印師《ごいんし》が考えそうなこと。我らが宗主に分からぬ道理もあるまい」

丹翡《タンヒ》は下唇を噛んだ。兄を責められはしない。他に方策はなかった。彼らの宗主は正道の法術にも通じているらしい。

「玄鬼宗《げんきしゅう》に盾突くとは愚の骨頂よ！」

殘凶《ザンキョウ》はまず得物を失った丹翡《タンヒ》を仕留めようと、奪った翠輝剣《すいきけん》で突きかかる。

左手に握る使い慣れた彎刀——貪狼刀《とんろうとう》ではなく丹翡《タンヒ》の翠輝剣《すいきけん》で挑むのは、敵を心理的に風下に立たせるための策である。

緑林の盗賊上がりである殘凶《ザンキョウ》は理論などなくとも野生の勘で的確におのれの利を嗅ぎ取る。弱った丹翡《タンヒ》を狙うのも野獣の習性とみえた。

「舐めるなッ！」

丹翡《タンヒ》を狙う殘凶《ザンキョウ》の背を丹衡《タンコウ》の穆輝剣《もくきけん》が薙《な》ぐ。

それを振り向きもせずに受け止めたのは貪狼刀《とんろうとう》だ。

刺客は瞬時に身を翻《ひるがえ》した。二本の刀剣が弧を描いて繰り返し丹衡《タンコウ》を襲う。

振るうは刀剣だけではない。

刃金《はがね》の合間に拳《けん》、掌《しょう》、腿《たい》、足《そく》が入り交じる。

要諦《ようてい》の体運びもまるで異なる剣術、刀術、拳法、掌法を強引に融合させて破綻《はたん》がない。邪道だが恐るべき混淆武術《こんこうぶじゅつ》である。

丹衡《タンコウ》に背を向け、敢えて隙を晒《さら》したのは、相手の読みを外し、攻防の主導権を握るための心理策である。

実際、殘凶《ザンキョウ》の無防備さに釣られ、丹衡《タンコウ》の気はわずかに攻勢へ寄っていた。

そこを突かれ、おのれの気勢を上回る攻めの手を逆撃として打たれたのである。

やむなく丹衡《タンコウ》は守りに徹していた。機先を制されたと知って攻めに拘泥《こうでい》することなく、守りに専心できたのは達人ゆえの機知であった。彼ほどの遣い手でなければ、とうに膾《なます》に刻まれていたであろう。

丹翡《タンヒ》は武器を奪われた失態に震えながらも兄の後ろへ回り距離を取った。

武器もないおのれが強敵に挑むのは無謀だ。むしろ兄の隙を作るための餌として利用される可能性がある。まずは自らを守ることを兄も望むはずだ。

そして一対一ならば、兄が負けることなどあり得ない。

丹衡《タンコウ》がひるんだのはほんの数瞬のことである。

身体で覚えた武術は考えるまでもなく働く。

常人の目には刀光の飛沫《しぶき》しか見えぬ。一息の間に数十合、殘凶《ザンキョウ》の悪辣《あくらつ》な奇襲も凌《しの》いでみせた。

呼吸法は内功の基本である。いかな達人と言えど呼吸なしに動き続けることは能《あた》わない。殘凶《ザンキョウ》の息継ぎを見切った丹衡《タンコウ》が守りの手と見せて押し返す。

受ける殘凶《ザンキョウ》は逆らわず、とんぼを切って軽やかに後退する。

追撃を躱《かわ》されたようにみえるが、むしろ丹衡《タンコウ》の狙いは間合いをとることにあった。

奇襲の後、正面からの立ち合いの初手から背を晒す無謀な策を巡らす対手だ。軽薄に見えても捨て身の気概がある。捨て身の敵と文字通り鎬《しのぎ》を削るのは危険である。おそらく対手は不利になれば躊躇《ためら》いなく命を捨てて一矢報いようとするであろう。

「ははッ、古《いにしえ》の護印師《ごいんし》の剣が、この程度とは笑わせる！」

「丹家の技を侮《あなど》るか、下郎ッ！」

丹衡《タンコウ》の激高は策である。殘凶《ザンキョウ》が莫迦《ばか》でも間抜けでもないことは分かっている。

実際、殘凶《ザンキョウ》はおのれの奇襲を凌ぎきった丹衡《タンコウ》に内心舌を巻いている。ゆえに伝統を重んじる護印師《ごいんし》を挑発するような台詞を吐き、怒りで目先を惑わそうというのだ。

小賢《こざか》しくはあるが、有効な手だ。

丹衡《タンコウ》はその策に敢えて乗ってみせたのである。

効かなければ対手は別の策を打つ。ならばこちらは乗ってみせ、対手の新たな策を封じる。

虚と実の使い分けこそ、達人同士の闘争の明暗を分けるのだ。

丹衡《タンコウ》は殺気を飛ばした。むろん虚勢である。

しかし、残凶《ザンキョウ》はおのれの挑発が効いていると思っている。そこで殺気に反応して防御に回る、と見せかける。

これもまた虚勢である。本当は逆撃のために力を溜めている。

怒りに呑まれた丹衡《タンコウ》の攻撃の隙を突こうというのである。

丹衡《タンコウ》の虚勢はこの残凶《ザンキョウ》の逆撃を誘うためのものであった。

突進を錯覚させるほどの剣気を残凶《ザンキョウ》に放つ一方で、実体の気配は殺していた。眼前に立てた刀身に剣訣《けんけつ》を結んだ指を颯《さつ》と這わせる。

五条の剣光が無拍子で空を裂き残凶《ザンキョウ》へと奔《はし》った。

残凶《ザンキョウ》は両手の刀剣を疾風《かぜ》に変じて迎撃する。

「はッ！」

気合い一声。一、二、三、四……五撃目でいなしきれず、脇腹を光刃《こうじん》が掠めた。

体勢が崩れるが、かろうじて翠輝剣《すいきけん》を地に突き刺して杖とし、膝を屈することは免れている。

「くッ」

油断、と呼ぶのは少々手厳しい。手傷こそ負えど、全くの不意を突く五撃に反応してみせたのだ。もし、丹衡《タンコウ》の虚勢による誘いがなければ攻防五分に意識を割き、光刃すべて防いでみせたであろう。

紙一重の攻防であった。

しかし、刃《やいば》を交える前段階の虚実の攻防もまた達人の勝負のうちである。

ここでは丹衡《タンコウ》が一本を先取したと言ってよかろう。

「……丹輝剣訣《たんきけんけつ》・飛霞行月《ひかぎょうげつ》」

丹衡《タンコウ》が放ったのは、体内で練り上げた気を刃に変じて操り、自在に飛翔させる技であった。

内功、と名のつく通り、気（内力、勁力などとも）は丹田《たんでん》より生じ、体内の経路を巡るものである。

気と破邪の霊力を以て刃を造り、敵を穿《うが》つ。これこそ古の仙俠《せんきょう》の技を今に伝える丹輝剣《たんきけん》訣《けつ》の真骨頂と言えた。

しかし、忘れてはならぬ。丹衡《タンコウ》は錯覚を誘うべく剣気を飛ばし、その実体は気配を殺していたのである。その状態では内功を自由に練ることも敵わない。内功を練らねば光刃は作れない。

それを可能としたのが、丹衡《タンコウ》独自の工夫である。

並みの遣い手は、光刃を放つにあたって剣訣を結び、気を運行、増幅し、充分まで横溢《おういつ》させる。そこでようやく気刃を象《かたど》り、宙を疾《はし》らせるのである。

操る本数が増えれば増えるほど、この溜めの過程は長くなる。

並みの遣い手では、一息に放つのは一本が限界だ。

丹衡《タンコウ》の飛霞行月《ひかぎょうげつ》には〝溜め〟の過程がない。

いや、正確には五本までなら無拍子で放てる。常住坐臥《じょうじゅうざが》でちょうど五本分の気を丹田に蓄えているのである。

内功即《すなわ》ち呼吸、呼吸即ち内功。一片の隙もなく内家武術の基礎を行い続けるのは荒行《あらぎょう》に近い。

江湖漂泊時代の丹衡《タンコウ》が、威力絶大ながら遠間《とおま》と溜めを必要とする丹輝剣訣《たんきけんけつ》を、一対一あるいは一対多の対人闘争に応用すべく編み出した工夫がそれであった。

「よくぞ避けた。だが、次はない」

天秤《てんびん》は傾いた。

時間を稼がれるだけで兄妹は死に近づく。

すでに玄鬼宗《げんきしゅう》の後続も追いつきつつある。殘凶《ザンキョウ》ほどの遣い手は先に潰しておかねば危うい。

丹衡《タンコウ》は次の一撃で必殺を期して内功を繰っていた。

雷轟《らいごう》。

対峙せる両雄《りょうゆう》を地に突き立った雷霆《らいてい》が分かつ。

丹衡《タンコウ》は丹翡《タンヒ》の腰を抱いて後方へ、殘凶《ザンキョウ》も退いた。

雷霆の後を追うように曇天《どんてん》が割れ、月が覗《のぞ》いた。

それまで影を落とし、地を支配していた黒雲《こくうん》が地平線へと脱兎《だっと》の如く逃げてゆく。

天を割って現れた仮面の偉丈《いじょうふ》夫とともに突風が天より地に轟と吹き下ろす。

殘凶《ザンキョウ》は殺意に膨らんだ丹衡《タンコウ》を無の如く扱った。仮面の偉丈夫を前に恭《うやうや》しく膝を突き、頭《こうべ》を垂れる。


萬物之生，死亡之序。奉吾則功上枯骨，逆吾則劍下亡魂。寒刃之前，唯此二道。

（全て命は死の前座。我に捧げて礎となるか、我に斬られて骸《むくろ》となるか。刃の前で二択すべし）


仮面の偉丈夫の禍々《まがまが》しいまでの圧力を前に、丹衡《タンコウ》は我知らず屈しようとする膝の震えを抑えねばならなかった。

だが丹衡《タンコウ》という男を形作るのは誇りと使命感である。強大な敵を前にして恐れを露《あら》わにするくらいならば死を選ぶ。

「森羅枯骨《シンラココツ》、蔑天骸《ベッテンガイ》……我らが聖域に、何を血迷っての狼藉《ろうぜき》か‼」

肺腑《はいふ》を振り絞り、大音声を発する。発声は決意の発露である。問い掛けにみせて、答えは先刻承知、強い調子の難詰《なんきつ》だ。

蔑天骸《ベッテンガイ》はくつと喉奥でせせら笑う。

「望みのものは先刻伝えたとおりだ。さあ、よこせ。貴様らが肌身離さず持ち歩いているのは分かっている」

「貴様のような無頼の手に委ねられるものではない！」

蔑天骸《ベッテンガイ》は仮面を外す。仮面は掌に吸い込まれるように消えた。

現れた顔貌《かおかたち》は死人のように冷たく感情に乏《とぼ》しい。

森羅枯骨《シンラココツ》が江湖にその名を売って幾歳月が過ぎたが、その麗質《れいしつ》に衰えは見られない。

剣が吸った血が、主に若さを保たせていると言う者もいた。

達人は往々にして実年齢よりも大幅に若く見える。全身の経路を巡る強大な気で絶頂期の体力を保つためだ。丹衡《タンコウ》と同年齢と聞いても違和感のない蔑天骸《ベッテンガイ》だが、実の齢《よわい》は得体が知れぬ。

麗容《れいよう》をあらわした蔑天骸《ベッテンガイ》からは天地を聳《そばだ》たせる物理的なまでの圧力が消えていた。代わって負の圧力が生じている。血気に逸《はや》る対手でさえ、蔑天骸《ベッテンガイ》を前にすれば熱を奪われ、底冷えのする畏《おそ》れに支配される。中には吸い込まれるように己が首を伐《き》ってくれとばかりに差し出す者さえあると聞く。

気息を整え、内傷を応急処置した丹翡《タンヒ》はようやくに立ち上がる。握り込んだ掌に爪を食い込ませ、わずかに後退《あとずさ》るだけで耐えていた。兄を残して逃げることなどできはしないからだ。

「生きているうちに手渡されるのも、殺した死体から奪うのも、俺にとっては大差ない。だが、貴様らには大きな違いであろう？」

丹衡《タンコウ》この時、歯ぎしりしながらもすでに一戦交える覚悟を決めている。

彼もまた一廉《ひとかど》の剣士であった。

「命より重き我が使命、果たすに及んで生と死に区別なし！　はッ！」

喉元へ突きかけた切っ先に虚実なく、ただ生死の狭間を駆け抜けんとの覚悟あり。

丹衡《タンコウ》もまた達人である。蔑天骸《ベッテンガイ》がおのれより格上だと、対峙すると同時に悟っていた。

しかし、相手の得手は邪宗門の外道法術のはずである。

ただ一剣に生死を賭《と》せば、天が応えぬとも限らない。

時は強者に味方する。

実力差がある相手と戦う時、対処の時間が増えれば地力の差がそのまま勝負を分ける。

よって会敵時の初撃こそ全力を傾注すべきである。

不意を打って斃せば儲けもの、手傷を負わせれば勝負は五分にもつれ込む。

江湖では昨日名を売った強者が明日命を散らすのも日常茶飯事である。

道場での試し合いと違い、命を懸けた決闘では狭義の武術の腕だけで勝負は決まらない。

武侠《ぶきょう》とは剛直の士である。格上相手に節を曲げてばかりはいられない。

武力を背景に己が道を突き通すことが出来ねば、物笑いの種になる。

君主に臣下の礼をとる名家の御曹司でありながら、丹衡《タンコウ》は無頼の荒っぽい捨て身のやり口にも親しんでいる。

彼が江湖に出て最初に作った友の言葉もあった。

――陋巷《ろうこう》の喧嘩じゃあ常に先手を取った方が勝つのさ。

丹衡《タンコウ》の明日を捨てた一剣に、蔑天骸《ベツテンガイ》は行雲流水《こううんりゅうすい》の歩みで応じた。

穆輝剣《もくきけん》が無限と化した蔑天骸《ベツテンガイ》の懐に吸い込まれる。

森羅枯骨《シンラココツ》が携《たずさ》えるは、魔導剣瀆世《とくせい》。しかし、掌は柄を握らず、剣訣を結んでいる。

梟雄《きょうゆう》が殺気を帯びると、独りでに鞘《さや》を抜け出た剣が鯉魚《りぎょ》の如く登り、龍となって疾《はし》る。

一度防がれたくらいで狼狽《ろうばい》などしない。丹衡《タンコウ》は息継ぎ一つせず、追撃の手を送る。

無音。

丹翡《タンヒ》の視覚を聴覚が裏切っていた。

兄が次々と繰り出す必殺の手筋を蔑天骸《ベツテンガイ》の御剣術が阻む。

金属と金属が激しく幾度も打ち合わされる。

丹衡《タンコウ》の穆輝剣《もくきけん》が急所を狙って最短距離を疾《はし》れば、蔑天骸《ベツテンガイ》の瀆世《とくせい》が空を旋回して迎撃する。

その全てが無音なのである。

恐るべし森羅枯骨《シンラココツ》、蔑天骸《ベツテンガイ》。

剣の勢いを全て受けることなく完全に流しきっているとみえた。手を触れずしてこの剣の技倆《ぎりょう》である。激突の衝撃がなければ音がせぬのも道理と言えた。

丹衡《タンコウ》無念。乾坤一擲《けんこんいってき》は無惨《むざん》に失敗した。

しかし侮りが原因ではない。あくまでも一縷《いちる》の望みとして、森羅枯骨《シンラココツ》の得手が邪宗門の法術であることに賭け、剣士として勝負を挑んだのだ。

蔑天骸《ベッテンガイ》は無双の剣士でもあった。

丹衡《タンコウ》は当然、邪宗門の首領としての森羅枯骨《シンラココツ》の名を聞いたこともあったが、ここまでの剣の名手という情報はそこに付随しなかった。

大気が割れた。鞭打音《べんだおん》である。

敗北の間際に臨み、丹衡《タンコウ》という漢は一段進化を遂げていた。

剣速が音を追い越したのである。

邪剣濵世《とくせい》が蔑天骸《ベッテンガイ》の掌に納まり、穆輝剣《もくきけん》を防いで琴《きん》と音を立てた。

丹衡《タンコウ》はそこで退き、荒く息を吐いた。

蔑天骸《ベッテンガイ》は追撃せず、傲然《ごうぜん》として余裕を崩さない。

そこに侮りを見た丹衡《タンコウ》は呼吸を整えつつ、密かに内功を繰った。

表面上は必死の連撃で消耗した態《てい》を装っている。

丹翡《タンヒ》は恐慌状態に陥ろうとする精神をどうにか御《ぎょ》していた。

――兄上が手も足も出せず敗北した！

だが、丹衡《タンコウ》は乱れない。蔑天骸《ベツテンガイ》が剣士として丹衡《タンコウ》を上回るならば、彼は外道の法士としての蔑天骸《ベツテンガイ》に挑むまでである。

邪宗門の魔王を断つならば丹輝《たんき》剣訣《けんけつ》をおいて他はない。

幸い、森羅《シンラ》枯《コ》骨《コツ》は剣を握り、剣士として戦う構えを示している。

実を言えばそのまま御剣術を使って追撃されれば危うかった。丹輝《たんき》剣訣《けんけつ》の遠間の有利と溜めの時間が失われるからである。

「……愚かな足掻《あが》きよ」

「ならば受けてみよ！」

高速で経路を巡り練り上げられた気が宙《ちゅう》天《てん》に投射され、光刃を象《かたど》る。煌々《こうこう》と熾《し》天《てん》を成す。

数えること能わぬ数の光刃である。

歴代の丹輝《たんき》剣訣《けんけつ》伝承者すべてを上回るほどの光刃の数と奥義の発動速度だ。

危急の時期に護印《ごいん》師《し》は最良の達人を得ていたのだ。

兄の勇姿を見て丹翡《タンヒ》の折れかけた心にも再び灯が点った。

「丹輝《たんき》剣訣《けんけつ》・流《りゅう》陽《よう》凌《りょう》日《じつ》ッッ！」

気勢を込めた大音声は、光の瀑布《ばくふ》の呼び水となった。

森羅《シンラ》枯《コ》骨《コツ》は再び喉奥でくつと嗤《わら》った。

濆世《とくせい》は握ったまま、空いた掌で剣訣を結ぶ。

殘凶《ザンキョウ》を除く玄鬼宗《げんきしゅう》郎党の得物が尽《ことごと》く抜剣された。むろん御剣術である。

地を砕く勢いで殺到する光刃を、飛来した鋼刃《こうじん》が防ぐ。宗主に得物を奪われた玄鬼宗《げんきしゅう》郎党は抗う術《すべ》もなく、弾かれた光刃で串刺しとなる。

惜しむらくは丹衡《タンコウ》の対手が森羅枯骨《シンラココツ》、蔑天骸《ベツテンガイ》であったことだ。最良とは充分を意味しない。

丹衡《タンコウ》の奥義は軍勢を滅する。

しかし、森羅枯骨《シンラココツ》の凡庸な術は只その練度を以て軍勢を防ぐのである。

光の矢は尽き果てた。

「……役魔陣《えきまじん》・萬象盡滅《まんしょうじんめつ》」

蔑天骸《ベツテンガイ》がてらいもなく颯と濆世《とくせい》を振るう。

一条の紫電《しでん》が大気を破裂させ、丹衡《タンコウ》を撃った。

受けた穆輝剣《もくきけん》が柳枝《りゅうし》のように撓《しな》り、弾け飛んだ。

衝撃を殺しきれず、剣の主さえも吹き飛び、かろうじて丹翡《タンヒ》がその身を抱き止める。

「兄上っ！」

喀血《かっけつ》。

丹家不世出の達人が、ただの一撃で重度の内傷を負った。

役魔《えきま》陣《じん》――外道法術と剣技を組み合わせた蔑天骸《ベツテンガイ》独自の奥義である。

流陽凌日《りゅうようりょうじつ》ほどの派手さはないが、萬象盡滅《まんしょうじんめつ》の威力はそれを上回る。

この魔人、冷酷非情ではあるが、粋人《すいじん》でもあった。

障害がなければ世は生きるに値せぬ――おのれの剣を無双と恃《たの》む森羅枯骨《シンラココツ》は、挑む者を打ち破ることこそ、君主の愉悦《ゆえつ》と心得ている。

格上と知りながらも死力を尽くして挑む好漢《こうかん》を、容赦はせずとも之《これ》を好む癖があった。よって奥義に奥義の礼を以て応えたのである。

こういったところが、蔑天骸《ベツテンガイ》を単なる卑劣漢とせず、手下をして慕《した》わせる理由であろう。この男、英雄ならざるも梟雄なり。

丹衡《タンコウ》がかっと目を見開き、丹翡《タンヒ》を振り払う。

「丹翡《タンヒ》、お前だけでも逃げるのだ！」

その叫びは、すでに天命を悟ったことを意味する。

「そんな、兄上っ！」

二人のうち、一人が防ぎ、一人が逃避する。希望を繋ぐ唯一残された手段である。

そして丹翡《タンヒ》が一人残っても瞬刻で縊《くび》られて終わる。

丹衡《タンコウ》は妹に才を見てはいたが、いかんせん未熟である。単純な計算で、残るのは丹衡《タンコウ》しかあり得ない。

兄を慕う丹翡《タンヒ》は零れそうな涙を堪え、取り縋《すが》る。

吐血し、膝を突いた丹衡《タンコウ》を侮り、生き残りの玄鬼宗《げんきしゅう》郎党が我先にと殺到する。宗主の前で手柄を挙げたいのだ。

蔑天骸《ベツテンガイ》にはこういう時、黙って手下に任せる将帥《しょうすい》の器量がある。

丹衡《タンコウ》はその身に帯びた天刑剣《てんぎょうけん》の柄に気血を注ぎ込んだ。神誨魔械《しんかいまかい》の持つ破邪顕正《はじゃけんしょう》の力を、柄を通じて引き出すためである。

剣身は丹家の護印師《ごいんし》たちの本拠地である鍛剣祠《たんけんし》に封じられているが、柄、鍔《つば》、剣身は霊的に繋がっている。三つを揃えねば天刑剣《てんぎょうけん》は封印から覚めない。

しかし、柄を通して力を借りることはできる。

目に見えぬ結界が押し寄せた邪教の門徒の血肉を砕き散らした。

有象無象は慄《おのの》いて退く。殘凶《ザンキョウ》も立ち止まった。

「我ら兄妹、どちらか一人でも逃げ切れば天刑剣《てんぎょうけん》は守られる」

三つのうちの一つ、鍔は丹翡《タンヒ》がその身に携え守っている。

美しい碧玉《へきぎょく》から熱い涙が湧き出すのを、丹衡《タンコウ》は指で拭った。碧玉には酸鼻《さんび》を晒すおのれの姿が映っている。

丹衡《タンコウ》は腰ほどの背丈しかなかった頃の幼い丹翡《タンヒ》が庭で転んだ後、必死に涙を堪えていたことを思い出し、薄く笑った。

純真で疑うことを知らず、それでいて負けん気は強い。いまだ未熟なれど、丹家の令嬢として気概だけは丹衡《タンコウ》にも負けていない。丹輝剣訣《たんきけんけつ》もその全てを学んでいる。

丹衡《タンコウ》が特別なだけで、宗家の血筋である丹翡《タンヒ》もまた達人に至る片鱗《へんりん》を覗かせていた。もう数年修行すれば女侠《にょきょう》として武林《ぶりん》に名を成したであろうと思う。

天刑剣《てんぎょうけん》は封印を施されるほど強力無比だ。

破邪顕正の結界の威力も凄ければ、消費する力も著しい。すでに毀《こぼ》たれた丹衡《タンコウ》という器から生命力を鯨飲《げいいん》している。もはや命が長くはないことは自明だった。

丹衡《タンコウ》は絶望してはいなかった。

たしかに丹翡《タンヒ》は未熟だが、見よ、妹を。彼女を救って命を捨つるも、彼女に明日を託すも、まるで不満はない。凛々しく優しく清く美しい。助けたい、そう思わせる相がある。

丹家の武力では森羅枯骨《シンラココツ》に抗えぬ。我が身は武運拙《つたな》く敗者と成り果てた。

だが、丹翡《タンヒ》が逃げ延びればまだ道はある。人を惹きつける魅力のある妹なれば。

江湖は無頼の巣窟《そうくつ》なれど、その無頼の中には武を以て俠《きょう》を行う好漢が無数にいる。

彼らが丹翡《タンヒ》に助力を請われれば決して断るまい。丹翡《タンヒ》は彼らを束ね、必ずや森羅枯骨《シンラココツ》を打倒するであろう。

丹翡《タンヒ》にも兄にもはや時が残されていないことは分かっている。最後に何か兄に言葉を掛けねばと思うのに、溢れる想いが心中で渦をなし、まとまらない。

丹衡《タンコウ》とて同じこと。ただ独りで過酷な道を行く妹に何か言葉を遺さねばと思えど、肉体の疲労と苦痛はすでに限度を超えている。

言葉の代わりに漏れるのは肺腑から噴き出す血だけだ。

口中の血を飲み下し、妹を突き飛ばす。

「逃がしはせん！」

蔑天骸《ベッテンガイ》が颯颯《さつさつ》と剣を振るい、地を引き裂く剣風が結界を削り取る。

「行け、行けぇぇッ！　俺を無駄死にさせるか！」

妹へ向けて放った丹衡《タンコウ》の叫びは、鬼哭《きこく》だ。

突き放された妹の驚いたような哀しいような表情を見るのはつらかったが、そうでもしなければ心根の優しい妹は兄の裾を放すまい。

生まれて初めて兄から怒鳴りつけられた丹翡《タンヒ》は、矢も盾もたまらなくなって断崖から濁《だく》流《りゅう》へと身を躍《おど》らせた。命のことは考えない。ただ黒々とした激しい流れがこの涙を隠してくれるよう願っている。仇《かたき》に情けない姿を見せるわけにはいかない。丹家最後の生き残りが弱さをみせるなど、たとえ兄が、天地神明が許してもおのれ自身が許せない。

丹翡《タンヒ》を逃がしたところで丹衡《タンコウ》の生命は尽き果てた。もはや結界も力を失った。

迫る蔑天骸《ベッテンガイ》の姿さえ、その瞳にはおぼろげにしか映らない。

妹の道行きに幸多からんことを、ただそれだけを兄は切に願う。

誇り高き丹家の後継が、仇を前に膝を屈するわけにはいかぬ。

何より兄に憧れる妹のためにも、無様を晒すわけにはいかぬ。

記憶の中の幼児《おさなご》の、温かな指先が丹衡《タンコウ》の口角をくいと上げるのを手伝ってくれる。

そうだ。俺は妹に、英雄好漢とは俠を行い、敵に学び、窮地にこそ笑うのだと、そう教えたのだ。

蔑天骸《ベッテンガイ》の掌打が頭頂部を打った。

丹衡《タンコウ》は七孔噴血《しちこうふんけつ》し、斃れ伏す。

肩から上が血粥《ちがゆ》と化した遺骸から天刑剣《てんぎょうけん》の柄が燐光《りんこう》を帯びて顕現《けんげん》する。

「こやつ、最後に笑いおったわ」

蔑天骸《ベッテンガイ》の囁《ささや》くような独白を聞くものはない。

「おお、それが……」

殘凶《ザンキョウ》が感嘆の声を漏らした。

「この柄と揃いの鍔をあの娘が持っているはずだ。草の根分けてでも探し出せ！」

絶大な力を秘めた神誨魔械《しんかいまかい》の封印を解く鍵は新たな主の懐へと消えた。

「仰せのままに！」

「俺は七罪塔《しちざいとう》へと戻る」

蔑天骸《ベッテンガイ》が投擲《とうてき》したくの字形の風笛《かざぶえ》が旋回しながら物寂しい音を響かせる。

音に喚《よ》ばれ、魔界の猛禽《もうきん》が飛び来たる。

魅翼《みよく》と呼ばれるそれは過去に七罪塔《しちざいとう》の魔術師が塔へ入る唯一の足とすべく飼い慣らしたものだ。今では塔も、召喚の風笛も、玄鬼宗《げんきしゅう》のものとなっている。

蔑天骸《ベッテンガイ》は慣れた手つきで魅翼《みよく》の脚を捉え、宙へ飛び上がった。

「お前たちは川下を徹底的に探せ！　残りは俺についてこい。ここから下に降りる」

宗主を見送った残凶《ザンキョウ》は生き残りの郎党を連れ、主の命を遅滞《ちたい》なく遂行する。

丹翡《タンヒ》を呑み込んだ濁流《だくりゅう》は、混沌の未来を暗示していた。

＊

真に優雅な旅に必要なのは、千里を駆ける駿馬《しゅんめ》でも、贅《ぜい》をこらした馬車でもなく、歩みを止めて漫然《まんぜん》と過ごす時間であろう。それを弁《わきま》えた男が一人、先を急ぐこともなく木陰で雨を凌いでいる。

この男、江湖に落魄《らくはく》した貴公子然とした装いだが、供も連れず、大樹の梢の下からはみ出した爪先をしとどに濡らしていた。が、気にした風もなく、満足げに煙管を吹かしている。

風雨と戯《たわむ》れるには気品がありすぎる顔《かんばせ》が、何が楽しいのか時折軽薄な笑みを漏らす。武林の男伊達なら、小白瞼《しょうはくけん》と呼んで歯牙《しが》にも掛けぬであろう優男だ。

木陰からやや離れたところに、朽ちた仏堂がある。

崩落した屋根の隙間からは緑雨が吹き込み、佇立《ちょりつ》した石仏がひょっこりのぞいている。誰が哀れと覚えたか、石仏の肩に立てかけられた傘がかろうじて風雨を防いでいた。

「ええい畜生め……こうまで濡れたら川ァ泳いでんのと違いがねえぞ」

いかにも無骨な旅人が曇天に悪罵《あくば》を投げながら道を急ぐ。

梢の下の貴公子とは対照的な髭面に、旅塵にまみれ、色の抜けた衣を纏《まと》っている。こちらはこちらで真っ当な庶民とも思えない。四海を家とし、荒事を飯の種とする渡世人《とせいにん》の代表格といった風情である。

「おお、こいつは重畳!」

渡世人は石仏の肩から傘を持ち去ろうとする。

「これ、そこな旅の人。まさかその傘を奪うつもりではあるまいな?」

優男が煙管をくるりと回し、傘に手を伸ばした渡世人にしかつめらしく待ったをかけた。

「あン？　何だよ、こいつはあんたの傘か?」

渡世人は面倒くさそうに問い返し、伸ばした手を誤魔化すように鼻の頭を掻く。

「いいや。誰かが雨ざらしの御仏《みほとけ》を哀れんで置いていったのだろう。つまりは供え物だ」

これまた真面目くさって言うのだが、口にするのが遊び人風の優男では甚だしく説得力に欠ける。

「粘土や木彫りならともかく、石の仏が雨に濡れても差し障りはあるまいよ。ところが俺はこのままじゃ風邪をひいちまう」

渡世人は肩を震わせた。

「雨が嫌ならこの木陰に来るがいい」

貴公子がおのれの傍らを掌で叩いてみせるが、見たところ梢の下のもっとも居心地の良さそうな場所はすでに占拠されている。

「あんたがどんだけ暇人なのか知らないが、俺は先を急ぐんでね」

素性の知れない男と二人肩寄せ合うのはぞっとしない。

渡世人はもう一度肩を震わせて、委細構わず傘に手を伸ばした。

「……どうやら神仏を敬う心の持ち合わせはない様子だが、渡世人なら仁義ぐらいはわきまえていよう。借りを返す覚悟はあるのか？」

優男は嘆息混じりに渡世人をなじった。かぶりまで振ってみせる役者ぶりだ。

「あぁ？　借りだと？」

渡世人はいぶかしげに再度問い返す。

たかが石仏の傘くらいで四の五の抜かすな、と怒鳴りつけないあたり、無頼にしては人が好い。

「そう。お前は今、御仏に傘一本の借りを作ったのだ。よもや踏み倒しはするまいな？」

またしても貴公子はくるりと煙管を回し、渡世人に火皿を突きつける。

どうもこれがこの男の癖らしい。くどくどしく神経を逆撫でするやつだ、と渡世人は心中で独《ひと》り言《ご》ちた。

「何が言いたい？」

「この先の旅路、誰であれ最初に出会った一人に、御仏に成り代わって慈悲をかけてやれ。そう誓うなら、私もお前を咎《とが》めまい」

「はん——ったく、七面倒臭い野郎だぜ。分かった分かった。慈悲でも何でもくれてやるよっと」

渡世人は鼻で笑いながらも約して、今度こそ石仏の肩から傘を取り上げた。

剣も満足に握れそうにない細腕で突き出された煙管に、切っ先を突きつけられたような剣気が匂い、渡世人は居心地の悪さを覚えた。

「必ず、だぞ」

とはいえ、それも一瞬のことである。

遊び人は遊び人、早くも渡世人に興味を失ったかのように張り出した梢を見上げつつ、煙管をぷかりと吹かしている。

渡世人は釈然としないものを感じながらも後頭部を軽く掻き、運命の辻を去る。

その幅広の背中へ、興味を失ったかに見えた遊び人が実に愉しげな、それでいて刃の如く鋭い視線を向けている。江湖の人が言う、笑《しょう》裏《り》蔵《ぞう》刀《とう》とはこのようなことだろうか。

雨はまだまだ止みそうにない。

＊

仏堂の四つ辻から進むと川沿いの街道に出る。

渡世人の歩みは傘さえあれば千人力とばかりに速い。

「――ったく何だよ、仏の慈悲の代理ってのは？　俺がそんな柄かっつうの」

江湖を漂泊する武侠の大半は、貪《たん》官《かん》汚《お》吏《り》に富《ふ》貴《き》商《しょう》人《にん》といった客の命を貨幣代わりに、追い剝《は》ぎ、強盗、拐《かど》かしを生業とする無頼の行商人だ。

鬼に逢うては鬼を斬り、仏に逢うては仏を斬る――江湖渡世にどっぷり使った身の上は、御仏の慈悲などと言われても背がかゆくなるばかり。渡世人はくすぐったそうに鼻をひくつかせ、自嘲をこぼした。

そんな男の進行方向から、ずぶ濡れの令嬢が千鳥足でよろめきながら歩いてくる。

濁流《だくりゅう》に身を投げた丹翡《タンヒ》である。

気《き》息《そく》奄《えん》々《えん》としながらも、ただ意志力のみで歩みを進めている。傍目にも痛々しく哀れな様であった。

「……あの覚束《おぼつか》ない足取り、内傷でも食らってるのか？」

渡世人の見立ては正しい。

「おいあんた、まさか何か困っちゃいないだろうな？」

心配をよそに、丹翡《タンヒ》は目を合わせようとすらしない。命こそ取り留めたが、殘凶《ザンキョウ》の一撃で内傷を負ったまま、濁流《だくりゅう》に一度は呑まれたのである。

玄鬼宗《げんきしゅう》の目の届かぬ場所へ、ただ遠くへという一念がかろうじて脚を支えているに過ぎない。通りすがりの男の言葉など耳に入らない。

「あー、よしよし、大きなお世話だよな、っと」

渡世人は傘の柄で肩を叩き、思案するが、向こうは江湖の無頼とは口を利いたこともなさそうな御令嬢である。

さらに声を掛けてもかえって怖がらせるだけかも知れぬ。御仏の慈悲とは押しつけがましいものではあるまいとおのれを納得させる。

元々、人付き合いを嫌って故郷を離れた漂泊の身でもあった。

諦めかけた男の脇を白刃を引っ提げた物騒な連中が行き過ぎる。渡世人は知らぬことだが、邪宗門玄鬼宗《げんきしゅう》の郎党である。殘凶《ザンキョウ》の手回しは迅速であった。

仮面の男たちが丹翡《タンヒ》を包囲し、突きつけた切っ先は折からの雨により濡れそぼつ。

「見つけたぞ、小娘。観念せよ！」

衰弱しきってはいても幼い頃より蓄積した功夫《クンフー》は裏切らない。

匂う剣気に反応し、無意識に頼りの翠輝剣《すいきけん》を抜剣し、構える。

「くっ……」

流れるような動作に遅滞はない。

しかし、いかんせん翠輝剣《すいきけん》は殘凶《ザンキョウ》によって奪われていた。

空を握る自身に気がついた丹翡《タンヒ》だが、どうすることもできない。

衰弱しきった手足は瘧《おこり》のように震えるのみだ。

事情が分からず手出ししかねていた渡世人の目の前で、剣を構える仕草をした令嬢が意識を失って糸の切れた操り人形のように地に墜ちた。

「あァん⁉ 何だってんだよこん畜生‼」

おのれを無視する仮面の男たちに聞かせるように、運命を罵る。

心中では、どうにも巡り合わせってえもんはそう簡単には変わらないらしいな、と溜息を吐いている。

「あー、もしもし？ そんな物騒な光り物を振り回す前に、事情を教えてもらえんか？ なんでその子は追われてる？」

いかにも渋々ながらという声音で問いただす。

お人好しに白刃を向け直した玄鬼宗《げんきしゅう》郎党に対して、渡世人は相も変わらずのんきに傘を差したままだ。

腰に佩《は》いた刀に手を伸ばすそぶりもない。

「貴様には関係ない。余計な首を突っ込むと怪我をするぞ！」

首領格――と言っても同じ装束に仮面だ、本人たち以外に見分けはつかぬ――の男が進み出て脅しつける。

「いや、それがだな……この先で仏様が雨ざらしになってるもんだから、俺はその娘を手助けせにゃならん」

どこから話せばよかろうか――渡世人自身もおのれの言葉が要領を得ないことは分かっている。

しかし、この危急の時に詳しく説明している暇《いとま》はない。倒れ伏した少女がまだ息をしているのかさえ不明なのだ。

「……何を言っている？」

「俺に聞くなよ！　まぁとにかくそういう成り行きで……その娘を放っとくわけにゃあいかん」

相変わらず緊張感なく、困り顔でうなじを掻く渡世人。

「貴様……我らを玄鬼宗《げんきしゅう》と知った上で邪魔立てするか！」

余裕ぶった振る舞いが仮面の男の神経を逆撫でする。

「あン？　娘っ子一人を寄って集《たか》って追い回すような連中を、この辺じゃあ玄鬼宗《げんきしゅう》って呼ぶのかい？」

いかにもつまらないものを見たと呆れた様子で問い掛けた。

これはもう喧嘩を売っている以外の解釈は成立しようがない。

ざ、と仮面の男のうち二人が前に出た。

気を失った丹翡《タンヒ》の包囲を解き、渡世人を包囲する構えである。

玄鬼宗《げんきしゅう》二人は渡世人の頭上で交叉するように飛び、すれ違い様に白刃を振り下ろす。

有無を言わさぬ凶行だ。連係のとれた動きである。

しかし、回転する傘の表面をつと刃が滑り、込められた勁力が刀剣を弾き散らす。単なる油紙が、精妙な力の操作で白刃を防ぐ盾となったのだ。

この薄汚い風来坊、単なるお人好しでもなく、それなりに腕に覚えがあるらしい、と首領格の目配せで男たちは気を引き締めた。

「おおっと怒りなさんなよ。なにぶん余所者《よそもの》なんでな。この土地の事情にゃ疎いのさ。だがしかし――」

腰帯から刀を鞘込めのまま抜き出し、威嚇するように構える。

声音は笑っているが、鞘の中から仮面の男たち目がけて凄まじい剣気が迸った。

「何の言い分もなくただ怒るだけ、ってのは……つまりお前ら、筋も道理も通ってねえ、ってことだよな？」

曖昧模糊《あいまいもこ》としたおのれの言辞《げんじ》は棚に上げ、玄鬼宗《げんきしゅう》の不実をなじる。

というよりおのれが言ったことなどとうに忘れているのだ。

婦女を囲んで刃をひけらかすなど、人の風上にもおけぬ。いかに韜晦《とうかい》すれど、騒ぐ義侠の血は隠せない。

考えるより先に弱きを助け強きを挫《くじ》いてしまう直情径行が武侠という生き物の性《さが》なのである。また、そうでなければ武侠とは呼べぬ。

「構わん、殺せ！」

首領格の物騒な号令で男たちは動き出した。

仮面の男たちは一流の遣い手とは呼べないが、武術の素人でもない。宗主たる蔑天骸《ベッテンガイ》が編み出した枯骨《ここつ》の技をそれぞれ一手か二手は学んでいる。

枯骨《ここつ》の技はどれも恐るべき攻撃の妙手である。普通、技というものは流れの中にあり、敵の防御や反撃に反応して打つべき手を変化させる。

ところが枯骨《ここつ》とは徹底した捨己《しゃき》の技であり、防御について最初から捨てている。攻防の二つの変化を備えているべき技というものから防御を捨てることで威力は倍加する。

初めから相討ちしか狙わない異形の武術を相手どり、渡世人は酔っ払ったような歩法《ほほう》でふらりと体軸の均衡を崩した。とても武術の達人の動きには見えぬ。

しかし、そのわずかな動きで、男を包囲したはずの玄鬼宗《げんきしゅう》は互いの武器が邪魔をして一斉攻撃が不可能になる。

首領格の目配せで先陣を切った仮面の一人が繰り出す剣の腹を無造作に畳んだ傘が打つ。鈍重《どんじゅう》にすら見える動きだが、重厚な内力が込められており、剣は弾け飛び河へと飛び込んだ。剣の持ち主は指の股が裂けて血を流している。

続いた男は地を這う蛇のように忍び寄り、足下から跳ね上がるように刺突《しとつ》を送った。ところがこの渾身の刺突は空を切る。

第二の男の目の前から忽然《こつぜん》と渡世人が消え失せたのである。うろたえる男の肩に渡世人は在《あ》った。乗られた本人すら気づかない軽功の冴えだ。

玄鬼宗《げんきしゅう》の男は肩の骨が折れる音を聞きながら地面にめり込んだ。

渡世人の身の軽重は自在である。羽毛の軽さが千斤《せんきん》の重みに変わったのだ。

ようやく体勢を立て直した残りの玄鬼宗《げんきしゅう》三人が今度こそ必殺の陣形で渡世人に迫る。最初から互いを貫くことも厭わぬ構えだ。

渡世人は開いた傘を宙に高々と放り投げる。目を晦《くら》ます間に下《さ》げ緒《お》をつかみ投げた鞘の鐺《こじり》と鯉口《こいくち》が対角の二人の喉元を突き、すでに抜かれていた刀が首領格の手首を握った単刀ごと斬り飛ばしている。

それぞれたったの一撃で仮面の男たちは継戦能力を失っていた。

「やりすぎちゃあいねえよな？」

渡世人の思惑通り、玄鬼宗《げんきしゅう》郎党は誰一人として致命傷を負ったものはない。

双方はただの行きずりの関係で、生死を賭して戦うほどの恩讐はない。

人の縁《えにし》を断ち切るために旅に出たというのに、ここで新たな縁《えにし》を結びたくはなかったのである。

「ああッ!?　ちくしょう！」

人への手加減に気を取られ過ぎ、傘への手加減は忘れていたらしい。

ふわりと舞い降りた傘をつかみ取ると立派な破れが生じている。

渡世人は子供のように地団駄を踏んだ。

「くッ、退けい！」

首領格はまるで相手にならぬと見て退却の号令をかける。

手加減のおかげで、彼らのうちに自力で歩けぬほどの重傷者はいない。

「おいこら！　せめてこの傘だけでも弁償していきゃあがれ！」

逃げ去る玄鬼宗《げんきしゅう》に怒りの声を投げるが、深追いはしない。気絶して倒れている丹翡《タンヒ》を気遣い、傍へ急いだ。

元々色白の肌は薄紙のように透き通って血色が失われ、頬はやつれている。

「ちょいとごめんよ」

乙女に触れることを謝りながら渡世人は脈を取った。

「うむ、外傷はなさそうだ。ならば――」

肩を抱き起こし、背を向けさせる。ごうと息を吸って内力を横溢させると、丹翡《タンヒ》の背に掌を当てる。

熱い真気が収斂《しゅうれん》し、掌を通じて丹翡《タンヒ》に注がれた。

牙を剝き荒れ狂う殘凶《ザンキョウ》の気を渡世人の重厚な内力が駆逐し、内傷の治癒を助ける。

冷や汗を流し苦しむ丹翡《タンヒ》の表情からふっと険が抜ける。

「よし。あとはどっかで休ませてやれりゃあいいんだが……ううむ……」

傘は破れ、雨の止む気配はない。

街道の先を見つめても、代わり映えのしない川沿いの道が地平線まで続いている。雨宿りできそうな場所などない。

「はあ、仕方ねえか……」

気を失ったままの少女を背負い上げ、渡世人は溜息をついた。

＊

貴公子は相変わらず梢の下で煙管を吹かしていた。素性の知れぬ怪しげな男だが、この場面だけ切り取ってみれば絵になる風流人の趣である。

「おお、これはしたり」

気絶した令嬢風の乙女を背負った渡世人が戻ってくるのを見て、目を輝《かがや》かした。

それどころか拍手までしてはやし立てる。これでは風流人ではなく陋巷の悪たれ小僧である。

「お前さんの言うとおりにしたんだ。この嬢ちゃんを横にならせてやっちゃあくれませんかねえ？」

渡世人は羽虫でも飛んでいるかのように目の前を払った。

優男は意外と素直に丹翡《タンヒ》のために場所を譲ってやる。

「まさか石仏ごときに義理立てして本当に人助けをしてくるとはな。やはり真の英雄好漢は見かけによらぬものらしい」

これ以上はないという笑みを浮かべながら渡世人に向かって肯《うなず》いてみせる。戯言を真に受けるお人好しがよほどおかしいらしい。

「ふざけんじゃねえ。てめえ人をからかってやがるのか？」

「なんだね？　そのお嬢さんを助けたのは失敗だったとでも？」

嘆かわしいとでもいうように貴公子は首を振った。

「そうは言わねえが……」

渡世人は意識を失った蒼白な顔色の乙女を痛ましげに見下ろした。

「私からの賞賛でも期待していたのかね？　そんなものは当てにせずとも、道に不義あらば問答は無用、刃で正すのが侠客というものだろう」

貴公子はあいかわらず人を食った笑みで言う。

「そうだとして、どういう筋合いでてめえが口出しやがるってんだ」

「それこそ御仏の導きという他ないな。粗野な男が偶《たま》さかに隠者より仏の慈悲を説かれ、傷ついた流亡の令嬢を救う。うむ、説話としてもよくできている」

貴公子は嬉しそうに独り合点している。

一言文句をつけると長ったらしい屁理屈が倍になって返ってくる。渡世人はこの手の輩が苦手であった。苦虫を噛み潰したような顔で口をつぐむ。

「で、その娘はどうした？　見たところ、行き倒れというわけでもなさそうだが」

渡世人が鼻白むのをこれ幸いと、流れるように眠り姫の素性へ話題を変える。

「ろくでなしどもが徒党を組んでいたぶってやがったんだよ。たしか……玄鬼宗《げんきしゅう》とか名乗ってたっけな」

覚える必要もなさそうな三流以下の小物たちだ。渡世人は記憶を辿って思い出した。元来、大雑把な男なのである。

「ほう――」

困り顔の渡世人を見て性悪猫のようなにやにや笑いを浮かべていた優男がやや驚きの声を漏らした。

「玄鬼宗《げんきしゅう》と言ったか？　お前、行きずりの娘のために玄鬼宗《げんきしゅう》に喧嘩を売ったのか？」

「なんだ？　この辺りじゃ名の知れた連中なのか？」

優男は呆れたようにかぶりをふって言う。

「まったく……道理で妙な訛《なま》りがあると思っていたが。お前、この国の人間ではないな？余程長旅をしてきたとみえる」

「……まあな。それじゃ、あばよ」

丹翡《タンヒ》の脈が安定していることを確認した渡世人は身を翻した。

「待て待て、この娘はどうする？」

関わりのないことのはずであるのに、優男は慌てたように渡世人を引き留めた。

「手当は済ませた。ここで大人しく寝てりゃ、いずれ目を覚ます」

渡世人は後ろ手に手をふってそのまま去ろうとする。

「まあ、待ちたまえ。見ろ、しっかりした御令嬢だ。彼女は恩人の名前を知りたがるだろうに」

「そこでずぶ濡れになってる仏様の思し召しだ、とでも伝えとけ。お前が言い出したことだぞ」

渡世人は面倒そうにずぶ濡れの石仏を顎で指し示す。

「まったく、信心もなく情義も薄いときたか。この娘がどれほどの難儀を背負っているのか、想像できんのか？」

「あン？　お前には察しがつくってのか？　口も利いたことのねえ相手の事情とやらが？」

言外にいい加減にしろと言いたげな口調だ。

「ああ、つくともさ。たとえばこの装束の図案。これは窮暮之戰《きゅうぼのせん》の神誨魔械《しんかいまかい》を預かる護印師《ごいんし》のものだ」

優男は文句をどこ吹く風と受け流し、丹翡《タンヒ》の装束を指し示す。

渡世人は釣られて乙女をしげしげと見つめる。

「何かの間違いだろ。なんでそんなご大層な一族の娘っ子が一人でそこらをうろついてるんだよ？」

いかにも、と優男は大袈裟に肯いてみせる。

「護印師《ごいんし》の一族は斎戒《さいかい》して聖域に籠もり、神誨魔械《しんかいまかい》を祀る祭壇を守ることに生涯を費やす。それがこんな路傍で野盗の群れに絡まれていたという奇妙な経緯《いきさつ》、ただごとではあるまい」

優男は煙管をくるりと回し、またしても渡世人に火皿を突きつける。この仕草を見るとどうにも胸がむかついて、嫌な予感までしてくる渡世人であった。

「あー奇妙だな。奇妙奇天烈すぎてとんでもねえ厄介事の匂いしかしてこねえ。それこそ関わり合いになるなんてごめんだね」

最初は背を向けたまま話していた渡世人だが、おのれが優男の話術に引き込まれ、いつの間にか向き合って、拒否の身振り手振りまで加えて話していることに気づかない。

「手負いの娘一人には背負いきれない難局だとしても、かな？」

「うるせえな！　さっきから他人事みたいに澄まし顔でペラペラと！　じゃあてめえはどうするってんだ？　情けだ何だと綺麗事を抜かすなら、他人を煽ってねえでてめえがこいつを助けてやれよ！」

とうとう堪忍袋の緒が切れた渡世人が怒りをぶちまけ、優男に詰め寄った。

「すでにお前という義侠心に篤《あつ》い助っ人がついているのだ。私が出る幕ではあるまいよ」

柳に風と受け流し、吸い込んだ煙をほうと渡世人の顔に吹きかける。

煙を吸い込んだ渡世人は思わずむせて咳き込んだ。

「この野郎！」

いきり立って剣を抜く手をわななかせる。

抑えてはいるが、白刃を抜き放つまでもう一声といったところと見えた。

すわ流血の惨事かと思われた時、白刃は別の方角で閃いた。

「見つけたぞ！　よもや逃げおおせられるとでも思っていたか！」

叫んだのは、丹翡《タンヒ》探索にあたっていた玄鬼宗《げんきしゅう》の殘凶《ザンキョウ》である。

視線は渡世人を向いている。優男は殘凶《ザンキョウ》の眼中にない。

髭面の義士気取りが護印師《ごいんし》捕縛《ほばく》を阻んだことは部下から聞いている。

貴公子は慌てた様子もなく、美味そうに煙管を吹かした。

一方の渡世人は頭を抱え、盛大に溜息を漏らす。

「ほら言わんことではない。この少女の災厄はまだ終わったわけではないぞ」

優男は、あくまで他人事のような言い草だ。

「貴様！　妙な出来心で首を突っ込んできたという話だが、大人しくその娘を引き渡すなら、一度限りの過ちには目を瞑《つむ》ってやろう。君子危うきに近寄らず、とも言うぞ？」

右に構えた丹翡《タンヒ》の翠輝剣《すいきけん》の切っ先を渡世人に突きつけるも、まだ脅しに留《とど》めている。

このお節介が軽視できぬ腕前であることは逃げ延びた部下から聞いている。

おのれが負けるとは思わないが、大人しく差し出させるにしくはない。

「ふむ、まったくもって至言だが……いかな君子とて、時には極めつけの不運に見舞われることもある」

蚊帳《かや》の外に置かれていた貴公子が横から口を挟んだ。

「なに？」

いぶかしげに見やった殘凶《ザンキョウ》へ、優男が煙管の煙をほうと吹きかける。

目の前の渡世人に吹きかけたのとは違う、煙は風に棚引いて霧散するはずだが、不思議と一直線に伸びて殘凶《ザンキョウ》の顔にまとわりついた。

殘凶《ザンキョウ》が咳き込みながら顔を伏せ、煙を剣風で掃き散らす。

「貴様ッ——な⁉」

巻きつく煙が消えると防御の構えを崩さぬまま、顔を上げた。

するとどうしたことか、対峙していた渡世人が木陰で休んでいたはずの丹翡《タンヒ》へと変わっている。面妖な事態だ。

貴公子が使ったのは幻惑の術である。薬香を焚きしめ、術者の望む幻影を対手に見せる。

その真意は測りかねるが、幻術は渡世人から話し合いの余地を奪うことになった。

「小娘！　いつの間に！」

「あン⁉」

狼狽を戦意に変えて、殘凶《ザンキョウ》が渡世人に斬撃を浴びせる。

初対面の相手に対するものとは思えぬ容赦ない一手だ。

しかし、殘凶《ザンキョウ》には昨晩惜しくも取り逃した丹翡《タンヒ》に見えている。

すでに一度宗主の前で恥をさらしていた。二度目はないと意気込むのも無理からぬ話である。

「お、おい⁉　何だってんだいきなり⁉」

狼狽は渡世人の方が大きかった。

彼からすれば一応は話し合いの姿勢を見せていた相手がいきなり豹変して突きかかってきたのである。

たしかに玄鬼宗《げんきしゅう》とは敵対したが、手心を加え、命までは奪わずにおいた。

武林に身をおく者ならば、その程度の機微はわきまえてしかるべきである。

先ほどまで優男に怒りを向けていたところに冷や水を浴びせられた形でもある。むしろ怒りより疑念が心を支配している。

仕方なく刀を抜いて打ち払うが、攻撃の手は控えて防御に専念する。

「今度こそ逃がさぬ！　天刑剣《てんぎょうけん》の鍔を差し出せ！　さもなくば命はない！」

かえって殘凶《ザンキョウ》は逆上した。

丹衡《タンコウ》のかけ声がなければ一撃で斃していたであろう格下相手にいいようにあしらわれている。

丹家の手筋は昨晩一通り見ている。演舞に似た華麗な武芸は殘凶《ザンキョウ》からしてみれば気取りすぎであったが、古色蒼然《こしょくそうぜん》とした深みを備えていた。

ところが今の丹翡《タンヒ》が振るうのは悪童の殺陣《ちゃんばら》じみた手筋だ。莫迦にしているとしか思えない。

しかし、精妙な変化も、雷光のごとき素早さもない平凡な手筋が、殘凶《ザンキョウ》が次々に繰り出す剣突を余さず防いでいた。

渡世人の刀は変化らしい変化もなく、ただ直線的に動いて急所を守るのみである。

ところが、その一手一手はまるで心を読むかのように殘凶《ザンキョウ》の次の狙いを堅く護っている。右を攻めようと思えばすでに右にあり、左を攻めようと思えばすでに左にある。

捷《しょうそくせんと》足先登——先んずれば人を制すとはこのことだ。

「てめえ！　さては何か仕掛けやがったな⁉」

危なげなく殘凶《ザンキョウ》の攻め手を受け流しながら、渡世人ははたと思い当たって背後の貴公子に大喝《だいかつ》する。

「はてさて何のことやら……まあ、いかに君子と言えど、降りかかる火の粉は払わんとな」

嘯《うそぶ》きながら煙管を振って「ほれ、そこだ」などと刃が嚙み合う横合いからどちらとなく声をかけて煽っている。

「畜生ッ！」

渡世人は人付き合いを嫌っているが、故《ゆえ》なく人を傷つける気は毛頭なかった。

ところが優男がふらふらと適当に指さす場所は上手い具合に渡世人の隙を突いている。偶然ではあろうが、煩《わずら》わしいことこの上ない。

「いい加減に——目を覚ましやがれ！」

殘凶《ザンキョウ》の攻め手を大きく弾くと渡世人が颯颯と剣風を巻き起こした。

大ぶりな反撃の手で派手に砂礫《されき》を巻き上げるが、殺傷力には乏しい。

しかし、吹き飛ばした礫《つぶて》が殘凶《ザンキョウ》の頬を撃ち、流血を強いた。

「ぐぬッ⁉」

痛みにひるんだ殘凶《ザンキョウ》は対抗して剣風を巻き起こしながら後ろへ退がった。

痛みと血臭によって幻術の効力が失われ、おのれの対手が渡世人であったことに気がつく。

「おのれ……おのれぇぇッッ‼」

謀《はか》られたと知った殘凶《ザンキョウ》は激怒した。

後ろで優雅に煙管を吹かしている優男と目の前の渡世人、当然ぐるだと思っている。

弄《もてあそ》ばれたという思いが火に油を注いだ。

「なあ、ここいらで収める手はねえか？　俺たち、なにも死んだり殺したりするほどの間柄ってわけじゃやねぇだろ」

渡世人は玄鬼宗《げんきしゅう》の鉄の規律と殘凶《ザンキョウ》が宗主に捧げる狂信的なまでの忠誠を知らぬ。

あくまでも諭すように語りかける。

ところが余裕ある態度のすべてが逆効果。腕に自信があり、功を焦る殘凶《ザンキョウ》には重ね重ねの侮辱としか映らぬ。

「否……断じて否ッ！　この傷の屈辱は貴様の血をもって雪《すす》ぐしかない！」

頬を伝う血を振り払うように拭い捨てる。

殘凶《ザンキョウ》は殘凶《ザンキョウ》で奥義も秘術も尽くしていない。

相手が有利に立ったのは幻術を用いた心理的優位によるものだと思っている。ようは自身が焦っていたということだ。

殺すと決めれば熱湯のような殺意が冷たく凍りつき、氷刃《ひょうじん》となって渡世人に向かう。

曖昧な死なば死ねと明確な殺意とでは技の鋭さは自ずと変わる。

「そうかい……命よりそっちが肝心か」

渡世人の方も江湖を渡って長い。幾多の修羅場を潜っている。

殘凶《ザンキョウ》の顔を見れば命のやり取りは避けられぬと察した。

困惑、焦り、怒りがさっと引っ込み、物憂げな剣気が身を包む。

「分かったよ。あんたは何も恥じなくていい。俺も本気を出すからよ」

渡世人は明らかに後の先を取るつもりでゆったりと構えている。隙だらけだが、どの隙も誘いに見える。

殘凶《ザンキョウ》は肝を据えた。

おのれの読みに命を張れずして勝てる勝負も勝てぬ。

先を取らば取れとこちらも内力を運行し、全身に横溢させてゆく。

渡世人があくまでも先に仕掛けぬと踏んで、力を溜めに溜めているのだ。

いかに防御が堅くとも我が全力は防げまい。

刃と刃が嚙み合う音が嘘のように静まり、雨垂れが大地を叩く無数の音だけが辻に響く。

殘凶《ザンキョウ》の気は弓のように張りつめているが、渡世人の気は丹田の奥深く沈み込んでいくとみえた。

殘凶《ザンキョウ》は丹翡《タンヒ》から奪った右の翠輝剣《すいきけん》を前に、愛用の貪狼刀《とんろうとう》を後ろ手に隠した。

時が来れば、この二振りの刀剣はそれぞれまったく違った軌道を描き、渡世人の命脈を絶つ。

いつの間にか陽は昇っている。

黒雲の隙間から曙光《しょこう》が差し、草木に散った緑雨が燦然《さんぜん》と輝く。

飽食の老虎めいた物憂げな剣気が渡世人を覆っている。

斬り飽きたとでも言うのか。

何を？　人を？

呑まれじと殘凶《ザンキョウ》は一歩二歩と踏み出す。内力を醞釀《うんじょう》し、円を描いて隙を窺う。

渡世人の構えは、どこもかしこも斬りやすそうに見える。

横に回ろうが、後ろに回ろうが、同じ隙が見える。こんなことはあり得ない。

誘いの手と見極めた殘凶《ザンキョウ》は生死を賭す技を思い定めた。罠めいて隙を晒すなら、その隙すべて薙いでみせよう。

内側から張りつめた殺気は皮膚を破りそうだ。

翠輝剣《すいきけん》は主を選ばず、切っ先は空を裂いて風が飄々《ひょうひょう》と鳴る。

凍りついた時の中では貪狼刀《とんろうとう》の剣穂《けんすい》が擦れ合う音ですら大きく響く。

生死を度外視すればこのような好敵手と相見《あいまみ》えることは幸運と呼ばねばなるまい。武芸者の血が騒いだ。さざめきが全身に広がり、凝固した不気味な恐れが氷解する。

熱い血潮と正邪選ばぬ演目の多さが殘凶《ザンキョウ》の売り。

迷いなく振るわねば混淆武術は単なるつぎはぎと化す。

だが、伸びやかに繋いでみせればどこかで必ず知らぬ技、受けられぬ技が対手を打つ。

「枯骨《ここつ》——血斬《けつざん》ッ！」

大喝。

剣、刀、掌、拳、脚、腿、足がとぐろを巻き、一箇の颱風《たいふう》となって吹き荒れた。

大地を揺らし、大気を歪める竜巻を、一颯の涼風が駆け抜ける。

渡世人の刀が貪狼刀《とんろうとう》に絡みついた。刃を通して莫大な勁力が流れ込む。

堪えかねた貪狼刀《とんろうとう》は玻璃《はり》のように砕け散る。

吹き抜けながら涼風は柄頭《つかがしら》で殘凶《ザンキョウ》の背を打っていた。

「拙剣無式《せっけんむしき》・八方気至《はっぽうきし》」

刀はすでに鞘へ納まっている。

形容しがたい呻《うめ》きを漏らし、殘凶《ザンキョウ》が膝を突いた。

「ぐ、はッ……」

打たれた背から胸に向けて衝撃が荒れ狂い、心の臓をずたずたに引き裂く。突き抜けた衝撃があばらを枯木のように砕き、体外へと押し出した。

血飛沫が弱まると寒気が殘凶《ザンキョウ》を襲った。

それでも渡世人に向かってじりじりと膝行《しっこう》する。

「死ねぬ……このままでは死ねぬ！　この身を剣に捧げて生きながら、斬られた相手の名すら知らずに果てるなど──ッ！」

そう吠え猛りながらも、破れた肺腑から漏れた血漿《けっしょう》が湧泉のように口中から滾滾《こんこん》と流れ落ちる。

「俺の名は殤《ショウ》不患《フカン》。気が済んだなら迷わず往生しな」

渡世人──殤《ショウ》不患《フカン》の声は優しさの中に寂しさがあった。

なぜ人は生き急ぐ？　なぜ富貴を求め、なぜ功を焦る？

なぜ死を尊び、生を蔑《さげす》む？　天与は生者のみに訪れるにも拘《かか》わらず……。

世の中には答えのない問いばかりだが、天は考える時間を与えてはくれない。

悩む殤《ショウ》不患《フカン》と対照的に殘凶《ザンキョウ》にとって人生は明快だった。

「殤《ショウ》不患《フカン》……殤《ショウ》不患《フカン》！　ははは ッ、聞いたぞ！　我ら玄鬼《げんき》宗《しゅう》に仇《あだ》なした怨敵の名を！」

殘凶《ザンキョウ》が血にまみれた風笛を飄《ひょう》と投擲すると、風切り音に喚ばれて怪鳥が飛び来たる。

「殤不患《ししゃをうれえず》だと？　ははッ、約束しよう。これより貴様に安息の場所はない！　玄鬼宗《げんきしゅう》の郎党が地の果てまで貴様を追い詰める！　ははッ、ははは——ッ！」

魂《たまげ》消るような高笑いとともに残った剣を高々と宙空に放る。

生命の甕《かめ》を割って注ぎ込まれた最後の勁力が翠輝剣《すいきけん》を流星と化し、天を仰いだ殘凶《ザンキョウ》の首筋を貫く。

恐るべき執念で剣に捻りを加え己が首を刎《は》ねると、不敵な面《つら》が宙にあるうちに魔界の猛禽——魅翼《みよく》がかっさらってゆく。

「……おいおい？　何だってんだ？」

さしもの殤不患《ショウフカン》も殘凶《ザンキョウ》の気概には息を呑み、呆然として見送るしかない。

「お前がさらなる難儀を背負い込んだということさ。これが玄鬼宗《げんきしゅう》を敵にまわすということだ」

貴公子がこともなげに言う。

禍《わざわい》を招いた張本人が他人事のような物言いである。これには殤不患《ショウフカン》も黙ってはいられない。

「てめえ、この野郎！　さっきはよくも——」

沙沙《ささ》と梢が騒ぐ。

大樹の根元に横たわっていた丹翡《タンヒ》が意識を取り戻したのだ。

「う……ここは……」

「おい、大丈夫かあんた⁉」

殤《ショウ》不患《フカン》は慌てて力なげに身を起こそうとする丹翡《タンヒ》に手を貸す。

優男はいつの間にか立ち上がり、殘凶《ザンキョウ》の遺骸から翠輝剣《すいきけん》を拾い上げている。

「やはり鍛劍祠《たんけんし》に伝わる雌雄一対の宝剣、その片割れ――翠輝剣《すいきけん》のようだ」

丹翡《タンヒ》はこめかみに手を当て、霧に包まれた意識を引き戻そうと目を瞬かせている。

優男は貴人の礼に則《のっと》り、雌剣《しけん》を恭しく差し出した。

その礼には少しもいやらしいところがなく、身に染みついているとみえた。

「これは貴方の持ち物とお見受けしましたが、いかに？」

「あ、あなたたちは一体？」

礼を返す余裕もなく、丹翡《タンヒ》は唯一身を守る術である翠輝剣《すいきけん》を受け取ると指の血の気が退くほどきつく握りしめた。

華美な服装の優男と薄汚い身なりの渡世人である。あまりにも怪しい。

とって食われぬとも限らない。そう思われても仕様がない。

殤《ショウ》不患《フカン》は気まずそうに鼻の頭を掻いた。

雨はすでに止み、颱風一過の空は蒼く眩しい。

人の生き死にもこのように後腐れがなければいいが、江湖では朝《あした》に人が出逢い、夕べに火花を散らす。

人在江湖飄、哪有不挨刀——人、江湖に在りて飄《たゆた》えば、刀を受けぬなど有りうるか。

蒼穹《そうきゅう》は天機を漏らさない。

＊

黒雲を縫って物騒な送荷《おくりに》を抱えた魅翼《みよく》が飛ぶ。

遥か下方には寂寞《せきばく》たる岩山が広がっている。

生きとし生けるものを阻む瘴気《しょうき》が濃く臭い、幽鬼の慟哭《どうこく》に似た怪鳥の声のみが連綿と連なる峰に木霊する。

人間界と魔界を隔てるとも伝えられる天険《てんけん》、魔脊山《ませきざん》。

その頂に聳《そび》える七罪塔《しちざいとう》こそは悪逆非道を以て鳴る玄鬼宗《げんきしゅう》の巣窟である。

魔脊山《ませきざん》の威容を見下ろす七罪塔《しちざいとう》の天空桟敷《てんくうさじき》に蔑天骸《ベツテンガイ》が佇み、眼下の景色を眺めていた。

その背後には玄鬼宗《げんきしゅう》幹部、獵魅《リョウミ》と凋命《チョウメイ》が控えている。

「殘凶《ザンキョウ》たちはどうした？」

振り向くことなく蔑天骸《ベツテンガイ》が問う。

「はい。あれきりなんの音沙汰もなく……」

凋命《チョウメイ》が一歩進み出て片膝をつき、拱手《きょうしゅ》して報告した。

怜悧《れいり》な容貌の青年は同胞の失態にどこか嬉しげだ。薄く開いた双眸《そうぼう》をますます細めている。

そこへ、殘凶《ザンキョウ》の無念首を抱えた魅翼《みよく》が天から舞い降りる。

何ものも見逃すまじと見開いた両眼がいまだ正面を見据えている。

「こ、これは——ッ⁉」

紅眼の美女、獵魅《リョウミ》が白玉の繊手《せんしゅ》を口元に運び、喉奥から溢れた驚愕を抑えつける。

蔑天骸《ベツテンガイ》の顔貌に動揺はみられない。

「ほう？　殘凶《ザンキョウ》め、随分と男前になって戻ったではないか」

冷やかに笑うと魅翼《みよく》が桟敷に転がした殘凶《ザンキョウ》の生首を拾い上げた。

「いったい誰がこのような……？」

獵魅《リョウミ》の誰何《すいか》にも怨みを呑んだ殘凶《ザンキョウ》の首は応えない。

己が首を捧げた決死行も、死の理《ことわり》の前には虚しいばかりか。

「さて？　直々に訊いてみようではないか」

生首と向かい合い、無常鬼《しにがみ》が死者を呼ぶ声で咒文《じゅもん》を唱える。

空漠《くうばく》として何もかも吸い込みそうな蔑天骸《ベツテンガイ》の両眼の暗黒が塵埃《じんあい》の刹那に閃光を発した。

人か魔か、森羅枯骨《シンラココツ》。邪宗門の秘技は死者の記憶をも手繰り寄せるのか。

殘凶《ザンキョウ》の目が怪しく光ると先刻の死闘の情景が次々と石壁に映し出されていった。

脳髄《のうずい》に焼きついた断末魔の記憶を外道法術が揺り起こし、走馬灯を見せているのだ。

赤く濁った視界の中で殤《ショウ》 不《フ》患《カン》が不敵に名乗りを上げる。

「ふむ？」

その後ろには意識を失い大樹の根元に横たわる丹翡《タンヒ》。

さらに、死闘をまるで興趣ある景観かのように煙管を片手に寛《くつろ》いだ様子で眺める貴公子を死者の視覚が映し出す。

「……掠《リョウ》 風竊塵《フウセツジン》か？　ふふふ、これはまた何とも面白い奴がしゃしゃり出てきたものだ」

殘凶《ザンキョウ》の執念に応えて名乗る殤《ショウ》 不《フ》患《カン》よりも、その後ろで雅趣を忘れない優男に邪宗門首領の昏い視線は注がれている。

走馬灯の中で煙管をくるりと回した貴公子の視線が森羅枯骨《シンラココツ》の双眸と激突した。

薄笑いの滲む玲瓏《れいろう》な眼差しは何もかも見通すのか？　偶然の産物か？

否、そんなことはあり得ない。否、それもまたあり得るか。

掠 風 竊 塵《かぜがかすめ、ちりをぬすむ》……それは七罪塔《しちざいとう》の主が興趣をそそられるほどの名か。

蔑天骸《ベツテンガイ》の悪鬼じみた哄笑《こうしょう》が七罪塔《しちざいとう》を音叉《おんさ》とし、魔脊山《ませきざん》を震わせた。

死者を啄《ついば》み、疫病を運ぶ魅翼《みよく》ですら、禍の予感に身を竦《すく》ませて、羽を休める岩陰を探している。

第二章

襲来、玄鬼宗

かつて魔界の軍勢が地上に押し寄せ、人間界を焼き尽くそうとした窮暮之戰《きゅうぼのせん》。絶滅の瀬戸際に立たされた人類は、最後の反撃に打って出るべく、神仙に教えを請うて数々の兵器を鍛造《たんぞう》した。

それこそが神誨魔械《しんかいまかい》——人の技をもって魔神の力に拮抗しうる超常の宝具たちである。

その凄絶な威力によって、すべての魔神は再び魔界の奥底へと追いやられ、鬼歿之地《きぼつのち》という深い爪痕を残しながらも、やがて地上には再び平和が訪れた。

鬼歿之地《きぼつのち》——二百年前に萬輿《ばんこう》を東離《とうり》と西幽《せいゆう》の二国に引き裂いた傷痕《きずあと》は今も生々しく血膿《ちうみ》を流している。

魔神の呪詛により、かつての豊饒《ほうじょう》の地は無数の底知れぬ谷で引き裂かれ、生命を冒瀆《ぼうとく》する瘴気を噴出する地獄へと変わった。以来、かつて一つであった二国の間を行き来した者は一人とてない。

二国の一方、東離《とうり》においては戦火をくぐり抜けて僅《わず》かに遺された神誨魔械《しんかいまかい》が護印師《ごいんし》たちによって禁足の聖地に祀られている。

その強大な力を狙う邪なる者や魔界の再侵攻に備え、護印師《ごいんし》たちは皇帝の勅許《ちょっきょ》を得て、砦《とりで》を築き、武を研鑽してきた。

天刑《てんぎょうけん》剣を祀る鍛剣祠《たんけんし》もまた禁足の聖地の一つであり、丹家は代々神仙の遺志を継いで天刑《てんぎょうけん》剣を守護してきたのである。

その一族に連なる少女、丹翡《タンヒ》は昏睡から目覚めた直後にも拘わらず、よどみない口調で護印師《ごいんし》と天刑《てんぎょうけん》剣の由緒について語ってみせた。

伝統を重んじる護印師《ごいんし》の一員である。幼い頃より、その使命を継ぐべく訓育されてきた。子守歌代わりに聴いた故事来歴であれば意識せずとも滔々《とうとう》と口をついて出る。

「数ある神誨魔械《しんかいまかい》の中でも天刑《てんぎょうけん》剣はひときわ危険な力を秘めているものと伝えられています。――為に、それに仕える丹家の一族は護印師《ごいんし》の中でも重要な地位を占め、我らも代々誇りを持って役目を果たしてきました。しかし――ッ」

蹂躪《じゅうりん》され、酸鼻を極める鍛剣祠《たんけんし》の惨《むご》たらしい情景、最後に見た兄の鬼哭が蘇《よみがえ》り、思わず言いよどむ。

「……しかし、その聖剣こそを狙い、玄鬼宗《げんきしゅう》と名乗る者たちが祠《ほこら》に踏み込み狼藉を働いたのです」

それでも誇り高き丹家の末裔、当代で唯一生き残った天刑《てんぎょうけん》剣の護り手として、震える喉の手綱を絞った。

「なるほど、聞けばその玄鬼宗《げんきしゅう》、天然の要害である魔脊山《ませきざん》を根拠とし、朝廷の威光の行き渡らぬをいいことに江湖を横行しているとか。宗主たる蔑天骸《ベツテンガイ》は利刀宝剣の類に並々ならぬ執着を示すという噂もあります。しかし畏れ多くも人間界守護の象徴たる神誨魔械《しんかいまかい》にまで手を出すとは、いやはや……」

貴公子の風格を漂わせるこの男、それでいながら江湖の風説に詳しいとみえて話を引き取り、曰くありげに語ってのち慷慨《こうがい》をみせた。

「……申し遅れましたが、私の名は丹翡《タンヒ》と申します。若輩ながら鍛剣祠《たんけんし》を預かる護印師《ごいんし》の端くれです。皆様には何とお礼を申し上げればいいのか……」

丹翡《タンヒ》は釣られて悲憤《ひふん》を漏らしそうになりつつも、威儀を正しておのれの素性を告げた。

「私はまあ、ここは鬼鳥《キチョウ》とだけ。所詮は名乗るほどのこともない通りすがりに過ぎません。実際にあなたを窮地から救ったのは、そこにおわす殤不患《ショウフカン》という御仁です」

鬼鳥《キチョウ》という名も、殤不患《ショウフカン》の名も丹翡《タンヒ》には聞き覚えがなく、ただそっと拱手して二人に一礼した。

実のところ深窓《しんそう》の令嬢である丹翡《タンヒ》は世事にはとんと疎い。江湖で名のある方だとすれば驚いてみせなければ失礼に当たるのかしら、などと内心では恐々とする部分もあった。

「好きでやったわけじゃねえ。巻き添えを食っただけだ」

殤不患《ショウフカン》は鼻を鳴らし、明後日を向いて嘯く。

丹翡《タンヒ》はぶっきらぼうに謝意を拒絶する渡世人の態度に困惑を顔に浮かべた。

「ああ、お気になさらず。この御仁は、当然のことをしたまでだ、強いて感謝されるほどのことではない、とそう言っておられるのです。ようはたんなる照れ隠しですよ」

純真な丹翡《タンヒ》は、謙虚な方ですのね、と尊敬の籠もった視線を向ける。

「勝手な解釈してんじゃねえよ」

冷ややかながらいまいち切れ味の鈍い殤不患《ショウフカン》の返しの一太刀に構わず、鬼鳥《キチョウ》は話を進めた。

「しかし、玄鬼宗《げんきしゅう》は祠を占領して望みの品も手に入れたはずなのに、なぜあなたを追ってこんな所まで？」

鬼鳥《キチョウ》は当然の疑問を呈した。あるいは蔑天骸《ベツテンガイ》という男、好色の道でも梟雄たらんと欲するか。堅苦しい護印師《ごいんし》の装束の下に隠された水蜜桃《すいみつとう》のように瑞々しい初心《うぶ》な乙女の肢体を透かしてみる。

しかし、殘凶《ザンキョウ》の死に様を思い出して想像を一笑に付す。敵とはいえ堂々たる男子が、主の好色のためにあそこまでの気概を示すだろうか。可能性は低いというのが優男の見立てだった。

「いいえ、天刑剣《てんぎょうけん》はまだ無事です。剣の台座には封印が施されており、祠の外には持ち出せません」

まさか目の前の紳士面した男から不埒な疑惑を掛けられていたとは夢にも思わない。しごく素直にからくりを明かした。

天刑剣《てんぎょうけん》は神仙の技が鍛えた刃が宿した力そのものを還流し利用する強固な結界により封じられている。蔑天骸《ベッテンガイ》といえど例外ではなく、おいそれと手を出せるものではない。

「なるほど用心深い。して封印の鍵は？」

「柄と鍔です。天刑剣《てんぎょうけん》は今、剣身だけの状態で鍛剣祠《たんけんし》に封じられています。柄と鍔を取り付け、本来の形に戻った時はじめて、天刑剣《てんぎょうけん》は台座から引き抜くことができるのです」

丹翡《タンヒ》は懐から折り畳んだ天鵞絨《ビロード》を取り出す。包みを開き、美しい装飾が施された鍔を取り出した。

「なるほど、これが噂に名高い……」

「ええ」

丹翡《タンヒ》は出会ったばかりの旅人の目前に、命より大事な封印の鍵を差し出した。

危険は承知だ。しかし、鬼鳥《キチョウ》と殤不患《ショウフカン》は丹翡《タンヒ》が気絶している間に身包《みぐる》みを剝ぐことも、殺すことさえ出来たのである。今さら貴重な宝物に眼を眩《くら》まされるとは思えなかった。そこでおのれの正統性を示すことで、助力を得られることを期待したのである。

むろん天刑剣《てんぎょうけん》の鍔などという思いも寄らぬ宝物を目にすれば、品行方正な君子と見えた人物が一瞬のうちに獣に変ずることも往々にしてあり得る。江湖において人を信じるのは難しい。人を信じる人間が江湖で生き抜くのはさらに難しい。

鬼鳥《キチョウ》は天刑剣《てんぎょうけん》の鍔をとっくりと観察している。見ればたしかに細密に彫り込まれた神秘的な紋様はすでに失われた技法である。神仙の技術によるものと言われれば信じるしかなかろう代物だと思った。

「私は先代から封印の護り手としての務めを受け継いで以来、肌身離さずこの鍔を身に帯び、命に勝るものと心得て守り通してきました。兄もまた同様に……天刑剣《てんぎょうけん》の柄を託されていました」

自身に後事を託し、散っていった兄の背を思い出す。瞼に焼きついた光景を忘れることは決して敵わない。血を分けた兄を見捨てた背信の苦みが舌を刺した。

たとえ柄を取り戻し、蔑天骸《ベツテンガイ》を討ち果たしたとて、胸中の虚無は埋まらない。

「しかし兄は、追ってきた蔑天骸《ベツテンガイ》の手にかかり……」

丹翡《タンヒ》は堪えようとて堪えきれず、言葉に詰まる。

「柄の方は敵の手に落ちた、と」

丹翡《タンヒ》は鍔を天鵞絨で丁寧に包み直し、懐に戻した。

「さて丹翡《タンヒ》どの、この後はどうなさるおつもりか？」

「もちろん、兄の仇を……蔑天骸《ベツテンガイ》を討ちます。そして天刑剣《てんぎょうけん》の柄を取り戻さなくては」

仇を討たずにいられようか？

鍛剣祠《たんけんし》の郎党は襲撃の際、丹翡《タンヒ》たちの囮《おとり》となるべく散り散りに逃げた。中にはそのまま逃げ延びた者もいようが、玄鬼宗《げんきしゅう》の手に掛かって果てた者がほとんどであろう。

先代は皆が逃げ延びる暇を稼ぐために鍛劍祠《たんけんし》へと残った。その末路は容易に想像できる。

「あんたの兄貴ってのは、妹よりも弱っちい奴だったわけか？」

丹翡《タンヒ》を見下ろす髭面の渡世人の言葉は泣きどころを無慈悲に刺すものだ。

「いいえ断じてそのようなことは！　兄は一流の剣士でした。私など及びもつきません！」

「じゃあそんな兄貴を斬った野郎を、兄貴に及ばぬあんたがどうしようってんだ？　ちったあ頭を冷やして考えろ」

生き残るべきは兄だったのだ。力もなく、世間知らずの小娘ではなく。そう自覚させられた丹翡《タンヒ》は悄然として面を伏せた。

だが、涙は流さない。それは濁流《だくりゅう》の中で枯れ果てた。兄は護印師《ごいんし》としての使命に殉じ、使命をおのれに託したのだ。兄の背に隠れていた妹ではなく、生き残った護印師《ごいんし》として果たすべき正義がある。

「それは……しかし……神誨魔械《しんかいまかい》が、人間界守護の要が外道の輩に狙われているのです！　我が身の非才を嘆く暇などありません。義に訴えれば、助太刀してくださる方々がきっと……」

すべてを失った虚ろな乙女をかろうじて支えているのは、己が身に代えてでも蔑天骸《ベツテンガイ》を討ち、天刑劍《てんぎょうけん》の柄を取り戻す、悲壮な決意であった。

「そのとおり！」

鬼鳥《キチョウ》が励ますように太鼓判を押し、

「もちろんこの鬼鳥《キチョウ》もお供させていただきますよ。我が身は非力なれど、江湖の人脈と、人心を動かす弁舌にはいささかの自信がございます」

颯爽《さっそう》と助力を買って出る。

「——っ、ありがとうございます！」

鬼鳥《キチョウ》は雄弁家を自認する男だ。

丹翡《タンヒ》の感謝に頷くと、さっそくおのれを丹翡《タンヒ》の代弁者と任じて、

「義を見てせざるは勇なきなり。なあ、そう思うだろう？　英雄好漢の殤《ショウ》不患《フカン》大俠も」

取りつく島もない風来坊に足がかりを得ようと、気安い身振りと剽軽《ひょうきん》な口ぶりで再度水を向ける。

それも髭面の渡世人には通用せず、

「冗談じゃねえ。御免被るね」

返事はにべもないものだ。

「おいおい、話を聞いていなかったのか？　恐ろしい力を秘めた最強の神誨魔械《しんかいまかい》が、悪人の手に渡ろうとしているのだぞ？」

木で鼻をくくったような態度を崩さない殤《ショウ》不患《フカン》に、鬼鳥《キチョウ》は諭すような口ぶりだ。

「俺の知ったことか。こちとら英雄でも好漢でも義士でもねえ。余計な厄介事には近寄ら

ない主義なんだ」

弁の立つ男の助勢に力を得た丹翡《タンヒ》も言い募る。

「でも先程は、私を助けてくださいました。殤様、どうか――」

あえての無愛想な態度は、恩着せがましい真似をしない江湖の男伊達の美風だと兄から聞いたことがあった。

見ず知らずの自身を救って玄鬼宗《げんきしゅう》を敵に回したこの二人こそ、正しく英雄好漢だと丹翡《タンヒ》には思えてならなかった。

兄に及ばぬおのれに出来るのは、護印師《ごいんし》の誇りを忘れず、誠意を尽くして義を説くことだと思っている。

「待った。あれは成り行きとこいつの口車のせいだ。言っただろ。好きでやったわけじゃねえって」

叩頭しかねない勢いの丹翡《タンヒ》をとどめ、言い聞かせる。

しかし、拒絶の言葉とは裏腹に声音には優しさが滲んでいた。

こういう優しさを持った男はおのれの優しさに苦しめられる男だと相場は決まっている。

だからこそ知らん顔を決め込み、だからこそ人を遠ざける。

おのれの性分はそう容易《たやす》く変えられないことを知っているからだ。

「またそんな臍曲《へそま》がりなことを」

またしても懇願を拒絶されて戸惑う丹翡《タンヒ》を庇《かば》うようにして、優男が風来坊をなじった。

「ならはっきり教えてやるよ。てめえみたいな食わせ者とこれ以上関わり合いになるのは願い下げだって言ってるんだ」

殤　不患《ショウフカン》は鬼鳥《キチョウ》へ矛先を転じて宣言した。

見返す貴公子にひるんだ様子はない。

射貫くような眼光を受け止めるのは、吸い込まれそうな瞳だ。女をとろかす色男の瞳だが、表向きの柔弱さの奥に得体の知れない意志の光がある。

「ううむ……」

だが、罪作りな瞳も殤　不患《ショウフカン》の意志を変える力はない。

「鬼鳥《キチョウ》とか言ったか？　今度こそ、てめえ自らが助っ人を買って出たんだ。次は他人をこき使う代わりに、てめえ自身で骨折って人助けに励みやがれ。分かったな！」

言うが早いか背を向け、肩を怒らせて足早にその場を去った。男はおのれの弱みを極端に厭うものだ。鬼鳥《キチョウ》の鑑識眼には渡世人が見せまいとする弱みがはっきりと見えていた。

「あんなに怒らせてしまうなんて。きっと私に至らぬところがあったのでしょう。せめて此度《こたび》のお礼だけでも――」

慌てて追おうとする丹翡《タンヒ》を遮り、

「気に病むことなどありません。次に会うときはまたきっと機嫌を直していることでしよう」

悠長に構えて予言めいた言葉を漏らす。

「次に？」

「ええ、心配はありません」

鬼鳥《キチョウ》は丹翡《タンヒ》を安堵させるように微笑んだ。

しかし、少女の目はすでに遠くなった無愛想な男の背を追ってしまう。そこに兄の面影を見てしまうからだ。

白皙無髯《はくせきむぜん》にして怜悧な容貌の丹衡《タンコウ》は、どちらかと言えば傍らの如才ない貴公子に雰囲気は似るだろう。人嫌いの薄汚れた風来坊とは対極にある。

だが、風来坊には真夏日の木陰や雨の日の軒下のような雰囲気がある。

見かけたら、ふと身を預けずにはいられない。そういう不思議な魅力だ。

乙女の兄、丹衡《タンコウ》も厳格に見えてそういうところがあった。だから、江湖の荒々しい武辺者たちの評判もまずくなかった。いや、むしろ慕われていたと言ってもいい。

そういう男の周りには自然と人が集まる。こればかりは本人の意思とは無関係だ。

一見風采の上がらぬ無精髭の渡世人の背に、丹翡《タンヒ》の視線は吸い寄せられる。

どんな者も、この男の優しさに縋らずには居れないのか。だから男は重荷を背負うのか。

背負いきれぬ重荷が、男にふと寂しそうな貌《かお》を去来せしめるのか。

たった今、他人の重荷を背負ったばかりの貴公子は、砂を踏もうが、雪を踏もうが痕を残しそうにない軽やかな笑みを浮かべている。

＊

玄鬼宗《げんきしゅう》幹部、凋命《チョウメイ》と獵魅《リョウミ》が七罪塔《しちざいとう》の宝物殿へ報告に上がった時、刀剣架《とうけんか》に居並ぶ数々の宝剣たちが主に向かって蕭々《しょうしょう》とさざめくのを聴いた。

人が剣を選ぶのか、剣が人を選ぶのか。

剣が人を斬るのか、人が人を斬るのか。

森羅枯骨《シンラココツ》ほどの剣人とあらば我を使えと剣が咽《むせ》び鳴くのか。

「お呼びでしょうか？　宗主様」

凋命《チョウメイ》は拱手して膝を突いた。獵魅《リョウミ》も同じく恭しく跪《ひざまず》く。

「その後、護印師《ごいんし》の娘は？」

蔑天骸《ベツテンガイ》は刀剣との対話を続けて振り向きもせず問うた。

「いまだ手掛かりはありませぬ。目下、殘凶《ザンキョウ》が伝えた殤不患《ショウフカン》なる男について行方を追っております」

禍々しい装いの剣を手に取ると刀剣架を包むさざめきがおさまった。魔剣の握り心地を確かめながら、黙して報告に耳を傾ける。

「街道筋にはくまなく網を張っております故、見つかるのは時間の問題かと」

刀剣架が並ぶ宝物殿には不在の中心がある。宝物殿の中央、空の刀剣架だ。

蔑天骸《ベツテンガイ》は魔剣を手入れしながらも意識はその虚空に向けている。

存在しない故に宗主の望みは明確だ。

――空隙を埋めよ、と。

果たして天刑剣《てんぎょうけん》は不在の中心を占めるに値する剣か。

それは試さねば分かるまい。

「ふむ」

宗主が息を漏らし、魔剣を刀剣架に返すと配下の二人を縛りつける壮烈な圧力が去った。

「天下に名だたる宝剣、魔剣を収蔵して久しいが、天刑剣《てんぎょうけん》に勝る逸品は二つとあるまい。まさに神仙の秘技の結晶。護印師《ごいんし》どものひなびた祠に捨て置くなど言語道断」

宗主の冷たく凍りついた声音が配下二人の耳朶《じだ》を打った。

剣を選ぶは我にあり。強烈な自我が命じる。天刑剣《てんぎょうけん》をその手に摑めと。

「宗主様は天下に無双の剣聖。その腰を飾るのはやはり無双の業物でなければなりますまい」

蔑天骸《ベツテンガイ》に心酔する獵魅《リョウミ》は宗主を讃える言葉に事欠かない。

「追従《ついしょう》はいらぬ。欲しいのは鍛剣祠《たんけんし》の封印を破る鍵。あの小娘が持つ剣の鍔のみだ。一刻も早く手に入れよ」

「はっ！　必ずや！」

手を振って配下を下がらせる。

森羅《シンラ》枯骨《コツ》の手に堕ちた宝剣、魔剣が主を呼ぶ。血に飢えて蕭々と鳴く。

なだめるには宗主手ずからの世話か、生き血しかない。

「天刑剣《てんぎょうけん》の鍔を手に入れれば、天骸様からはどれほどの寵愛を賜《たまわ》ることになるかしら……」

玄鬼宗《げんきしゅう》に咲く昏き花、獵魅《リョウミ》も主の寵愛を求めて鬼謀を巡らす。

蔑天骸《ベツテンガイ》は独り宝物殿に在る。

壁に飾られた刀剣は歳月とともに増えてゆくばかりだ。

天下の宝剣はなべて森羅《シンラ》枯骨《コツ》を選ぶのか。

歳月無情とは言うが、蔑天骸《ベツテンガイ》が七罪塔《しちざいとう》の主となって幾十年、顔貌益々麗しく、剣の技倆は円熟の極みに至り、四海に比類ない。

天網恢々疎《かいかいそ》にして漏らさずといったい誰が言ったのだ。

魔脊山《ませきざん》に昼はなく、七罪塔《しちざいとう》から望む天空《そら》は常に黄昏時《たそがれどき》である。

陽射《ひざ》しなき地に天の眼は届かない。

＊

蔦葛《つたかずら》は漆《うるし》の剝げた仏堂に根を下ろし、切妻を裂く陽射しに向かって背を伸ばしている。石仏は草いきれの中でも微笑を崩さない。

貴公子と令嬢は大樹の陰で脚を休めながら木洩れ日に打たれていた。

詩歌でも詠むように鬼鳥《キチョウ》が一筆箋の綴《つづ》りに颯颯と筆を走らせ、都合三枚の文をしたためる。くるりと巻いて懐から取り出した小さな筒に収めた。三つの筒は紐で一つに結わえる。

「うむ、これでよし」

「それはいったい……」

丹翡《タンヒ》が問えば、

「蔑天骸《ベツテンガイ》と事を構えるに当たって、必要な仲間に文をしたためました」

鬼鳥《キチョウ》はそう言うと、ほっそりと滑らかな指を口に当て嘯《しょう》と吹いた。

涼やかな音色に応えるように白鳩が関と鳴いて飛びきたる。一纏《ひとまと》めにした筒を掲げ持つと心得たもので白鳩が掠《さら》っていった。その名に違わず、鳥とは朋友《ほうゆう》付き合いしているらしい。

「鳥の扱いも心得ていらっしゃるの？」

丹翡《タンヒ》も鳥文《とりぶみ》の存在は知っているが、それは大城《だいじょうし》市にある鳩舎へ手紙を持っていき、そこで伝書を依頼するというものだ。口笛だけで鳥を喚び、自在に操るとは珍《めずら》かなものである。浮き沈みの激しい江湖渡世では早く多くの情報を持つ者は畏敬される。鬼鳥《キチョウ》もまたそうした江湖の消息通なのであろうと解した。彼らは人に抜きん出て情報を摑むために通信手段にも独自の工夫を凝らすと聞く。

「まとめて最寄りの街まで届けてもらいます。受け取った鳥師はさらに宛先ごとに別の鳥を飛ばしてくれる」

鬼鳥《キチョウ》はまさしく数少ない本物の消息通の一人ではあった。他の連中と違うのは、その情報を売り物にしているわけではないということだ。何となれば情報を売り買いする以上、消息通の名もまた江湖に広く知れ渡っているものだからである。

しかし、鬼鳥《キチョウ》の綽号《とおりな》を知るものは少ない。

「いつもそのような備えを？」

一族の頭領となるべく江湖へ修行に出された兄と違い、鍛劍祠《たんけんし》で修行を積みつつも掌中の珠と育てられた妹にとって江湖で出逢うものは何もかも目新しい。

「人の伝手《つて》とは網の目のようなもの。それをいかにして手繰るかの算段は、私にとって唯一の取り柄のようなもので」

この優男にとっては消息通たることそのものが愉悦なのかも知れぬ。生来の噂好き、そういう笑みを浮かべている。

「しかし鬼鳥《キチョウ》様は、なぜそこまで私にお力添えをしてくださるのでしょうか？」

用心深いとみえる鬼鳥《キチョウ》が、なぜ玄鬼宗《げんきしゅう》を敵に回してまであっさりと自身に味方してくれるのか、丹翡《タンヒ》には分からない。

見たままに江湖の好漢といった風情の殤不患《ショウフカン》と比べて、優雅に紫煙をくゆらす貴公子は真意の底を見せずにいる。命を救われておいて疑うなどゆめゆめすまいが、助太刀以上の目的があるように思われてならなかった。

「故あって蔑天骸《ベツテンガイ》という人物を知っているものでね」

深々と煙を吸い込むと、ふっと遠くを見つめて言う。遠い昔、古い長櫃《ながびつ》に仕舞い込んだ記憶を探し求めるようにふと一瞬遠くを眺めた。

「えっ？　あの男を、ご存じで？」

「ええ。森羅枯骨《シンラココツ》は危険な男です。神誨魔械《しんかいまかい》の強大な力を手にすれば、必ずや天下に災禍をもたらすことでしょう」

丹翡《タンヒ》に向き直ったその瞳は真剣で嘘をついているようには見えない。語ろうとはしないが、鬼鳥《キチョウ》と蔑天骸《ベツテンガイ》にも何らかの因縁があるのかも知れなかった。

しかし、丹翡《タンヒ》にはそれとは別に解せないことがある。

「なぜ殤様が去る前に、そのように理に適《かな》った説明をしてくださらなかったのですか？　そうすればあの方も、あるいは……」

森羅枯骨《シンラココツ》、蔑天骸《ベッテンガイ》を敵に回し、命の保証もないのだ。むろん無理強いはできかねる。

鬼鳥《キチョウ》という得がたい助太刀もあれど、それでも丹翡《タンヒ》は殤《ショウ》不患《フカン》の逞《たく》しい背中を追わずにはいられない。

そういう頼もしさを持った男は江湖でも稀だ。

だが、いないわけでもない。ただ歩いているだけで巷間に満ちるあらゆる恩怨を背負い込んでしまう男が。

「ああ、あいつは説き伏せるまでもなく我々の力になってくれますよ」

鬼鳥《キチョウ》の言葉には十年来の知己についてでも語るような確信が滲んでいる。

「え？　でも先程は、もう助太刀は御免だと……」

「今は違う道筋を辿っていても、辿り着く先は我々と一緒です」

天眼通《てんげんつう》がごとく、鬼鳥《キチョウ》は丹翡《タンヒ》に見えぬものを見通しているとみえた。

「不思議な方ですのね。鬼鳥《キチョウ》様は」

純朴な乙女は動じるところのない貴公子の姿に安堵を覚える。蔑天骸《ベッテンガイ》を討ち、天刑《てんぎょうけん》剣を護り抜く。それが生き残った者の使命だと痛々しいほどに思い込み、つかめるものは藁《わら》でもつかむ。

消息通は往々にして易者めいた物言いをするものだが、江湖の裏街道の行き先を照らすのは道々の刹那に閃く刀光のみ。瞼の裏の残光で誰が将来を判じることができようか。刀光の飛沫の中に見たものがおのれの影でないとなぜ言える？

仗義疏財、扶危済困——義を仗《まも》り財を疏《うと》む、危なきを扶《ささ》え困《くる》しむを済《すく》う。人、それを見れば義気を讃え、拇指《ぼし》を立てん。

だが、本当にそれに値する好漢が江湖にどれほどいるものか。腹のうちは皮を剝いでみなければ分からない。

穢《けが》れを知らぬ乙女を運ぶのは陰鬱な黒南風《くろはえ》か、爽やかな緑風か。

江湖の風は殺気を孕《はら》む。そのことだけは幼児さえも知っている。

＊

熱風。

市場の風は活気に満ちている。

街道沿いの宿場町は旅人を待ち受けて、茣蓙《ござ》を敷き、籠を並べ、屋台を引いている。

銭貨が擦れる音、走り回る童子、売り込みの声、肉を炙る煙、喧噪が出迎え、人並みの休息を求める殤不患《ショウフカン》の心も安らぐ。

軽功で千里を駆ける達人も、慣れぬ土地を当て所なく流離《さすら》う倦《つか》れとは無縁ではない。

「やれやれ、これでようやく屋根のある部屋と柔らかい布団にありつけそうだ」

険もほどけて笑顔を見せ、街へ入る。

郷里を離れ、巌々たる山を登り、千尋の谷を覗き、滅々たる荒野を歩いた。

しかし、人が集まる場所には変わらぬ景色がある。市場だ。活気のある市場だ。

洟《はな》垂れの餓鬼が殤《ショウ》不患《フカン》の顔をじっと見る。鬼か蛇でも見たかのような勢いで駆けだして路地裏へ消えた。

渡世人とすれ違う人々は顔を背けて互いに囁きを交わしあう。雑踏が竹を割ったように開き、通りから人が消える。

「……ん？　何だ？」

思わず洗い晒しの着物の袖を引っ張って嗅ぐ。

旅に出てからまともに濯《すす》いだ覚えはない。強いて言えば昨夜から今朝にかけての雨がそれだ。慣れてしまって気にならないが、桃花の香りとはいかぬ。しかし、それだけで蜘蛛の子を散らすように人が逃げるか。盛況の市場に閑古鳥が鳴くか。妙な気分で大路を歩く。

香ばしい薫りが鼻先をくすぐる。

旅の間の食事と言えば麨《はったい》を雨水に溶いただけだ。およそ料理と呼ぶもおこがましい代物である。

そういう食糧事情では、路傍で売られるなんの変哲もない屋台料理ですら皇宮の御膳とすら思えるようになる。店先からひったくりそうになる気持ちを抑えて、懐の粒銀を漁った。

「おい、この焼餅《シャオビン》をひとつ頼む」

声を掛けられた屋台の店主は地獄の閻魔《えんま》でも見たような顔をして縮み上がる。

「き、今日の商いはもうお終《しま》いでさあ。余所を当たってくんな！」

頭を抱えて屋台の陰にしゃがみ込み、目を合わせることすら忌《い》まわしげだ。

「あン？ 余所っつっても……」

露骨な態度に、怒るより呆れている。

仕方なく周囲を見回せば、露店という露店、屋台という屋台が先を争って店仕舞いを始めている。

塞外《さいがい》を旅して見聞を広めてきた殤不患《ショウフカン》も、客が来るとこぞって店仕舞いする市場など見たことも聞いたこともない。

「あのな、俺は餅《ビン》をひとつ買いたいだけだ。自慢じゃねえが、銭だってこの通り……」

粒銀がみっしり詰まった麻の巾着を取り出してみせる。こうなれば多少割高でも焼餅《シャオビン》を食わずには済ませない。腹の虫はまだ我慢が利くが、すでに焼餅《シャオビン》の舌になっているのである。

この殤不患《ショウフカン》という男、こういう頑固で子供じみたところがある。

「そ、そこにあるもんは何でも持ってってって構わねえ！　頼むからさっさと消えてくれ！　後生だから！」

ついに店主は屋台を置き去りに、尻に帆を掛けて退散した。尋常ではない恐れようである。

失礼としか言いようがないが、殤不《ショウフ》患《カン》にも矜持がある。屋台を引いてその日暮らしの男から脅し取るなどもっての外だ。

仕方なく粒銀を屋台に置き、代わりに焼餅《シャオビン》を一つ手に取って屋台を離れる。代金が多すぎるが、迷惑料だ。どうにも事情があるとみた。

市場は先ほどまでの活気を失い、覗き見と耳語《じご》の囁きが物陰を支配する。

風来坊がこの街に来たのは初めてのことだ。にも拘わらず、この街では誰も彼もが殤不《ショウフ》患《カン》という男を知っている様子だ。

盗み見る眼、眼、眼は極悪非道の大罪人でも見るかのように瞳に敵意と恐怖を湛《たた》えている。

謂《いわ》れのない敵意と恐怖の念に打たれながら人気《ひとけ》の失せた市場を抜けると、年季の入った客桟《きゃくさん》が見えてきた。旅人を歓迎するはずの入り口は戸を閉じてご丁寧に板まで打ちつけてある。壁には何やら大量の絵草紙が偏執的に貼りつけられ、閑散とした客桟に彩りを与えていた。

一颯のつむじ風が絵草紙を引き剝がして、悄然と歩く殤《ショウフ》不患《カン》に向かって殴りつけるように運んだ。

思わず手につかみ取って開くと、なんとそこに描かれているのはおのれの姿ではないか。やけに猛々しく凶悪な面構えに脚色されてはいるものの、洗い晒しの着物に、腰へ差したみすぼらしい佩刀《はいとう》、無精髭、両鬢《りょうびん》に交じる白髪、そして大見出しにある殤《ショウフ》不患《カン》の名は見間違えようがない。

紛れもなく手配書である。それもなかなかに絵心がある。

「なんだこりゃ？　この者と商いをする者、言葉を交わす者、すべて玄鬼宗《げんきしゅう》の怨敵と見なすもの也……」

玄鬼宗《げんきしゅう》とやらはよほど辺り一帯で幅を利かせているらしい。この恐れられようは尋常ではないと殤《ショウフ》不患《カン》は思った。

よほどの悪事を重ねていなければこうはならぬはず。してみると、玄鬼宗《げんきしゅう》の郎党が向かってきても手心を加えるか悩む必要はなさそうである。

「こりゃ宿まで探すのは無理だな。まあ、餅《ピン》が食えただけでも御の字か」

呆れたように言って焼餅《シャオピン》にかじりついた。

嫌われるのは慣れている。追い出されるのも慣れている。ただおのれの巻き添えで罪もない人を傷つけることだけはいつまで経っても慣れることはない。

市井《しせい》の人々に迷惑を掛けるのはむろん本意ではない。玄鬼宗《げんきしゅう》に苦しめられる人々に同情心が湧いたが、おのれにはおのれで課した使命があると割り切って足を早めた。

玄鬼宗《げんきしゅう》に対する恐れはない。徒党を組んで武芸も出来ぬ町人を脅しつけるような輩だ。まとわりつかれようが一顧だに値せぬ。道を違えず歩くなら万里の道も一歩に等しい。

俯仰《ふぎょう》天地に愧《は》じず、その丈夫《ますらお》歩むところに敵《かたき》なし。

＊

独りで歩むことに慣れている。敵もなく味方もなく我が道を往《ゆ》く。そうして異郷へと辿り着いた。人のいるところには争いがある。争いは遠ざければ遠ざけるほど、向こうからやってくるものだ。殤《ショウ》不患《フカン》は改めてその道理に思い至ってかぶりを振る。

人の世の縁《えにし》の糸は目に見えず、もつれ合い、蜘蛛の巣のように人を絡め取る。それを避ける術はないのか。絡みついた糸は振りほどこうと力を込めるほど、より一層絡みついて離れない。

「貴様が殤《ショウ》不患《フカン》か？」

街道を歩く風来坊に高台の上から隻眼《せきがん》の壮漢が問いを発する。

妙なやつがいるとは思っていたが、まさか話しかけられるとは思わず、風来坊は焼餅《シャオビン》の最後の一欠片《ひとかけら》を喉奥に詰まらせて咳き込む。

「――ったく」

やっとこさ呑み込んで、胡座《あぐら》をかいて見下ろす男を見上げた。

「知らねえよ。俺がもし殤不患《ショウフカン》だとしたら、誰とも知れねえ野郎に名乗りたくはねえだろうな」

殤不患《ショウフカン》と男の間にはそれなりの距離がある。しかし、二人の声はよく響き、聞き違えそうにない。声に雄渾《ゆうこん》な内力が込められているからだ。互いに実力のほどは察している。

「ほう、また随分と偏屈な男なのだな、その殤というのは」

猟衣の袖を軽く払って男が面白げに身を乗り出す。一つしかないが猛禽のように鋭利な眼光で殤不患《ショウフカン》をしげしげと観察する。

男は、胡座の膝上に弓を載せている。鋼の弓幹《ゆがら》からは三日月状の刃、月牙《げつが》が突き出す。装飾にしては攻撃的に過ぎた。

そして何よりも特徴的な眼――。

こういう眼をした男を殤不患《ショウフカン》は幾人か知っている。

善人の眼か？　否。

悪人の眼か？　否。

ならば善悪を見極める眼か？　否。

こいつは商人の眼だ。冷徹に命を値踏みする塞外の行商人の眼だ。

血も涙も呑み込んで涸らす茫漠《ぼうばく》の荒野で獲物を飽かずに追跡する鷹の眼だ。

情より実を取る男の厳しい眼だ。

こういう眼をした男は決して食いっぱぐれない。

動き出す時はすでに獲物を見定めているからだ。

獲物が末期の吐息を漏らすまで油断しないからだ。

そういう男は敵にも味方にもなる。

あるいはすでに敵か味方だ。

どちらか分からない以上、殤《ショウ》不患《フカン》はしらを切り通すことに決めていた。

「きっと懲り懲りするような目に遭ったんだろうさ。この国じゃ、道端に座り込んで妙な言いがかりをつけてくる奴には要注意だ、ってな」

猟衣の男の眼光に射貫かれるに任せ、両手を広げておどけながら皮肉で返す。

隻眼が何かを理解したような表情を浮かべ、眼光を緩める。

「もし貴様が殤《ショウ》不患《フカン》でないなら聞き流してくれて構わんが……この先の荒れ地で玄鬼宗《げんきしゅう》の連中が待ち伏せをしている」

長くもない顎髭をしごきながら独り言のように漏らす。親切のように聞こえるが、それにしては声音が面白げに過ぎる。

「ふうん……その殤って奴もまた随分と災難だな」

殤《ショウ》不患《フカン》は変わらずしらを切る。

それきり振り返らず、隻眼の男の存在などなかったかのように街道を辿る。

こちらから玄鬼宗《げんきしゅう》に手出しする気はなかれども、かといって外道の輩を相手におのれが道を曲げようとは思わない。道を塞ぐならば押し通るまで。風来坊の意志は堅い。

宝刀よりも鋭利な狩人の眼光は旅人の背に突き刺さって離れない。

＊

白昼。寂寞たる荒野。

固陋《ころう》な岩盤は草木の根を厭い、乾いた大地にはひび割れが走っている。

人影は途絶え、代わって岩々が佇立し、黄塵が吹きすさぶ。

干上がった川と土埃に沈んだ城址《じょうし》はかつてこの街道沿いが栄えた時代を偲ばせる。

殤《ショウ》不患《フカン》は懐手をして、爪先を見つめて歩く。

太陽は気味が悪いほどに赤い。

宿場町こそ活気はあれど、辺境の荒廃ぶりは目を覆う様だ。玄鬼宗《げんきしゅう》のような邪宗門が横行し、庶民は怯え暮らしている。権力者は下々の暮らしも顧《かえり》みず、遊興に耽《ふけ》るとみえた。

いまだ消えぬ義気の炎が男の胸裡《むねのうち》で渦巻く。刀を振るって良民を助け、私腹を肥やす貪《たん》官汚吏《かんおり》を成敗し、奪った金銀で窮民を救う。江湖の好漢として冥利に尽きる暮らしではないか。俠義の振る舞いで徒党を集め、山塞にでも籠もれば朝廷もおいそれとは手を出せまい。なぜそうして暮らさないのか。

少年の頃憧れた物語も、そうした山塞に万里四方の好漢が集い、隆盛を誇って江湖を威風で払い、圧政を敷く暴君に抵抗する英雄譚であった。

今のおのれは彼らに憧れる資格はあるか。おのれの瞳に輝きは残っているか。

昔のおのれは彼らに倣ったか。おのれの手は何を摑んだか。

おのれだけが答えを知っているはずだが、答えを出すのが怖いのか。

道なき道を歩いてきた。仁を糧とし、葦《あし》を剣とし、風を友とし、阿《おもね》らず、従わず、おのれの脚で歩いてきた。

おのれの傷より他人の傷を先に手当し、おのれの涙は呑み、他人のために泣いた。見知らぬ土地で、見知らぬ人を、天災から、諍《いさか》いから、戦争から救ってきた。

だが、おのれの心は？　おのれの欲は？　おのれの愛する人々は？

他人に尽くす道が間違っていたとは思わない。報いを求めようとも思わない。だが、おのれにおのれが救えるのか。考えることを恐れずにはいられない。

しかし、殤《ショウ》不患《フカン》の脚は巌のように大地を踏みしめ、飄々とした足取りに乱れはない。

恐れる者が臆病だと誰が決めた？

悩む者に意気地がないと誰が決めた？

おのれに誤魔化しがない者こそを大丈夫《だいじょうぶ》と呼ぶというのに。

だから小人《しょうじん》は誤魔化しのない者を恐れるのだ。おのれを誤魔化す者は誤魔化しのないことを信じられず、恐れるのだ。

岩陰から蜥蜴《とかげ》が這い出し、殤不患《ショウフカン》の足下を掠めて走った。

殺気に怯えて棲処から逃げ出したのだ。

蔑天骸《ベツテンガイ》の放った猟犬は押し殺していた敵意を解放し、岩陰から姿を現した。残凶《ザンキョウ》を討った殤不患《ショウフカン》の実力を知りながら、悠々たる足取りで怨敵を包囲する。

「ようやく見つけたわ。殤不患《ショウフカン》」

葵花《きか》が太陽を求めて首を傾げるように、主の寵愛を求めて妖花は獲物を追う。

玄鬼宗《げんきしゅう》幹部、獵魅《リョウミ》は面を覆う薄絹を払い除けて砂を落とし、包囲された殤不患《ショウフカン》を見下した。

「宿場に妙な張り紙をしたのはお前らか？」

泰然自若として問い返す。この男、歩けば敵、座っても敵の身上は今に始まったことではない。

「ええそうよ。気に入っていただけたかしら？」

兵器も構えず、袋の鼠の旅人を舐めてかかる。

人数の差が余裕の源にはならないと学んでいないのか？

だが、玄鬼宗《げんきしゅう》は蔑天骸《ベッテンガイ》を筆頭に愚かではない。策あってのことである。

「この人相書きはいただけねえな。もうちっと男前に描き直してもらいたいね」

懐から取り出した絵草紙を四つに千切って捨てる。

妖花は大輪の笑みを咲かせた。

「ほほほ！　いいわ。遺影はもっと二枚目にしてあげる」

笑声は鶯《うぐいす》よりも可愛らしいが、玄鬼宗《げんきしゅう》の手口は悪辣極まりない。

「獵魅《リョウミ》様。こやつの不遜な面を人相書きに合わせて整えてやるのも面白かろうと存じます」

獵魅《リョウミ》の両脇に傅《かしず》くうちの一人が嘲《あざけ》って言う。

「ほほ、それもいいわね」

その言に応えて殤不患《ショウフカン》を包囲した玄鬼宗《げんきしゅう》郎党が抜剣する。

「おいおい、二枚目に描いてくれるってえ話はどこ行ったんだ」

「それはお前の答え次第よ」

「言っとくがな、護印師《ごいんし》の娘とは手を切った。あいつらの居所なんざ訊かれても答えられねえぞ」

玄鬼宗《げんきしゅう》郎党は抜き放った剣を下段に構えて獲物を包み込んだ。

風来坊はそれを面倒くさそうに見回す。その眼は包囲の陣にただならぬものを見てとった。

「あらそう？　それならそれで話を聞く手間が省けるわ。後は殘凶《ザンキョウ》の仇を討たせてもらうだけ」

「結局そうなるのかよ……」

殤不患《ショウフカン》は深々と溜息を吐き、肩を竦める。

「なあ、その殘凶《ザンキョウ》って奴はあんたの家族か恋人か？」

「冗談じゃないわ。あの莫迦はどこの馬の骨とも知れぬ奴に敗れた玄鬼宗《げんきしゅう》の面汚し。もしも生まれ変わってきたら私がもう一度冥府に追い返してやるわ」

獵魅《リョウミ》の言葉は心底憎々しげだ。

不思議に思って殤不患《ショウフカン》は問う。

「その程度の情しかないのに仇討ちを？」

「勘違いしないことね。これはあくまで沽券《こけん》の問題。玄鬼宗《げんきしゅう》の郎党に敗北は許されないの。我々に牙を剝いておきながら生き長らえた奴がいるなんて、見過ごせるわけがない」

忌々しげに吐き捨てた獵魅《リョウミ》が後ろ手に兵器を抜き出した。

子母鴛鴦鉞《しぼえんおうえつ》——月牙と呼ばれる三日月形の刃を二つ交叉させた形状で、短兵器の中でも特に扱いが難しい。

掌法の応用で扱う武具で、長兵器はもちろん剣、刀と比べても間合いは極端に狭く、防御にはほとんど使えず、対手の懐に入り込んで戦うことが必要不可欠だからである。扱いを究めた達人がいるとすれば武林にも稀な腕、この上なく厄介な対手となろう。

「そりゃ頭目の蔑天骸《ベツテンガイ》って奴の方針か？」

殤《ショウ》不患《フカン》の声音には怒りが滲む。

獵《リョウ》魅《ミ》たちはそれを自身に向けられた敵意だと解している。渡世人の真意には気づかない。まさか敵手を哀れんでのものだとは、死んでも気づかない。

「ええそうよ。宗主様は誇り高い御方なの」

双環が燦《きら》めく。両手に一つずつの兵器を上下に構えた。これは獵《リョウ》魅《ミ》が玄鬼宗《げんきしゅう》幹部に取り立てられる際、宗主より直接賜った利器で、銘を魅月弧《みげつこ》という。宗主に敬愛を超えた感情を懐《いだ》く獵《リョウ》魅《ミ》が命より大事に想う兵器だ。

「誇りのためにてめえ自身が命を賭けるってんならまだ分かる。だが手下まで無駄死にさせるとなると、到底、褒められたもんじゃねえな」

この場にいない蔑天骸《ベツテンガイ》を謗る言葉《そし》が殤《ショウ》不患《フカン》の口から飛び出すと、獵《リョウ》魅《ミ》の頬に朱が差した。おのれへの侮辱は嗤えても、宗主への侮辱は許せない。それでも怒りの震えを打ち消すように冷笑を返す。

「ははは……誰が死に、誰が殺すのか、この期に及んでまだ履き違えているとはね！　っくづくおめでたい奴だこと！」

殘凶《ザンキョウ》を殺し、ましてや天骸様を誇った怨敵はすでにおのれの術中にある。

手中無環《てにかんなく》、心中有環《こころにかんあり》……これは鴛鴦鉞《えんおうえつ》、風火輪《ふうかりん》、龍鳳環《りゅうほうかん》といった掌法の延長に派生した短兵器には共通の極意である。

獵魅《リョウミ》はいまだこの極意には至らない。だが、男に蛮勇《ばんゆう》があるように、女には才智がある。

殤不患《ショウフカン》がいかな達人であれど、獵魅《リョウミ》には仕留める自信があった。

驕《おご》った男の貌が絶望に歪むのは愉悦だ。

殘凶《ザンキョウ》が敗北した男が己が手にかかるのは愉悦だ。

何より天骸様に忠義を捧げるのは恍惚だ。

女は絶頂の予感に微かに身を震わせた。

殤不患《ショウフカン》は鈍感だった。

女の快楽《けらく》の貌に毛筋ほどの興味も示さない。

ただ怒っていた。

「そうだよ。皆そこを履き違えるから剣を抜く。それが命取りだって教えても聞きやしねえ」

男の言は傲岸不遜《ごうがんふそん》か分相応か。

あるいは、女を哀れんでの言葉か？

獵《リョウ》魅《ミ》を憤怒が貫いた。蔑天骸《ベツテンガイ》への神聖な想いを穢された気がしたのだ。

報われるから殉じるのではない。我が身はすでに宗主に捧げている。

「では過ちを正すとしましょう。死ぬべくして死ね、殤《ショウ》不患《フカン》！」

双環が弧を描く。魅月弧《みげつこ》の刃が止水のように殤《ショウ》不患《フカン》を映す。獵《リョウ》魅《ミ》は会得した掌法に子《し》母鴛鴦鉞《ぼえんおうえつ》を重ねて使う。

それに応えた部下たちは徐々に包囲を狭め、必殺の刻《とき》に備えていた。剣を上げ、切っ先を怨敵に向かわせる。

獵《リョウ》魅《ミ》の掌法の源泉は八卦《はっけ》にある。

だが、獵《リョウ》魅《ミ》の武芸は武林を睥睨《へいげい》する蔑天骸《ベツテンガイ》のような至高の境地にはいまだ遠い。天人合一には至らない。

どう補うか？

並みの女であれば兵器を工夫する。男に比べ、腕力に劣る女は伝統的に暗器を修行してきた。暗器は掌中や衣服に収まる隠し武器の総称である。代表的なものに袖箭《しゅうせん》や峨嵋《がび》刺《し》、針などがあり、毒を塗布して殺傷性を高める工夫も稀ではない。

獵《リョウ》魅《ミ》が選んだのは人である。宗主より与えられた門徒を薬物と暗示を用いておのれの一挙手一投足にまで従うよう洗脳してのけた。これら郎党が手足に成り代わり八卦を形象した陣を築くのである。さいわい獵《リョウ》魅《ミ》には将の器があり、如才なく部下を操る。

陣の顎が閉じられた。

「『しかして我ら玄鬼宗《げんきしゅう》、至らぬ身なれど、孤にして群、群にして孤。将に意を委ね、軀《むくろ》を以て太極を再現せん。即ち、枯骨《ここつ》・妖花八卦陣《ようかはっけじん》』」

玄鬼宗《げんきしゅう》郎党の構える鋭剣が花弁となりて、殤不《ショウフ》患《カン》を芯とし、車輪が如く輻輳《ふくそう》する。これぞ獵魅《リョウミ》の秘術である。

転々流々して円を回り、陰陽相克して森羅を生ず。開けば掌《しょう》、握れば拳《けん》。心に太極、手に両儀、躰《からだ》に四象、歩《あゆみ》に八卦。万象と一致すれば己が死角を封じ、敵の死角を討つ。人を爻《こう》とし、爻を束ねて三爻とす、三爻は八卦、八卦を重ねて六爻とし、六爻は六四卦を形象し、これを以て敵を囲繞《いにょう》す。八卦は必ず央の太極へ還る。よって爻の剣刺が全て敵に届くも理なりと。

各人魁《かい》に乗り、罡《こう》を踏む。歩行は八卦を踏んで、生々流転し、砂を零さず、水を漏らさず、死角はなく、剣はすべて太極《かたき》へ向かう。

演舞を踏む獵魅《リョウミ》の歩調と動作に合わせ、玄鬼宗《げんきしゅう》郎党が組む円陣が獲物を捕らえるべく、ゆるゆると包囲を狭める。

この陣を以て囲めば最上の武芸にも比肩しうる。抜け出せるとすれば敬愛する宗主のように孤剣にて軍を断つ窮極の達人だけであろう。

撃鼓伝花《つづみをうち、はなをつたう》、獵魅《リョウミ》の演舞に呼応して花に見立てた殤不《ショウフ》患《カン》を宴会の戯れのように剣の峰から峰へ、鋒《ほう》から鋒へ、円陣が配置を変えながら追い込んでいく。演舞が終わる刻、逃れられぬ死が待ち受ける。

必殺の鉄刺林《てっしりん》が殤《ショウ》不患《フカン》の逃げ場を奪う。

受ける男は流水のように歩み、風雲のように構えを変える。

霹靂一閃《いっせん》。

八卦陣が動揺し、爻が乱れる。轟音が過ぎれば矢、いや槍が地に突き立っている。異教の神に雷霆を構え、これを投げるものがあると聞く。まさにそのような手際にみえた。

獵魅《リョウミ》は美貌を険しくする。八卦陣は包囲の内側には無敵だ。ただ外側からの攻撃には柔いという弱点がある。

「ちょおッと待ったアッ‼」

咆吼《ほうこう》に乗って巨岩から人影が飛ぶ。軽功の技をひけらかして、きりもみ回転し、獵魅《リョウミ》と殤《ショウ》不患《フカン》を隔てて突き立った長柄を踏んで、反動を利用し撥ね上げる。

「遠からんものは音に聞け、近くば寄って目にも見よ！」

大音声で対立する男と玄鬼宗《げんきしゅう》をまとめて呼ばわる。

闖入《ちんにゅう》者は黄金《こがね》の髪を振り乱し、撥ね上げつかみ取った槍を風車のように回し、体幹を軸に胸背を柄に撫でさせた。

威嚇のつもりとみえて、振り回した槍が地を削り、岩を砕く。

外功は雄渾にして苛烈、気虹霓《きこうげい》を成す。しかし、攻めの手こそ華麗だが、守りの手に乏しく隙が多い。力任せで内功に深みは感じられないが、潑剌《はつらつ》として忌憚《きたん》がなく、若さに溢れている。

「疾風怒濤！　驚天動地！　東離《とうり》に轟く無双の丈夫！　人呼んで寒赫《カンカク》こと捲殘雲《ケンサンウン》の槍はここにあり！」

若い男、寒赫《カンカク》こと捲殘雲《ケンサンウン》は殤《ショウ》不患《フカン》の隣に並び立ち、穂先を獵《リョウ》魅《ミ》率いる玄鬼宗《げんきしゅう》郎党へ向けて構える。

鼻息も荒く放出した勁力が土埃を巻き上げる。止《と》めに乱れた前髪を撫でつけた。はち切れんばかりに膨れ上がっていた闘気が縮み、沈黙が支配する。

「あれ？　始めないの？」

沈黙に耐えかねて捲殘雲《ケンサンウン》が間の抜けた声を漏らす。

「いや……お前、何？」

構えを解いた殤《ショウ》不患《フカン》が胡散臭げに問う。東離《とうり》に来てから何度胡散臭い連中に問いを発したことか。

「おいおい、救いの神に対してそりゃないだろ。もっと感謝感激するとかさあ、何かないのか？」

殤《ショウ》不患《フカン》の肩を掌で力強く叩き、蒼く澄んだ碧眼《へきがん》が苦り切った顔を覗き込む。玻璃のように透明で底抜けに明るい何も考えていない莫迦者の瞳だ。闘争の場に割り込んできたというのに敵意さえない。それが分かるから殤不患《ショウフカン》も若造に大人しく肩を打たせている。

こういうやつは江湖には掃いて捨てるほどいる。

命知らずだが、それは命の本当の価値を知らないからだ。

おのれの名を揚げるために、刃傷沙汰と見れば考えるより早く刃を閃かす。

若く、自惚《うぬぼ》れが強く、恐れを知らない。

往々にして名の通った英雄好漢に憧れて、血風渦巻く江湖に一旗を揚げる気になったやつだ。

本来なら水呑百姓で一生を終える農家の三男坊程度の輩が分不相応な夢に身を焦がし、あたら若い命を散らす。

だから殤不患《ショウフカン》は嫌いなのだ。

物々しい綽号《とおりな》をひけらかし、手柄を吹聴する名誉欲の化け物たちが。こういう莫迦が憧れる英雄好漢が。

「見りゃ分かるだろうが。今、取り込み中だ。怪我したくなきゃすっ込んでろ」

忌々しげに肩を竦めて言うが、若者を傷つけたくないのも本心である。すでにおのれは死地に在ることをこの男は承知している。

「だ、か、ら！　あんたが売られたその喧嘩、俺が買い取るって言ってんだ！」

勇ましく石突で地を叩き、鼻息も荒く宣言する。若者は察しが悪い。

「愚かな……貴様、何者だ？」

冷笑しながらもすでに八卦陣を立て直している。飛槍が割り入った時には獵魅《リョウミ》も肝を潰したが、続いて人も陣に飛び込んでくるに至って、立ち塞がる金髪の男は底知れぬ莫迦と見定めた。

内と外より挟み撃ちを受ければ危ういが、陣の内側にある限りは掌の上も同じだ。周囲に伏兵の気配もなく、もはや恐れる必要はない。狩りの獲物が二匹に増えただけのことである。

「だ〜か〜ら〜、いま名乗ったばっかりだろ！　人呼んで寒赫《カンカク》こと捲残雲《ケンサンウン》！　……聞いたことないかな？　最近ちょっと評判なんだぜ？」

捲残雲《ケンサンウン》は八卦陣の圧力にまるで気づかぬが如く振る舞う。

獵魅《リョウミ》の心中に一抹の疑念がよぎる。よもやこの男、実力を隠しているのではあるまいか？

武林正派の名門は幾つもあるが、師を持たずして修行を積み、独自の奥義に開眼する達人もまた存在する。そうした少数の独覚の高手は塵外に身を置き、人と交わることがなく、その振る舞いには奇矯なところも多いと聞く。

いささかも恐れるところなく包囲の円陣に飛び込み、剣を向けられても大胆不敵なこの態度。疑念が疑念を呼び、警戒が警戒を呼ぶ。この愚か者が、実はいまだ江湖にも知られぬ絶招《ぜっしょう》を究めた塵外の奇侠でないとなぜ言える？

捲残雲《ケンサンウン》が武術の素人ではないことは見れば分かる。流派は不明、実力は未知数だが、軽功はたしかに見事なもので、岩を砕く槍の威力も莫迦にはできない。

最低限実力相応の見識があれば、その深奥を看破はできぬにしても八卦陣の危険は一目瞭然のはずである。当然、包囲に飛び込んだのは八卦陣を破る目算あってのことと思い、獵魅《リョウミ》は慎重になった。

まさか捲残雲《ケンサンウン》が本当に何も考えていないとは見抜けない。八卦陣を単なる包囲としか思っておらず、短兵器に対する長兵器の有利に胡座をかき、危うくなっても適当に暴れれば脱出は容易と高をくくっているとは想像の埒外《らちがい》だ。

相手取った命知らずの数はもはや覚えていないほどだが、死地にあってこうまで緊張感のない連中は初めてだ。こいつらには恐怖心というものが存在しないのか？

「お前アレだな、今日までおのれの都合だけで世の中渡ってきたんだろ。人の話を真面目に聞いたことあるか？」

殤不患《ショウフカン》は鼻の頭を掻き、顔をしかめながら言う。

「うるせぇな！　助っ人に入ってやったのに何だよその態度！」

邪険にされることに納得がいかない捲残雲《ケンサンウン》は助けに入ったはずの相手に八つ当たりする。

「莫迦！　あぶねぇよ！　そもそも何でお前が俺の助っ人なんぞするんだよ！」

捲残雲《ケンサンウン》が不注意に振り回す槍の柄を殤《ショウフ》不患《カン》が手でつかんでぐいと押しやる。

「何でって、そりゃあ……うん？　そういや何であんた玄鬼宗《げんきしゅう》に狙われてんだ？」

殤《ショウフ》不患《カン》は額に手を当て、肩を落として敵前とは思えぬほど大きな溜息を漏らした。

目の前で繰り広げられる滑稽なやり取りに獵《リョウ》魅《ミ》は痺れを切らす。このような戯れに付き合うのは慎重ではなく臆病だ。逃す選択肢がないのなら、いかな達人であろうと剣雨で包んで押し潰すまでのこと。

「漫談はもういい。愚弄《ぐろう》に踊らされるとでも思うてか。その手には乗らぬ！」

いまだに戯れるように小突き合う若輩と壮年をもろとも串刺しにすべく、八卦陣を再び動かす。天骸様に逆らう下郎どもの薄汚い血はひび割れた荒野に敷く緋毛氈《ひもうせん》にふさわしい。

まるで一個の生き物のように一糸乱れず統制された動きで玄鬼宗《げんきしゅう》が剣刺を突き出す。

剣光の花弁が開き、紅花が咲くかに思えた時、花弁の一角が散った。

「ぐっ——!?」

矢だ！

雷光よりも速く、雷鳴よりも恐ろしい一本の矢だ。

そいつが玄鬼宗《げんきしゅう》の一人の胸板を貫いた。衝撃で身体が反転する。

情け容赦ない地獄からの挨拶。地面に接吻《せっぷん》する前に男の意識は途絶えていた。

「な、何だ!?　どこから射ってきた？」

完璧な策ほどほつれに弱い。だからこそ獵魅《リョウミ》は捲残雲《ケンサンウン》の乱入に焦り、だからこそ周囲の気配を改めて探った。そして確かにもう伏兵はいなかったのだ。

男の骸から突き出した鏃《やじり》には斜めに交叉した十字の返しがある。

狼牙《ろうが》箭《せん》！

肉を突き破り、襤褸《ぼろ》のように引き裂く凶悪な殺人兵器が獵魅《リョウミ》を除く玄鬼《げんき》宗《しゅう》郎党の視線を一手に引き受けている。

「あ〜あ始まっちまった……こうなるともう俺の出番なんてねェわな」

捲残雲《ケンサンウン》が知った様子でしらける。平らな岩に飛び乗り、肘枕をついて寝転がった。

「何だってんだ一体？」

殤不《ショウフ》患《カン》の眼は矢が飛んできた時から遠く一点に固定されている。

「あんたも。じっとしてた方がいいぞ。無駄に動き廻ると兄貴の邪魔だ」

枯林の合間に黄塵が舞う、そのさらに奥、遥かに望む巨岩、その頂上。

射のままに残身し、骸と化した標的を隻眼で射貫く男。

表情は厳しく、硬い。男の顔から風雪が情を削ぎ落とし、溝を刻んだとみえる。

酷薄《こくはく》。

優れた射手は皆そうだ。

敵に悟らせず、その顔貌を眼に焼きつけるほど睨み、遠方から一方的に殺戮《さつりく》する。

心の揺れは矢の軌道を揺らす。

的をはっきり見定めながら、且《か》つその命に心動かさず、その死に興味を失う。

肉を裂く抵抗とも、頭蓋を割る衝撃とも、溢れる血潮の熱さえも、弓術とは無縁の代物だ。


一流の射手は決して心を乱さない。

器械のように正確。器械のように無情。器械のように変わらぬ動作。

隻眼が次の標的を追跡し、躰が弓に矢を番《つが》え、心はすでに的と在る。


雙目不能視物，隻眼能望千里。凝吾眸光成箭，奪人不避之命。

（盲も同じ双眸わらば、千里を見通す隻眼あり。眼光凝らさば即ち矢、逃れられぬ死を遣わす）


「ひとたび事を構えると決めた相手には、ただ一言、殺すと告げるだけで事足りる。無駄口が過ぎるぞ、捲」

心技体、そして的が一致した時、離れの以前に的中は運命づけられている。

殤不《ショウフ》患《カン》の視線を獵魅《リョウミ》も追う。

内力を込めて眼を凝らし、米粒大の人影がようやく視《み》える。

「莫迦な、遠すぎるッ！　矢が届くはずは——」

届くはずのない第二矢が視線を追跡して枯林の合間を駆け抜ける。

魂消る苦鳴を合図に玄鬼宗《げんきしゅう》郎党の骸がまた増えた！

「あり得ないッ！」

獵魅《リョウミ》の悲鳴じみた否定に事実を変える力はない。

「ひでえよなあ、狩の兄貴も。目立つことは嫌がるくせに、ここ一番の見せ場は全部持ってっちまうんだから」

一方的な虐殺を眺めながら捲殘雲《ケンサンウン》はぼやく。肝脳地《かんのうち》に塗る光景も、このお調子者の心を乱しはしない。いかに浮ついて見えようと、確かに血風渦巻く江湖の住人だ。斬った張ったには慣れっことみえる。

「兄貴？」

捲殘雲《ケンサンウン》はなるほど狙撃者の舎弟らしいと殤不患《ショウフカン》は当たりをつける。

「ん？ 会ってないの？ あんたの面ァ拝んでくるって俺より先に行ったのに」

「あの隻眼の……そういや妙な弓を持っていやがった」

隻眼の男の得物を脳裏に思い浮かべる。

武林に身を置く者ならば、まず得物から技倆をある程度見抜けるものだ。彼の鋼弓、生半《なまなか》な腕では引き絞りさえ望めまい。剣呑《けんのん》、と見たはやはり正中。

「おいおいおい、兄貴の隻眼と鋼弓を見て鋭眼穿楊《エイガンセンヨウ》の狩雲霄《シュウンショウ》と気付かなかったわけ？ あんたもぐりか？」

ようやく得心した様子の殤《ショウ》不患《フカン》に、捲殘雲《ケンサンウン》は拍子抜けした気分だ。

「うるせぇな、ほっとけよ」

鋭眼穿楊《エイガンセンヨウ》……なるほどあの隻眼に射貫かれたが最後、命運尽きるというわけか。

二人の男が気の抜けた会話を続ける目の前で玄鬼宗《げんきしゅう》郎党は次々と物言わぬ屍《しかばね》に変わってゆく。

酷薄無惨、正確無比の狙撃を見れば、まず天下第一を争うほどの弓取りと認めぬわけにはいかぬ。

一矢が死地を反転し、包囲を挟撃に、狩る者を狩られる者へと変えた。

「おのれッ！」

怨敵殤《ショウ》不患《フカン》か、姿無き殺戮者か、ひとときの逡巡がたちまち骸の山を築いたのを獵魅《リョウミ》は承知している。もはや一刻の猶予もない。後悔は宗主の御前まで取っておく。

「行くぞ！」

生き残りの玄鬼宗《げんきしゅう》郎党が号令に応えて星が墜ちる勢いで宙を疾駆する。

流星歩《りゅうせいほ》！

これこそ軽功の一つの極みである。

矢が飛び来たる軌跡をなぞって、迎撃の流星が奔った。

「ほう、ただの雑魚かと思いきや……」

狩人の眼は脅威を認めて鋭さを増した。

黄塵を巻き、枯林を戦《そよ》がせ、殺意の塊が狩雲霄《シュウンショウ》の喉元へ到達せんとする。

「貴様、鋭眼穿楊《エイガンセンヨウ》かッ！」

言わずもがなの誰何は改めての宣戦布告を意味していた。

「いかにも。俺の矢を浴びてなお逃げることなく立ち向かうとは、玄鬼宗《げんきしゅう》の狗《いぬ》どもも度胸だけは見上げたものだ」

迫る獵魅《リョウミ》ら玄鬼宗《げんきしゅう》の包囲のうちへ、躊躇いもせず冷笑とともに飛び降りる。

命知らずは江湖に珍しくもないが、敢えて死地に飛び込む莫迦が今日は売るほどいるらしい。

「ほざけ！　いかに弓の達人といえど、この間合いでどう戦う？」

獵魅《リョウミ》含めて残った三名、流星歩《りゅうせいほ》で弓箭を凌ぐだけあって、鍛れた連中とはひと味もふた味も腕が違う。

精鋭が三方から狩雲霄《シュウンショウ》を包囲し、捨て身で決着をつける気でいる。徹底的に虚仮《こけ》にされ、はらわたは煮えくり返っている。

「お前たち、象棋《しょうぎ》はやるのか？」

三本の矢を矢筒から抜き出し、弓に番えんとする。

玃《リョウ》魅《ミ》たち玄鬼宗《げんきしゅう》は三方へ散ったまま、じりじりと包囲を狭める。

決して互いを一度に射角に収めぬよう、細心の注意を払っている。

鋭眼穿楊《エイガンセンヨウ》の異名をとる狩雲霄《シュウンショウ》と言えど、見えぬ敵は射れまい。

「貴様の早業を以てしても、射倒せるのは二人が限度。その隙に残る一人の剣が貴様の首を刎ねるぞ。天下に轟いた貴様の威名も、ここで果てるな。鋭眼穿楊《エイガンセンヨウ》！」

「聞こえなかったか？　象棋はやるのかと聞いた」

嘲笑を受けても眉一つ動かさぬ。その見下した態度が玃《リョウ》魅《ミ》らの癇《かん》に障る。

「この期に及んで見苦しいぞ。象棋は地獄の吏卒と好きなだけ楽しむがいい」

「……まったく、武林の長上の話は謹んで聞け。それが長生きする秘訣だと、貴様らの宗主は教えなかったか？」

ぎりと引き絞られた鋼弓は鏃《やじり》を天空へと向けた。

「フッ、三本で充分か――」

束ねた三本の矢の先端が梅花のつぼみが開くように分かれ、天空へ向かって迸った。

雲を突き破りながら三方へ分かれ、雲上へ消えゆく。

「莫迦め！　血迷ったか！」

三本の矢は弓を離れ、残りの矢は背に負うた矢筒、決定的な隙を玃《リョウ》魅《ミ》らが見逃すはずもない。ここぞとばかりに殺到する。

まさに風を巻く凄まじさ。

「象棋はいいぞ。貴様らも力だけの肉達磨《にくだるま》になりたくなければ、象棋をやれ」

巻き起こった三つの刃風が三方から地を裂くように疾《はし》り、顎をしごく象棋指しを細切れにせんとす。

「ははは、象棋は駒の多い方が勝つ！　その程度の理も知らぬか」

しかし、玄鬼《げんき》宗《しゅう》郎党の放つ剣光は尽く空を切る。

獵魅《リョウミ》は懐に張りついて円を描き、喉、手首、腋窩《えきか》、肘窩《ちゅうか》、膝窩《しっか》、踵骨腱《しょうこつけん》を狙って繰り返し魅月弧《みげつこ》を舞わせる。翻る裙《くん》を目眩ましに脚が飛ぶ——臥龍尾《がりょうび》。その尽くが空を切る。

「駒が死地を選べると思うなら、それは大きな間違いだ。其《そ》れは指し手が決めるもの。既に死地が決したことを、貴様らは知るまい」

弓術だけではない、鋭眼穿楊《エイガンセンヨウ》の体術もまた入神の域にある。

狩雲霄《シュウンショウ》は巨弓を抱いて踊るように刃をかい潜る。

たとえ刃が睫毛《まつげ》を掠めても、隻眼は閉じられず、標的を追跡する。

鋭眼穿楊《エイガンセンヨウ》は、飛矢の矢柄に書いた詩すら一言一句見分ける。

月牙や剣がいくら速くとも、飛矢には及ばない。

並みの兵器など止まっているも同じこと。

「貴様、掌法の心得——がッ」

玄鬼宗《げんきしゅう》の一人が悶絶する。

したたかに背を鋼弓で打擲《ちょうちゃく》されたのだ。

鋼弓は単に靭《つよ》いだけではない。敵を撲殺することもできる。

狩雲霄《シュウンショウ》は力押しを蔑んだが、軽々と振るう鋼弓は玄鬼宗《げんきしゅう》三人の兵器を合わせたよりも重い。凄まじい勁力が人体を襲い、後方へ弾き飛ばした。

弾き飛ばされた玄鬼宗《げんきしゅう》郎党はたたらを踏むが、目を眩ませながらもかろうじて踏み留まって弓兵に振り返る。

「戦略、戦術、それを組み立てるための敵情視察、対手を操る駆け引き。戦場に立つならばその程度の功夫は積んでおけ」

もう一人の玄鬼宗《げんきしゅう》郎党が胸元に剣を溜め、凄まじい勢いで突きを放つ。

「駒には駒の矜持があると知れ！」

剣が捨て身の気迫と勢いに撓《たわ》んで見える。

「その矜持、利用させてもらう」

塵を巻いて疾《はし》った剣光を紙一重で避け、交叉して突き出した掌が玄鬼宗《げんきしゅう》郎党の胸を打ちすえ、鞠のように弾き返す。

獵魅《リョウミ》にはもはや言葉を飾る余裕はない。

吹き飛ばされる手下を囮に隻眼の追跡を振り切り、懐に踏み込む。自傷も厭わず、魅月《みげつ》弧《こ》を乱れ振るう。
枯骨《ここつ》・窮鳥《きゅうちょう》、双環の月牙が我が身を裂くとも、もろともに敵を裂く。
鼻息を嗅ぐ攻防でさえ、狩雲霄《シュウンショウ》に隻眼を細めさせはしない。
鋼弓から突き出した鋼の牙が魅月弧《みげっこ》を絡め取る。
兵器破壊の一手だ。
この弓兵を侮って接近戦を挑んだ武芸者の利器を数限りなく毀ち折ってきた牙だ。
魅月弧《みげっこ》が砕けたとて、驚くには値しない。
「――ぐッ！」
女の情か、愚かさか。
己が身は捨てられても、好いた男からの賜物《たまもの》は捨てられない。
咄嗟に魅月弧《みげっこ》を庇って無理に身を捻り、後方へ飛んだ。
骨と鋼が軋《きし》む音。
宙に浮き、逃げ場のない獵魅《リョウミ》を押し出すように狩雲霄《シュウンショウ》の掌が打つ。
静かだが勁力の籠もった一撃。
女の肺腑から全ての呼気を叩き出す。
衝撃が浸透し、獵魅《リョウミ》の視界が歪み、上下左右が転倒する。
回転する視界の中でも功夫だけは裏切らない。両脚が地を摑み、撥ね飛ばされた身体を地擦りとともに受け止める。しかし、膝は言うことを聞かず、獵魅《リョウミ》は背から転倒した。

「こ――このッ！」

屈辱が言葉にならず漏れる。

玄鬼宗《げんきしゅう》幹部が少女のように尻餅をつかされたのだ。

「――雲笈七箭《うんきゅうしちせん》」

衝撃覚めやらず、かろうじて踏み留まっていた玄鬼宗《げんきしゅう》郎党の二人を頭上から降った流星が串刺しにする。

転倒した獵魅《リョウミ》の二本の脚の隙間にも流星が墜ちた。

狩雲霄《シュウンショウ》が矢を放つ前、地を読み、風を読み、天を読み、矢羽根を押さえてその軌道を操ったと誰が知ろう。

雲笈七箭。雲上に放った七矢が正確に敵の頭上に降り命を奪う、鋭眼穿楊《エイガンセンヨウ》の絶技である。

升目《ますめ》に従って駒を動かせるのは指し手のみに許された特権だ。指し手になれぬ者はおのれの一挙手一投足まで駒の如く操られるのみ。

「な――」

絶句する獵魅《リョウミ》の目の前で飄と立つ隻眼の男は顎をしごいた。

「今の一撃で転ぶとは、買いかぶりすぎだったかな？　てっきりあと一歩手前で踏み留まるものと思っていたが」

まあ貴様らに使ったのは三本のみ、さしずめ雲笈三箭か、と二の句が継げずにいる獵魅《リョウミ》を嗤った。

実力差は歴然としている。鋭眼穿楊《エイガンセンヨウ》が格下相手に矢を外すわけがない。自身が揶揄《からか》われているのだと獵魅《リョウミ》も分かった。

「如何にする？　死地を選べる機会というのは、そうそう巡り来るものではないぞ」

弄ばれた恥辱に、おのれの武芸の未熟さに、歯噛みしても時は戻らない。失態を拭えるのは死ではなく手柄だけだ。

「お、憶えておけ！　この雪辱は必ずや果たす！」

女は男ほどに死にたがりではない。

命の軽さを矜持と履き違えるのは男だけの特権である。

むろん敗北感を植えつけて逃すのも、鋭眼穿楊《エイガンセンヨウ》の兵法のうちだ。負け癖のついた雌狗《めすいぬ》はいくらでも使い道がある。

追いついてきた殤《ショウ》不患《フカン》はおのれを殺そうとした女に手を出そうとはしない。

黙って見逃した。目の前の男の方が、その百倍も危険だからだ。

鋭眼穿楊《エイガンセンヨウ》の綽号《とおりな》で呼ばれる男、狩雲霄《シュウンショウ》とは先ほどが初対面、どころか東離《とうり》に知り合いなどいるはずもない。

おのれの名は玄鬼宗《げんきしゅう》の手配書で知ったにせよ、味方する理由が分からない。

玄鬼《げんき》宗《しゅう》に恨みでもあるのか？
「改めて問う。殤不《ショウフ》患《カン》とは貴様のことか？」
両者の視線が交叉する。
「だとしたら、どうする？」
狩雲霄《シュウンショウ》の隻眼は標的を穿つ。
即ち矢を番え、殤不《ショウフ》患《カン》へ向かって矢を放っている。
天地を断つ利刀の如き隻眼と万物を呑む海嘯《かいしょう》の如き双眸。
究めれば利刀は潮を断つ。いや、潮は利刀を錆びつかせる。
どちらが正しいか誰も知らない。
どんな武林の利け者も試したことがないからだ。
どんな愚か者が貴重な利刀を潮に晒す？
どんな間抜けが海嘯を斬れると思い込む？
だが当事者が試すと決めたなら、利刀も、海嘯も、どこの誰にも止められない。

第三章

夜魔の森の女

弓鳴りは邪を祓《はら》う。
静寂を裂いて龍が駆ける。
弓鳴りの音より速い龍だ。
人一人の命を司《つかさど》る龍だ。
こいつは矢の形をしている。狼牙箭《ろうがせん》だ。
こいつは誰の指図も受けない。飛びたいところへ飛ぶ。でなければ龍とは呼べまい。
こいつの行き先では生死が別たれる。誰も逃れられない。
こいつは地獄から来て地獄へと還る。還り道には魂を運んでいる。
狼牙箭《ろうがせん》が標的を貫いた。
胸郭《きょうかく》を突き破り、心の臓を穿つ。
「何も殺すこたあ、ねえだろ」
「余計なお世話、だったかな？」
利刀と海嘯の勝敗を天も知るを恐れたか。
どちらからともなく眼光の矛は収められた。

殤《ショウ》不患《フカン》の背後の岩陰で、絶命した玄鬼宗《げんきしゅう》郎党が地に斃る。狩雲霄《シュウンショウ》の放った矢が背まで突き通っている。敗走の間際でさえ、獵魅《リョウミ》が残していった伏兵だ。隙を見て怨敵殤《ショウフ》不患《カン》に一矢なりとも報いようと図ったのだ。

しかし今はただ野辺の骸。鋭眼穿楊《エイガンセンヨウ》の功《いさお》成らしめ、枯る万骨の一片に過ぎない。

そこへ殤《ショウフ》不患《カン》に遅れて捲殘雲《ケンサンウン》が駆けてくる。

「よお兄貴、お疲れ様！　ったく、このおっさんの脚が速いの速くないのって！」

捲殘雲《ケンサンウン》は到着と同時にまくし立て、

「なあおい、あんた兄貴の絶技を見ただろ？　玄鬼宗《げんきしゅう》の幹部がまるっきり子供扱いだ」

おのれの兄貴分を得意げに自慢する。

「お前に教えるつもりでやったんだ。象棋を教えてやろうとすると、すぐ逃げだすからな」

「俺はそこらに座って駒なんて動かしてたら退屈で死んじまうよ、兄貴」

捲殘雲《ケンサンウン》は本気で嫌そうにする。

「それに俺にはこいつがある」

携えた槍の石突を地に叩きつけ、おのれにはこれがあると暗黙のうちに訴える。

「兄貴の弓が教わりたいんじゃなくて、俺は〝漢〟に惚れて――」

そこで殤《ショウフ》不患《カン》が痺れを切らし、遮って入る。

「おい、いい加減に何がどうなってるのか説明しやがれ！　なんでお前らが俺の代わりに玄鬼宗《げんきしゅう》の奴らと戦ってんだ？」

いかにも解せぬ顔で問うた。

「はあ？　おっさん、まずは兄貴に助けられた礼を――」

食ってかかる捲殘雲《ケンサンウン》を狩雲霄《シュウンショウ》が押しとどめて話を継ぐ。

「ふむ。知人から便りを受けたのだ。殤《ショウ》不患《フカン》という男に出くわしたら手助けをしてやれ、とな」

初めて隻眼の壮漢の貌に笑みらしい笑みが浮かんだ。

この男が笑うこともあるのか。

「便りひとつで殺し合いまでやらせる知人ってのはいったい何者なんだ？」

結果的に助けられたとはいえ、殤《ショウ》不患《フカン》は不愉快そうな表情を隠さない。

江湖では、親切ごかしに近づくいかさま師には事欠かないことを知っているからだ。

「もちろん私だよ。他に思い当たる節もないだろう？」

護印師《ごいんし》の娘と連れ立ち、綽々《しゃくしゃく》として現れたのは鬼鳥《キチョウ》と名乗った貴公子である。

「久方ぶりだな。今は何と名乗っている？」

狩雲霄《シュウンショウ》が親しげに話しかける。

優男には鬼鳥《キチョウ》以外にも多くの呼び名があるとみえた。

江湖に落魄した貴公子が、仮の名を名乗ることは殊に珍しくはない。

とはいえ、朋友と思しき壮漢でさえも憚《はばか》るほどとは如何なる貴人であろうか。

「ここでは鬼鳥《キチョウ》で通してもらえるかな」

心のうちは誰にも読めぬ。変わらぬ微笑を浮かべて鬼鳥《キチョウ》は答えた。

いつ会しても変わらぬものは全てを覆い隠すこの笑みだけだ。

「心得た。采配はいつもの通り任せるぞ」

鋭眼穿楊《エイガンセンヨウ》の隻眼が見極め、舵を任せるということは、鬼鳥《キチョウ》はよほどの策士とみえる。

「かたじけない。ところで、そちらの若者は？」

「近頃舎弟にした捲殘雲《ケンサンウン》という。何かの役に立つかと連れてきたのだが――」

紹介はまだかとよほど気が急く様子の捲殘雲《ケンサンウン》は我が意を得たりと身を乗り出す。

「チッス、狩の兄貴のご同輩ってんなら俺も腰低くしますんで、宜しく頼みますわ」

あまりと言えばあまりな口上ではあるが、鬼鳥《キチョウ》は微笑んで肯く。舎弟の気性を承知している狩雲霄《シュウンショウ》は眉を顰《ひそ》めるが、敢えて口を出さない。鬼鳥《キチョウ》の反応を見ている。

そこへ鬼鳥《キチョウ》の背後にいた丹翡《タンヒ》が楚々《そそ》として歩み出る。

「私は鍛劍祠《たんけんし》の護印師《ごいんし》、丹翡《タンヒ》と申します。どうか皆様、お見知り置きを」

思わず見惚れた捲殘雲《ケンサンウン》は魂が口から抜け出したような心地であった。

萬輿東離《ばんこうとうり》は丹家の娘、歳は十七器量良し

武林の高手は兵器で殺す、丹家の娘は眼で殺す

もし浪曲師がこの情景に見えていれば、後の世にこのような詩が残ったであろうことは想像に難くない。

捲残雲《ケンサンウン》が秋波と見紛うた流し目は単なる乙女の恥じらいに過ぎなかったのだが——たった一人で江湖のむくつけき男衆に囲まれるなど丹翡《タンヒ》にとっては生まれて初めてのことであった——背負わされた過酷な宿命とそれを敢えて引き受ける丹心が純朴な乙女に滲み出す凄愴《せいそう》な美を与えていたのもまた事実であった。

「な、なんて綺麗な人だ……」

若者は花が燃えんと欲すように逆上《のぼ》せ上がっている。

「嗚呼《ああ》……天女様か？」

抗えず心奪われた捲残雲《ケンサンウン》は天女の水浴でも垣間見てしまったかのように漏らした。丹翡《タンヒ》が悪名高き森羅《シンラ》枯骨《ココツ》の手によって天刑剣《てんぎょうけん》という羽衣を半ば奪われ、江湖に落魄したとはまだ知らない。狩雲霄《シュウンショウ》からは殤不患《ショウフカン》という男に助太刀すると聞かされただけであった。

「は……？」

丹翡《タンヒ》はおのれに向けられる若い男の熱烈な視線に戸惑う。

捲残雲《ケンサンウン》は呆けていても、その瞳には炎を宿している。

天女様などと呼ばれたこともそうだが、あまりにも熱心に見つめられ、丹翡《タンヒ》は恥ずかしさと困惑のあまり袖を上げて面を隠し、つつと退《すさ》った。

羽虫が灯りに誘われるように捲殘雲《ケンサンウン》が丹翡《タンヒ》の方へふらりと足を踏み出す。そっけない態度は逆効果だ。人は断崖に咲く孤高の花こそ手に入れたくなる。

若者の無遠慮な視線を遮るように殤《ショウ》不患《フカン》が前に出る。

「待て！　ちょっと待て！　人を差し置いて勝手に話を進めてんじゃねぇよ！」

その場を支配しかけた水蜜の香気を振り切って叫ぶ。

馬に蹴られて死にたくはねえがよ——と妙に恥ずかしげにつけ加えたのは殤《ショウ》不患《フカン》だ。

この朴念仁の眼にも捲殘雲《ケンサンウン》の慕情《ぼじょう》は明らかとみえる。

「お前も玄鬼宗《げんきしゅう》の手口については思い知らされた頃合いじゃないかね？　ただ逃げ回っていてやり過ごせるような生易しい連中ではない」

ただ一人水蜜の香気にも当てられぬ男、鬼鳥《キチョウ》の言は確かに当を得ている。

しかし、殤《ショウ》不患《フカン》にはこの男だけの別の目算が立っている。

「ああ。要は蔑天骸《ベツテンガイ》とかいう頭をぶっ潰しゃいいんだろ？　粋がってるだけの連中もそれで烏合の衆になる」

蔑天骸《ベツテンガイ》の威名を知る江湖の住人なら絶句するか鼻で笑う大言壮語だが、鬼鳥《キチョウ》はにこりともせず問い返す。

「では蔑天骸《ベツテンガイ》の居所をご存じかな？」

「……ッ！」

むろん東離《とうり》に来たばかりの風来坊がそんなことを知るわけもない。

殤不患《ショウフカン》は見事にやり込められた形なのが気にくわなかったが、目の前の優男と弁舌を競うのは悪手という気配がある。

第一に、適当な反駁《はんばく》も思いつかず、言葉が喉につかえた。

「我々はこれから玄鬼宗《げんきしゅう》の根城である魔脊山《ませきざん》の七罪塔《しちざいとう》を目指す。敵は多勢。味方は一人でも多い方がいい。利害が一致するならば手を組むにしくはない」

客観的に筋の通った物言いで、これには以前に不満を述べた丹翡《タンヒ》も心の中で首肯した。

「てめえの都合なんぞ知るか。俺が一人でその七罪塔《しちざいとう》に乗り込みゃ済む話だ。俺はてめェとだけは絶対に組まん。あばよ！」

しかし、殤不患《ショウフカン》という男はよほど鬼鳥《キチョウ》に胡散臭さを覚えているらしく、返答はにべもない。

言い捨ててさっさと一人歩み去る。これみよがしに爪先を向けたのは鬼鳥《キチョウ》と丹翡《タンヒ》がやってきた方角である。

「あー、狷介孤高《けんかいここう》の殤《ショウフ》不患《カン》どの、実に申し上げにくいことではあるが……」

「何だよ⁉」

天邪鬼はこの男の専売特許のようなものだが、それでいて妙に律儀なところを捨てきれないのは愛嬌、とでも呼べばいいのだろうか。無視しておけば良いものをしっかりと返事をしてしまう。

「魔脊山《ませきざん》はあっちだ」

と貴公子が指さしたのは風来坊の爪先と正反対の方角だ。

「〜〜〜ッ‼」

風来坊は声にならぬ叫びを上げ、気恥ずかしさの鬱憤晴らしに腰から引き抜いた佩刀の鞘尻を大地に衝く。

そのまま威嚇するように乱暴にぶん回し、柄を上にして肩に鞘を叩きつける。佩刀を肩に担いで楽にするのは旅慣れた渡世人の流儀だ。

ぐるりと踵と爪先を入れ替えるのも同時、そのまま何事もなかったかのようにすたすたと歩いていく。

それを見た鬼鳥《キチョウ》がくすりと笑う。

どうにも癇に障る笑いに、

「おい！　ついてくるんじゃねえぞ‼」

と、腹立ちまぎれの無茶まで叫ぶ。

「いえ、その……同じ方角に用があるもので」

戸惑い、申し訳なさそうに答えたのは丹翡《タンヒ》だ。

「奇縁よな。まあしばらくは一本道だ」

狩雲霄《シュウンショウ》は鉄面皮を崩さぬまま、諧謔《かいぎゃく》を交えて返す。

「あんたがついてくる分には、俺ら全然構わないけど？」

槍を担いでお祭り気分の捲殘雲《ケンサンウン》に至っては下手くそな口笛まで鳴らしている。

風来坊が望もうと望むまいとあひるの親子の如く一行を後ろに引き連れて歩く羽目になった。

「ああ、もう、勝手にしろ！」

殤不患《ショウフカン》は破れかぶれに罵る。

鬼鳥《キチョウ》の肩越しにその背を覗いているのは丹翡《タンヒ》だ。

あらたに鬼鳥《キチョウ》が呼び寄せた助太刀は頼もしいが、洗い晒しで色褪せた衣に包まれた広い背中が一番頼りに感じるのは何故なのかしらと考えている。

その背を見ていると、幼児の頃、遊び疲れて兄の背に負ぶわれて帰った記憶が蘇る。

あの背中の温かみが染み渡るように胸に広がり、そしてその兄がもういないのだと思うと、同じ胸が針を突き立てられるように痛む。思わず目元が潤みそうになるのを下唇を嚙んで耐えた。

別れ際の兄の絶叫はあれからずっと頭蓋の内側に反響を続けている。

俺を無駄死にさせるか！

助太刀に安堵していてはいけない。頼ってばかりではいられない。おのれが魁《さきがけ》とならねば丹家の威信は地に墜ちる。

丹翡《タンヒ》は使命感とは別のところで、兄の死を無意味なことにさせてしまうことを恐れていた。弱く未熟なおのれが蔑天骸《ベツテンガイ》に一矢報いるためには命を捨てねばならぬと思っている。たとえ一太刀のために命を落としても、一太刀に命を捧げたならば心ある人々は丹家の兄妹の気概を語り継いでくれるであろう。

むろん乙女は兄の言葉を誤解しているわけであるが、死者が真意を語る術はない。丹衡《タンコウ》もまさかおのれの死に際に背を押すつもりで放った絶叫が、妹を死へと駆り立てるなどとは夢にも思わない。

その丹翡《タンヒ》の背に視線を縫い付けられているのは捲殘雲《ケンサンウン》だ。思ったことはすぐに口に出し、考えるより先に行動する男だが、高嶺《たかね》の花には気後れして何を話しかけたらいいか分からず、そわそわと歩幅も一定しない。

いかな血気盛んな捲殘雲《ケンサンウン》とはいえ、兄貴分の狩雲霄《シュウンショウ》には敬服しているから、その朋輩として鬼鳥《キチョウ》にも一目置いている。

それに最初に丹翡《タンヒ》に手を差し伸べたのも鬼鳥《キチョウ》であるから、保護者然として傍に立たれると妙なちょっかいを掛けるのも憚られる。

そんなわけで直情径行の若者にしては珍しく、ひとまずは大人しくしている。

肩を怒らせて先頭を行く殤不患《ショウフカン》。

その背に兄を見て、悲壮な決意を固める丹翡《タンヒ》。

乙女から立ち上る清冽《せいれつ》な気に打たれて、美しさに感じ入る捲殘雲《ケンサンウン》。

狩雲霄《シュウンショウ》は幾分か弟分に厳しい眼を向けているようだが、口には出さない。

鬼鳥《キチョウ》は例によって例の如く、嬉しいのでも優しいのでもない笑みを浮かべている。

人々が同じ方角へ歩いていても、それぞれの心は別々の方角を向いていることは常のことですらある。

禍福糾纆《かふくはあざなえるなわのごとし》という。同様に人の感情の糸はもつれ絡まり形を成して、容易には解けず、その価値も容易には判じられない。蜘蛛はおのれの巣には掛からないが、人はおのれで紡ぐ糸に絡まり、往々にして進退窮《きわ》まる。

だが、縄あらば剣で裂き、結び目あらば刀で断ち、理屈を力で退けるのが武俠という生き様である。なかでも常に義を重んじ、斃れて後已《のちや》む者をこれ江湖に称して英雄好漢と呼ぶ。

この一行は今日、屍山血河を築いた。

また明日も築くだろう。

＊

摩天客桟。

天に突き出した鐘楼は立派だが、摩天《てんをこする》とは流石に仰々しい。

とはいえ客桟の名前など、縁起を担いだり、押し出しを重視した大仰なものばかりである。摩天程度なら特に珍しくもない。

なかに入れば一階の食堂に、二階の客室——吹き抜けの回廊に扉が並んでいる。案の定造りは余所と大差はない。

「とりあえず飯だ。飯を頼む！　あと水をくれ。どうにも埃っぽくていけねえや」

殤《ショウ》不患《フカン》は久しぶりの宿に喜悦を隠せない様子で、早速荷を下ろして楽にする。

忘却に沈んでいた荒野の街道を血漿で舗装したことなどとうに忘れた顔だ。

「へい」

玄鬼宗《げんきしゅう》の広げた網も完璧ではないと見える。親爺《おやじ》——客桟の主人は薄汚れた殤《ショウ》不患《フカン》の旅装束と腰の差料を見ても怯える様子はない。

それどころか旅装束に散った血飛沫の跡に眉を顰《ひそ》めさえしない。荒っぽい江湖の人士にも慣れた様子でてきぱきと小僧に指図している。

親爺は流石に場違いな丹翡《タンヒ》に一瞬眼を留めたが、人攫《ひとさら》いに遭ったとも見えず、疑問の色をわずかに浮かべただけで、通りが見える座敷へ一行を案内した。

「部屋を三つ頼む。丹翡《タンヒ》どのに一部屋、狩兄と捲弟は一部屋でよいだろう。殤《ショウ》不患《フカン》どのは私と同室で構わないね？」

如才ない鬼鳥《キチョウ》が早速宿泊の手配をつけ加える。

「へい」

親爺が心得て去ろうとすると、

「待て待て！　何が哀しくてお前と一緒に寝泊まりしなきゃならん。親爺、俺は別に一部屋取ってくれ！」

「そう言われましても、へえ、部屋はもう埋まってしまいましたんで」

「何だと⁉」

「大の男が駄々をこねるな。なにも、罪のない宿の主人を手に掛けんでも良かろう」

同室と言われていきり立った殤《ショウ》不患《フカン》を鬼鳥《キチョウ》がからかってでまかせを言う。

「客人、こちとらここで二十年も荒っぽい連中を相手にしてるんで。いくら脅されたってできねえもんはできねえですよ」

主人は物騒な脅し文句にも毅然としたものだ。兵器代わりにそこらへ立てかけてあった竹箒《たけぼうき》を構えて、だ。

「そんなことしねえよ。ふざけたこと言いやがって」

親爺より殤《ショウフ》不患《カン》の方が泡を食っている。

それこそ無関係の客桟に迷惑を掛ける気はないから、鬼鳥《キチョウ》をぎろりと睨むだけで、どっかと床几《しょうぎ》に腰を下ろした。

「なあ、あんた、狩雲霄《シュウンショウ》と言ったな。どうだい、この貴公子さんと交代しねえか？　俺もここら辺の風聞《ふうぶん》だのなんだの聞きたいことがあるしよ。あんたなら顔も広そうだ」

風来坊の問い掛けに、隻眼がぎろりと動き、

「ふむ、悪いが遠慮させてもらう。鬼鳥《キチョウ》の依頼で助太刀には応じたが、出会ったばかりの相手の前で熟睡できるほど、俺は不用心ではないのでな。その男、鬼鳥《キチョウ》ならばこの辺りの風聞どころか、東離《とうり》一の消息通だぞ？　江湖で知りたいことがあるなら好きなだけ聞くがよかろうよ」

「なんなりと」

狩雲霄《シュウンショウ》の言葉を受けて、鬼鳥《キチョウ》が肯いた。

「うるせえよ、てめえと一緒に泊まるくらいなら馬小屋で寝らあな」

取りつく島もない殤《ショウフ》不患《カン》の言い草に驚いたのは丹翡《タンヒ》だ。

「まあ！　命の恩人にそんなことはさせられません。であれば私が馬小屋へ。殤様は空いた部屋へお泊まりになって下さい」

丹翡《タンヒ》は本気で言っている。

「おい、おっさん！　そりゃあんまりじゃねえか？　こんな……その……は、花のような御令嬢を馬小屋に泊めるだって⁉　命を救ったからって無体を働くなら、この槍の寒赫《カンカク》が黙っちゃいねえぜ！」

捲残雲《ケンサンウン》は捲残雲《ケンサンウン》で丹翡《タンヒ》の肩を持つばかりに曲解している。

「うむ、不肖この鬼鳥《キチョウ》も微力ながらお力添えしましょうぞ」

鬼鳥《キチョウ》の言葉は完全なる悪ふざけだ。

狩雲霄《シュウンショウ》は弟分を止めもせず、黙っている。中立かというとそうでもなく、眼には面白げな色を浮かべている。

今度は殤《ショウ》不患《フカン》が慌てる番だ。

「おいちょっと待て！　なあ嬢ちゃん、俺がそんな情け知らずに見えるか？　あんたを馬小屋に泊めて自分だけ綺麗な部屋に泊まるなんてできるかよ」

「私も誇り高き丹家の娘です。恩人をまぐさに寝かせて、自分は安穏と寝台を使うなんてとてもできません」

丹翡《タンヒ》は強情だが、その心底には真心がある。純真な乙女に無理強いもしかねて、殤《ショウ》不患《フカン》は頭を掻いた。

「……開かずの間でよけりゃあ、空いてますがね」

親爺が唐突に言った。

「開かずの間、だと？」

空き部屋と聞いて殤《ショウフ》不患《カン》が飛びつく。

「へえ、縁起が悪いもんで」

落ちくぼんだ眼窩で親爺の眼は炯々《けいけい》と光っている。

「悪縁なら――」

下げ緒を解いていた佩刀を手繰り寄せ、

「俺が断ち切ってやらあ」

殤《ショウフ》不患《カン》は大見得を切った。

「本当ですかねえ。あそこに泊まった客は皆、朝方に様子を見に行くと消えちまってたり、一言も喋らなかったり、中には心の臓が止まっておっ死《ち》んでたなんてことまでありますぜ？」

宿屋の親爺は胡散臭げな顔で物騒な話を漏らした。

「どうせ、宿賃を値切ろうと一芝居打っただけだろうさ。寝てる間にぽっくり逝く奴だって珍しいわけじゃねえ。むしろ、石を投げれば兇《きょうぞく》賊に当たる江湖の人士が寝床で死ねたんなら幸運な方だろ」

端《はな》から鬼神の類は信じる気すらもない殤《ショウフ》不患《カン》は親爺の話を一蹴した。

「まあ、金さえ払ってくれりゃ何でもかまいませんがね」

そう言って親爺は首を振りながら厨房へ戻っていった。

「迷信じみているからといって、そう莫迦にしたものでもないぞ。結果があるなら、何事にも原因があるものだ」

微笑とともに鬼鳥《キチョウ》が意味深長な言葉を殤《ショウ》不患《フカン》へ投げかけた。

「なんだてめえ？　お化けの類が怖いのかい、鬼鳥《キチョウ》さんよ」

風来坊は貴公子を小莫迦にした調子で応じる。

「……ふむ、ではひとつ話をしてやろう」

一同をゆっくり見渡すと、鬼鳥《キチョウ》はおもむろに口を開いた。

江湖に流布する怪談奇談は数多いが、中でも一等恐ろしいのは情鬼の類と言えよう。

これは私が西の州都にいた頃、耳にした話だ。

ある日のことだ。州の衛兵二人が巡回の帰り、門外にある桃園の前を通りかかった。そこには若い女が木の下にぽつんと一人で立っていた。

二人の衛兵は日も暮れかけた時間に何をしているのかと気になって、きっと待ち人を待っているのだろうと小声で話し合った。

先頭を歩いていた年長の男は若い女性をあまりじろじろと見るものではないと思ったので、そのまま通り過ぎた。

二人目の若い男も同じように無視しようとしたが、どうしても気になり、通り過ぎてから振り返り見た。女の顔をよく見ると、血の気の薄い細面に明眸皓歯《めいぼうこうし》の絶世の佳人である。思わず胸が高鳴ったが、若者には郷里で帰りを待つ許嫁《いいなずけ》があったから、ひとときの想いを振り切って前を向き、先を行く衛兵に追いついた。

何事もなく二年が経ち、軍役を終えた二人は郷里に戻った。

年長の男の下へ若者の許嫁がやってきたのはそれから数日もしないうちのことだった。そして許嫁が泣きながら言うのである。若者が畑仕事にも出ず、家に引き籠もるようになってしまった、と。

年長の男が心配になって家を訪ねると、若者はげっそりと頰の瘦《こ》けた顔で笑って迎え入れた。

許嫁が心配していることを伝えると、おのれにはもう妻がいるからおのれのことは忘れるよう彼女に伝えて欲しいとすまなそうな顔で言う。

言われてみれば、男が一人で家に引き籠もっているのに、室内は整っていて、花のような香りまでする。

聞けば、若者の妻というのは夜になると訪ねてきて、一晩を過ごして明け方に家に帰るのだという。

ますます怪しいと踏んだ男は、妻を紹介してくれと言って夜まで若者の家で待つことにした。

女が訪ねてきたのは日が暮れて間もない頃である。

蒼白く血色の悪い顔に喜色を浮かべた若者が出迎えたのは、大尽の令嬢の如く着飾った美女である。

夜に訪《おとな》う妻へふらふらと歩み寄る若者の姿とあまりに浮世離れした女の姿を見て、年長の男は物の怪の仕業と確信した。

そこで懐に隠した匕首《ひしゅ》を抜いて、電光のように女の胸を突き刺した。

ところが刺した刃にはまったく手応えがなく、女がにっと歯茎を剝き出しにして息を吹きかけると、甘い香りに陶然《とうぜん》として前後不覚となり、意識を失ってしまった。

朝日を浴びて息を吹き返し、床から飛び起きると女は消えており、若者だけがにたにたと笑っている。

男は恐ろしくなって逃げ帰り、若者のことは諦めろと許嫁に説いた。

恐ろしい顚末を聞かされても許嫁は納得がいかない。しかし、刀槍《とうそう》も効かぬ物の怪が相手では如何《いかん》ともし難い。

そこで一計を案じ、結婚祝いと偽って若者の家に上がり込むと、昼間のうちに戸口へ針と糸車を仕掛けておいたのである。

翌朝、渋る年長の男を連れて若者の家へ出向くと、案の定、糸が戸口から伸びて州都へ向かう道へと続いていた。

糸車から伸びた糸を辿っていくと、ついには州都門外の桃園へと行き着いた。糸の先は桃の木の根元へ埋まるように潜っている。

年長の男と許嫁が恐る恐る木の根元を掘ってみると、土の中から女の腐乱死体が姿を現した。その身につけた美麗な装束の裾に、許嫁の仕掛けた針が一本刺さっていた。

その時になって年長の男は、若者の家で嗅いだ花匂《はなにおい》と物の怪の吐息が、桃の香りであったことに気がついたのだという。

身振り手振りを加えながら迫真の声ぶりで物語っていた鬼鳥《キチョウ》が、そこまで言い終えて一息吐く。

気になるのはその後の顚末である。

物の怪は退治されたのか。若者は無事だったのか。許嫁はどうなったのか。

しかし、貴公子は口を噤《つぐ》んだままだ。

「おい、続きはどうした？」

風来坊が気色ばんで問う。

「いやな、この手の話というのはだ。めでたしめでたしで終わらせず、宙ぶらりんにしておいた方が趣深いものなのだよ。まさか怖いわけでもあるまい？」

にたにたと笑う鬼鳥《キチョウ》を前に、殤《ショウ》不患《フカン》は赤くなったり青くなったりした末、苛立たしげに鼻を鳴らしてそっぽを向いた。

「ちょっとちょっと！　そりゃないっすよ、鬼鳥《キチョウ》さん！」

愕然として取りすがる捲残雲《ケンサンウン》を貴公子は一顧だにしない。

そこへ小僧が料理を運んでくる。

「よし、では部屋割りは決まりだな。さ、料理はここへ置いてくれ」

さっと話題を打ち切った鬼鳥《キチョウ》が手を叩いて食卓に料理を広げさせる。

いつの間にか徳利《とっくり》を手に取った鬼鳥《キチョウ》が杯を殤《ショウ》不患《フカン》の胸元に押しつける。

「再会を祝してここは私が奢らせて頂こう。殤どのも、ささ、一献」

思わず受け取ってしまった殤《ショウ》不患《フカン》の手元の杯に鬼鳥《キチョウ》が間髪を容れずに酒を注ぐ。

とくとくと注がれる酒は光り輝くようで、柔らかな酒香がむっと広がる。

「おっと、すまんな」

殤《ショウ》不患《フカン》も思いがけず漂う甘く芳醇な匂いに陶然となった。よほどの銘酒とみえる。

しかしすぐに正気に返り、

「こんなもんで誤魔化されねえぞ」

と緩んだ表情を引き締める。

そうは言いつつも、殤《ショウ》不患《フカン》は再び杯を顔に近づけて芳香をかいでしまう。

「そうかね。酒は薬にもなれば毒にもなるものだ。口に合いそうにないなら、無理強いしてはいけないな」

鬼鳥《キチョウ》は手を伸ばしてなみなみと注がれた杯を掠め取ろうとするが、殤《ショウ》不患《フカン》は手を持ち上げて防ぐ。

「そ、そうは言ってねえだろ」

否定した勢いで杯に口をつける。

ほんの一啜《すす》りで口中いっぱいに馥郁《ふくいく》たる香りが広がり、その味は冷涼たる風が一颯するかのように爽やかだ。

「こりゃうめえ！」

「そうだろうとも」

鬼鳥《キチョウ》はさらに酒を注ごうとする。

「まあ、気が利かず申し訳ありません。鬼鳥《キチョウ》様も殤様も恩人。お二人に酌をするのは私の役目です」

すっと酒肴《しゅこう》の皿を二人の方へ押しやって鬼鳥《キチョウ》から徳利を受け取ると丹翡《タンヒ》は酌の役目を引き継ぐ。

丹翡《タンヒ》は鬼鳥《キチョウ》と殤《ショウ》不患《フカン》に酌をしていると、昔、修行を終えて鍛剣祠《たんけんし》に引き上げてきて間もない丹衡《タンコウ》から江湖で経験した様々な出来事を聞かせてもらったことが思い出された。

鍛剣祠《たんけんし》では江湖の血《ち》腥《なまぐさ》い逸話をみだりに吹聴することは両親によって禁じられていた。

しかし、あの頃は謹厳実直で鳴る兄も、まだ江湖の風を受けて血気盛んなところがあり、妹が多少おだてて酌をしてやると、緑林の盗賊を引っ捕らえて改心させただの、賄賂《わいろ》に貪欲な役人を懲らしめただの、色々と面白い話を聞かせてくれたものだ。

だが楽しい想い出も今は兄の永久の不在を突きつける辛い記憶に成り果てた。

「丹翡《タンヒ》どの、強い哀しみは心を濁らせます。どうぞ心ゆるやかに。天刑《てんぎょう》剣《けん》を護り、妹御を逃がされた丹衡《タンコウ》どのの振る舞いはまさに英雄好漢。我ら一同敬服しております。丹衡《タンコウ》どのに代わってたとえ火の中水の中、貴方をお助けする所存です」

まるで心を読んだかのような鬼鳥《キチョウ》の言葉だ。

「ええ、ええ……ありがとうございます」

殤《ショウ》不患《フカン》にも情はあるが、人と下手に関わり合いたくないし、ましてや兄の代わりが務まるなどと口が裂けても言えるはずがない。おのれまで勝手に一緒にされては迷惑だ。

「おい――」

何やら感動に打ち震えて礼を言う丹翡《タンヒ》に真っ向から否定を突きつけるのは心が咎めつつも、口を挟もうとした。

「やあ、殤《ショウ》不患《フカン》どの。まさか私の奢りの酒を飲み干しておいて、丹翡《タンヒ》どのに無慈悲なことは言うまいね？　どうせ玄鬼宗《げんきしゅう》を叩くつもりなのだろう。何もあどけない乙女の感謝に冷や水を掛ける必要はないだろう」

鬼鳥《キチョウ》が空の徳利を逆さにして振り、耳元で囁く。

悔しいやら苛立たしいやら、それに目の前の娘を傷つけるのは忍びない、殤《ショウ》不患《フカン》はどうにも意気が挫けた。本来優しい男なのである。

それに七罪塔《しちざいとう》への行き方が分からない以上、しばらくはこの連中と行を共にするしかない。

「ここはおめえの奢りだってな。破産しても知らねえぞ」

そう嫌みを言って殤《ショウ》不患《フカン》は料理にかぶりついた。

「いいなあ……」

甲斐甲斐しく二人の世話を焼く丹翡《タンヒ》を見つめて、捲殘雲《ケンサンウン》が呆けたようにつぶやいた。

「ああ、まったく羨ましいもんだ」

そうつぶやいたのは狩雲霄《シュウンショウ》だ。

「あっ──い、いけねえ！　すまねえ、兄貴！」

言葉の針を刺されてようやく魂を戻した捲殘雲《ケンサンウン》が慌てて狩雲霄《シュウンショウ》に酌をする。

狩雲霄《シュウンショウ》は門派も背負わず一人で江湖を流れてきた男だ。堅苦しいしきたりを守らせたりする質《たち》ではないが、娘に見惚れてよだれを垂らさんばかりの弟分には苦笑を漏らさずにはいられない。

──こいつも一度、女で痛いめを見ないと分からんらしいな。

甘いはずの酒が苦い。眼帯に隠された傷が疼く。

──美しい女はみな毒のある花、そんな道理を悟るにも時間がかかる。

狩雲霄《シュウンショウ》の内心の嘆息にも拘わらず、捲残雲《ケンサンウン》はややもすると丹翡《タンヒ》を惚と見つめて溶け崩れている。

陽はまだ落ちきっていない。市場から引き上げる行商人や屋台の店主が客桟の前の通りを行きすぎる。誰も彼も疲れて足が重い。荷紐は肩に食い込む。だが、その顔には明日への希望が輝いている。

殤不患《ショウフカン》は山盛りの料理に熱中している。渓流の水車のように轟々《ごうごう》と酒と料理をかき込む。本気で鬼鳥《キチョウ》を破産させる気だ。

「おっさん、そいつは俺が先に目つけてたんだ」

それに張り合うように捲残雲《ケンサンウン》も箸の届くところから次々と料理を口に放り込む。

「うるせえ、飯は目じゃなく口で食うもんだ」

まるで二匹の餓鬼だ。

丹翡《タンヒ》はあくまでも優雅だ。小鳥が花の蜜を吸うように果実を啄《ついば》むように箸で料理を愛らしい口に運ぶ。

狩雲霄《シュウンショウ》はいつの間にかしっかり確保した香腸《シアンチャン》と豆干絲《トーカンスー》を肴に黙って酒を呑んでいる。料理に手もつけず、酒だけ呑んでいた鬼鳥《キチョウ》がおもむろに切り出す。

「七罪塔《しちざいとう》のある魔脊山《ませきざん》は魔界と人間界の狭間、いわゆる幽世《かくりよ》と呼ばれる類の土地だ。地元の人間は踏み込むどころか仰ぎ見ることすら恐れて避けるという」

みなの腹がくちくなり、気が立った連中も棘が抜けたとみてのことだ。

「野盗が根城にするにしちゃ、えらくけったいな場所っすね」

口に料理を頬張ったまま、捲残雲《ケンサンウン》が言うと、

「そもそも七罪塔《しちざいとう》はかつて強大な魔術師が居城として構えたものだ。蔑天骸《ベツテンガイ》も若かりし頃はそこの衛兵の一人でしかなかったが、主の亡き後、持ち主の失せた城を掠め取ったという」

訳知り顔の鬼鳥《キチョウ》が消息通の面目を施す。

「大方その城主というのも蔑の手にかかって死んだのでは？」

皮肉屋の狩雲霄《シュウンショウ》の舌鋒は蔑天骸《ベツテンガイ》にも容赦がない。

「大いにあり得る話だ。蔑は城だけでなく主の魔術師から数々の秘術を盗んで体得している。たとえば死人の頭から記憶を吸い出す技とか、な」

鬼鳥《キチョウ》は人の悪い笑みを浮かべてまるで見てきたかのように言う。

もちろん、いくら東離《とうり》一の消息通といえど、蔑天骸《ベツテンガイ》の双眸が発した怪光が死者の脳髄から記憶を幻灯のように引き出す様子など見ているわけがない。

丹翡《タンヒ》は現世の理を犯し、死者を冒瀆する邪宗門の暗黒の秘技に思いを馳せ、あまりの穢らわしさ恐ろしさにぎゅっと瞼を閉じた。元々憎き蔑天骸《ベツテンガイ》だが、ますます許せない。

捲残雲《ケンサンウン》はぎょっとした表情を浮かべて箸が止まっている。

「ああ、連中が俺の顔と名前を知ってたのは、そういうことか」

殤《ショウ》不患《フカン》の声音には驚きも恐怖も焦りもない。この男には邪宗門の冒瀆的秘術も朝日が昇り夜日が沈むように当たり前、日常のことなのか。

鬼鳥《キチョウ》はおのれの言葉が各人に浸透したのを見計らって続ける。

「厄介なことに、かつてあの山に隠れ住んだ魔術師の結界が、今もなお健在なのだ。山頂に至る唯一の道はこの世ならざる三つの関門に封じられて、常人では突破できん」

各人の心中に当然の疑問が過《よぎ》る。

「じゃあ玄鬼宗《げんきしゅう》の連中はどうやって城まで行き来してんだ？」

口火を切ったのは殤《ショウ》不患《フカン》であった。

「空路だよ。奴らは飼い慣らした魅翼《みよく》を使っていただろう？　あれが下界と七罪塔《しちざいとう》とを往来できる唯一の手段だ」

鬼鳥《キチョウ》の返答は淀みない。

「空を飛ばなきゃ入れないとなると、そりゃ守りとしては完璧だわな」

捲残雲《ケンサンウン》は感心して膝を打った。

「だったら俺たちゃどうすんだ？　あの魅翼《みよく》どもみたいに羽でも生やせってのか？」

殤《ショウ》不患《カン》が混ぜっ返すと、

「常人では辿れぬ地上の道を、常人ならざる技で切り開く。これが唯一の処方だな」

鬼鳥《キチョウ》は言葉遊びに近い物言いで大真面目に答える。

「おいおい……」

こいつのどこが江湖の消息通だよ、とぼやく殤不患《ショウフカン》を無視し、

「さっきも言った通り、山頂への道を阻む障害は三つある」

鬼鳥《キチョウ》が卓に並べられた料理皿の上で煙管を一振りすると、どういう奇術か、肉末焼餅《ロウモーシャオビン》が山と積まれ、豆干絲が迷宮のように絡まり、桶仔鶏《トンザイジー》が立ち塞がり、紅焼魚《ホンシャオユー》が谷のように開きにされている。どんな勘の悪い者でも料理を使って魔脊山《ませきざん》までの地図を象《かたど》ってみせたのだと分かる。魔法じみた手際であった。

「まず最初の関門となるのが亡者の谷だ。死してなお魂を縛られた屍《しかばね》たちが、群れを成して徘徊している。奴らは生者の生き血に飢えているからな。見つかった途端に八つ裂きにされる」

鬼鳥《キチョウ》が紅焼魚の開きを指し示して言う。

「では、どうする？」

狩雲霄《シュウンショウ》は鬼鳥《キチョウ》との付き合いが長いだけあって単刀直入だ。

「死霊術の使い手だけが歌える特別な鎮魂歌があれば、この亡者たちは動きを止めて眠りにつく。つまりこの谷を突破するには死霊術師を仲間に加える必要がある、ということだ」

確かに道理だが、鬼鳥《キチョウ》――この男は天をも恐れぬのか？

「死霊術……そんな悍《おぞ》ましい技の助けを借りなくてはならないのですか？」

丹家は士大夫に引き上げられ、天刑剣《てんぎょうけん》を祀る大役を任される以前から、人間界に蔓延《はびこ》る妖魔を調伏、誅滅《ちゅうめつ》し、民心を安んじてきた。

その末裔である丹翡《タンヒ》が死霊術のような妖魔に由来する邪法に抵抗があるのも当然である。

「護印師《ごいんし》として見過ごせないのは分かります。が、これより我々が挑むのは尋常な手段が通用しない魔境です。郷に入りては郷に従うしかありますまい」

丹翡《タンヒ》は何か他に手段が……と言い止《さ》して下唇を嚙んだ。鬼鳥《キチョウ》様のおっしゃる通りじゃない、森羅枯骨《シンラココツ》を討つための提案で些細な矜持にこだわっている場合ではないわ、と考え直して黙り込む。

「だが、実際にあてはあるのか？」

狩雲霄《シュウンショウ》の興味は実行性だけにある。

「ひとまず心配無用とだけ言っておく。ともあれ今は魔脊山《ませきざん》に話を戻そう」

そう言って鬼鳥《キチョウ》の箸は豆干絲と紅焼魚の間に立ち塞がる桶仔鶏を示した。

「第二の関門は傀儡《くぐつ》の門。砦ほどもある巨大な石の絡繰《からくり》人形が見張りを務めている。普段はただの石像に見えるが、侵入者を見つけた途端に動き出し、容赦なく踏み潰す」

むろん桶仔鶏は黙して動かず、香ばしい匂いを漂わせるばかりである。

「大袈裟な仕掛けがあったもんだな」

殤《ショウ》不患《フカン》はそう言って、酒の肴に確保した餛飩《こんとん》に好みの香辛料を振って、ふいごのような息を吹きかけてから口の中に放り込む。

「だがあくまで仕掛けにすぎない、というのが幸いだ。これが本物の巨人だったなら打つ手はないが、機械仕掛けには必ず動力源というものがある」

鬼鳥《キチョウ》の物言いから、どうやら岩石巨人の弱みを握っているらしいと知れる。

「そこを狙ってぶっ壊せばいいわけだ。だが簡単に触れる場所にあるのか？」

桶仔鶏の肉を毟《むし》りとろうと殤《ショウ》不患《フカン》の箸が卓上に伸びるのを鬼鳥《キチョウ》の煙管が遮る。

「この石像の場合、首筋だ。たしかに背伸びして手が届く高さではないな」

桶仔鶏の首筋を煙管の雁首《がんくび》が軽く叩く。

「だったら……」

どうしろってんだ、という殤《ショウ》不患《フカン》のぼやきが喉にあるうちに鬼鳥《キチョウ》は言の葉を接ぐ。

「だが鋭眼穿楊《エイガンセンヨウ》の矢が届く高さではある。即ち──」

羹《あつもの》の湯気を切り裂いて疾《はし》った一本の箸が桶仔鶏を穿ち、深々と突き立った。

「矢が届くなら当てられるということだ。それで俺が招かれたというわけか」

狩雲霄《シュウンショウ》が擲《なげう》った箸である。

竹箸は込められた内力の深さに呼応して突き立ったままじんと震えている。

「その通り。狩兄はこの第二の関門を突破するための切り札になる」

鬼鳥《キチョウ》は嬉しげに笑って言い、そっと抜いた箸を狩雲霄《シュウンショウ》に返した。

鋭眼穿楊《エイガンセンヨウ》は酒を口に運びながら片手でぞんざいに受け取る。その眼光は白魚のような貴公子の指を射貫いている。解せぬ顔。

「さて、第三にして最後の関門、闇の迷宮。これは山頂付近へと続く入り組んだ隧道《ずいどう》で正しい出口以外はすべて異次元の彼方に繋がっている。ただ一度でも辿る道を間違えたら最後、迷ったと気付くより先に永遠に閉じこめられることになる」

迷宮に差し込まれた鬼鳥《キチョウ》の箸がぐるりと巡ると、豆干絲が絡みつく。

最後にして最大の関門とあって言い回しも幾分か物々しい。

「前の二つと比べても、手の打ちようがねえじゃねぇか」

茶々を入れる殤不患《ショウフカン》に鬼鳥《キチョウ》はくすりと笑う。

素直な男だから揚げ足を取ってやろうという意地の悪い指摘でさえ、奇術を盛り上げるための合いの手にしかなっていない。これまでの経緯を見れば一行の軍師役が関門突破の策を携えているのは明らかであろうに。

「魔術には魔術、だよ。知り合いに廻靈笛《かいれいてき》という魔装具を持っている御仁がいてね。吹き鳴らした音色の谺《こだま》を聞けば、必ず正しい道が分かるという霊験灼《あらた》かな笛だ。今回は彼の手を借りる」

両手を広げて、どうかね？　と鬼鳥《キチョウ》が身振りで問う。

「けっ、麓《ふもと》から頂まで、万事他人任せってえわけか。お前ほんとに自分じゃ何もしねえんだな」

所詮は負け惜しみだが、確かに的は射ている。

「それぞれの難題を任せられる他人すべてに知己がある……そういう私の顔の広さを讃えてほしいものだがね」

江湖の消息通は武力ではなく、その見聞こそを誇る。それは鬼鳥《キチョウ》も同じだった。

「ごもっとも」

捲殘雲《ケンサンウン》が同調して杯を掲げる。

「迴靈笛《かいれいてき》の持ち主はいま遠方にいるので便りが届くのも遅い。だが鎮魂歌を頼める死霊使いの方は、この近所に住んでいるのにまだ返事を寄越さない」

話の要旨は方策の一つが行き詰まったということだ。にも拘わらず鬼鳥《キチョウ》の顔には笑みが浮かんでいる。

「大方てめえが愛想を尽かされてるってだけの話じゃねぇのか？」

殤不患《ショウフカン》の箸が伸びて紅焼魚の身を容赦なく毟った。

「それは困る。亡者の谷を抜けるためには、是非とも彼女の協力が必要だ。応じないならこちらから出向いて説き伏せるしかない」

鬼鳥《キチョウ》の笑みはますます深まる。目の前の紅焼魚ではなく、過去に味わった極上の料理を反芻するかのような表情であった。

「彼女って、女かよ」

墓を暴き、屍《しかばね》を冒瀆する死霊術師の陰惨な印象との隔たりからか、殤不患《ショウフカン》は首をひねった。

「待て、この近所に棲まうと言ったが、それは夜魔の森のことか？」

狩雲霄《シュウンショウ》の声音には――この男にしては珍しく――わずかな焦りが滲んでいた。

夜魔の森の死霊術師、それは鋭眼穿楊《エイガンセンヨウ》がその眼を背けるほどの邪悪か。

「ああ。彼女は長らくあの森に引きこもっている。もとから社交的ではなくてね」

鬼鳥《キチョウ》の口ぶりは旧知について語るものに過ぎないが、狩雲霄《シュウンショウ》の眉間の皺は深くなるばかりだ。

「刑亥《ケイガイ》か？　まさかあの泣宵《キュウショウ》の刑亥《ケイガイ》を仲間に引き入れようと？」

泣宵《なげきのはじまり》とは物騒な綽号《とおりな》だ。

死は安息ではなく、終わることなき苦痛の始まりに過ぎないのか。たしかに屍《しかばね》の冒瀆者にこそふさわしき名ではある。

「いや正気の沙汰じゃねぇっしょ、それ」

捲殘雲《ケンサンウン》は底冷えを感じたように両肩を竦めた。

「何だよ？　二人とも知ってるのか？　その刑亥《ケイガイ》とかいう女を」

「どのような方なのですか？」

江湖の風聞に疎い殤不患《ショウフカン》と丹翡《タンヒ》は解せぬ顔で、渋茶でも啜ったような表情を浮かべる義兄弟を見つめる。

「まあ人付き合いが下手なので誤解を受けやすい女性ではある」

鬼鳥《キチョウ》の取り繕いはどうにも白々しい。

「いやいやいや、誤解とかそういう問題じゃなくて……」

捲殘雲《ケンサンウン》は激しく手を振り貴公子の言い分を否定する。

「亡者を鎮める法力の持ち主なぞ探せば他にいくらでもいる。よりにもよってなぜ刑亥《ケイガイ》なのだ？」

慌てふためく弟分の話を引き取った狩雲霄《シュウンショウ》は筋道だてて異議を申し立てる。

「それは彼女が一番だからさ。鋭眼穿楊《エイガンセンヨウ》の弓が一番であるように」

鬼鳥《キチョウ》の言い分もまた一応は筋道が通っており、狩雲霄《シュウンショウ》も渋い顔をしながら反論はしかねた。

「今回の企み事には一流の達人を揃えて臨みたい。何せあの森羅枯骨《シンラココツ》を相手にするのだ。万全の上に万全を期した布陣でなくてはならない」

説得の声音にも熱が入る。同行者を世辞で持ち上げつつ、刑亥《ケイガイ》を一行に加える理を説くものである。礼儀に適い、道理も通るとあらば反対はしづらい。

「まあそこまで言うんなら……ねえ？」

捲残雲《ケンサンウン》は自慢の兄貴分が褒められていい気になっている。

「どうなっても知らんぞ俺は」

狩雲霄《シュウンショウ》もあくまでも仕方なくといった風情の同意を示す。

殤不患《ショウフカン》と丹翡《タンヒ》はそもそも件《くだん》の女死霊術師を知らぬ。漠然と死霊術を使う女など、ろくなものではあるまいという予感が胸裡にさざ波を広げたに留まった。

「丹翡《タンヒ》さん、これうまいっすよ！」

「そんな勢いでかき込んでは喉を詰まらせますよ」

青年は一人皿を舐めるような勢いで菜を貪《むさぼ》り、乙女は蛾眉《がび》を顰《ひそ》めた。

貴公子は料理を弄ぶだけ弄んで口をつけもせず、神秘的な微笑みを湛えて紫煙をくゆらす。

壮漢二人は黙々と杯を傾け、競うように酒壷《しゅこ》を涸らす。

千卮不浣恐《せんしなるもおそれをすすがず》――千の杯を重ねても、曖昧模糊たる恐れは拭えない。胃の腑を酒に沈めても、刀槍剣戟《けんげき》の声はにじり寄る。

一夕の団欒《だんらん》も蛮烟瘴霧《ばんえんしょうむ》に包まれて、ただ今は天翳《かげ》り雨湿《うるお》う。

乱雑に積み重ねられた汚れた皿、倒れた空の酒壺、散らばる杯……酒宴の名残は廃墟のような佇まいだ。

廃墟で寝入っているのは槍使いの青年だ。酒精に赤く染まった頰は少年のように幼い。うわばみのような飲みっぷりの壮漢二人に意地を張って付き合った結果がこれだ。

「もし？」

耳に入った声に、寝ぼけ眼《まなこ》で飛び起きて、

「ん？　あ？　丹翡《タンヒ》さん？　俺は……俺は……」

酒精に冒された脳はどんな酔夢を見せたのか。

青年の抱擁を音も立てずにすり抜けたのは鬼鳥《キチョウ》であった。

「部屋まで連れて行ってやればいいものを置き去りとは、狩兄も薄情な男だな」

そう呟く貴公子の声で我に返り、

「あれ……？　鬼鳥《キチョウ》の、旦那？」

酒精に濁った眼の焦点がようやく合う。

「そう、丹翡《タンヒ》どのではなく、私だよ」

「――っけねえ……恥ずかしいとこ見せちまったな」

羞恥に肝を潰した青年は貴公子に探るような眼を向けるが、その顔に嘲りの色がないことを知って息を吐いた。

それでもあまりの恥ずかしさに頭を掻いて誤魔化す。

「丹家の御令嬢に一目惚れかね？」

貴公子の浮かべた笑みは新しい玩具を見つけた悪童と同じものだが、酒精と羞恥で鈍った青年は気づかない。

「へへっ……まあ、そういうことっす」

斬った張ったの荒事ならば何でもござれの若き江湖の豪傑も、色恋沙汰となれば一歩も二歩も人に譲る。

逆に目の前の貴公子は箸より重いものは持てないような面をして、色恋には独自の手管があるように見える。

「……だけど、どうにも壁があるっつうか。やっぱ身分の違いってやつですかね？　いやその、鬼鳥《キチョウ》さん、色恋とかには詳しそうだし……」

拝むように捲残雲《ケンサンウン》は鬼鳥《キチョウ》を座ったまま見上げた。

「ふむ、私に相談とはなかなか見る眼がある。その慧眼《けいがん》に免じて、ひとつ助言しよう。とにかく押しの一手だ。彼女は今、苦境にあって弱っている。頼れる相手を求めているのだよ。表面上は良家の矜持が邪魔をして素っ気ない態度を取るかもしれないが、気にすることはない。江湖の豪傑が若い情熱をぶつけてやれば、彼女の心の氷もすぐに溶ける」

貴公子はしたり顔で助言した。

その目の奥に狡猾な光が宿ることに青年は気づかない。

腕組みをした捲残雲《ケンサンウン》は酔眼を水車のように回して考えた。

「……ですよね!!　こうしちゃいられねえ。待っててくれよ、丹翡《タンヒ》さん」

そう言って槍を引っつかみ、小脇に抱えて駆け出す。

「忘れてた、鬼鳥《キチョウ》の旦那、感謝するぜ！」

唐突に立ち止まって振り返ると礼を言ってふたたび飛び出していく。

まったく忙しい男であった。

「感謝されるほどのことでもない。お前が引っ掻き回してやれば、丹翡《タンヒ》どのも気が紛れるというものだ」

その背を黙って見送った鬼鳥《キチョウ》が独り言ちる。

「しかし、素直で邪気のない人間というのは、どうも一本調子でつまらんな……」

権謀術数《けんぼうじゅっすう》に生きる軍師の眼には、純粋で情熱的な青年の生き様はひどく退屈なものと映るらしい。

江湖の夜は長く、朝は遠い。陰に潜む者どもが闇に跳梁する刻だからだ。

＊

夜更けに訪うのは妖物と相場が決まっている。

ましてやここは開かずの間、鬼鳥《キチョウ》に吹き込まれた駄法螺《だぼら》と、部屋に案内される際に親爺から聞かされた身の毛もよだつ鬼故事《かいだんばなし》が、世間擦れした渡世人をして心胆寒からしめていた。

戸を叩く音が狭い部屋にやたらと大きく響く。

最初は小さく、段々と大きく。

心なしか、部屋の温度も下がったような気がしてきた。

ゆらめくはずもない行灯《あんどん》の火がゆらめいたように見えた。

——なんでえ、来るなら来やがれってんだ。

言葉はかすれて声にならず消える。

渡世人は喉を鳴らし唾を飲み込んでから、言った。

「開いてるぜ」

下げ緒を掴み、刀を引き寄せる。

手は思わず、鯉口を握っていた。

目に視《み》えるものなら、耳に聞こえるものなら、肌に感じるものならば、鬼女だろうと妖魔だろうと斬ってご覧に入れる。

だがしかし、物事には例外というものが存在する。

この夜、殤《ショウ》不患《フカン》の部屋を訪れたのは血涙を滴らせ、鴉《からす》の濡れ羽のような髪を振り乱した鬼女ではなく、清純な乙女であった。

「どうした？　こんな時間に」

戸口に立つ丹翡《タンヒ》を招き入れる。鬼女の幻影に肝を冷やしていたことなどおくびにも出さぬようしかつめらしい表情を作った。

「殤様こそ、どうかなされたのですか？　お顔の色が……」

「な、なんでもねえよ！　ほら、入んな」

招きに従い、丹翡《タンヒ》は部屋に足を踏み入れる。

「綺麗なお部屋ですね。どうして開かずの間になんてしていたのかしら」

不思議そうな顔で言う。

「そんなこたあどうでもいい。忘れろ。俺も忘れっちまうからよ！」

殤《ショウ》不患《フカン》の物言いはいかにも強引だ。

「え、ええ？」

おのれは寝台に腰掛け、戸惑う丹翡《タンヒ》に椅子を勧める。

腰を落ち着けた乙女は胸元に手をあて一呼吸置いてから切り出した。

「理に沿ってきちんと説明すれば、殤様もきっと解《わか》ってくださるものと思ったのです。天《てん》刑剣《ぎょうけん》を守ることが、いかに重大なことかを」

その瞳は真剣だ。

「またその話か？」

しかし、殤不患《ショウフカン》の返事は素っ気ない。足組みした膝に肘を乗せる。

男の胡乱《うろん》げな態度に、丹翡《タンヒ》は恐れていた疑いを口にする。

「よもや天刑劍《てんぎょうけん》の恐ろしさを信じていらっしゃらないのですか？　私たち護印師《ごいんし》が祠を守ってきた務めも、ただの迷信に過ぎない、と？」

窮暮之戰《きゅうぼのせん》から二百年の時が過ぎ、当時を知る手段は歴史書か市井の講談に限られる。

絶大な力を秘めた天刑劍《てんぎょうけん》を始めとする神誨魔械《しんかいまかい》は悪用を防ぐため、東離《とうり》初代皇帝の聖旨を受けた護印師《ごいんし》によって管理され、今上ですら妄《みだ》りに持ち出すことはまかり成らぬとされており、その実態は秘されていると言ってよい。

大半の東離《とうり》の民は護印師《ごいんし》を敬い、神誨魔械《しんかいまかい》を崇拝しているが、進歩的思想を持つ者や無頼の輩の中には迷信と切って捨てる者もいる。

「俺だって方々旅してきたんでな。神誨魔械《しんかいまかい》の噂は至る所で聞いてきたし、これこそがその実物でございっていう代物を何度見せびらかされたことやら。まあ大概が来歴を騙《かた》ってるだけの偽物だったよ。ただのがらくたをご大層に崇めて箔付けしてただけだ」

その声音には落胆の色が濃い。よほど多くの贋作と出遭ってきたのか。

「たしかに、今に残る神誨魔械《しんかいまかい》には、贋作も数多くあるでしょう。しかし天刑劍《てんぎょうけん》だけは本物です！」

丹翡《タンヒ》は諦めない。まさか天刑《てんぎょうけん》剣が偽物であり得ようか。

丹家は窮《きゅうぼ》暮之《の》戰《せん》以前から続く家柄であり、鍛剣祠《たんけんし》建立以後も代々天刑《てんぎょうけん》剣を護ってきたことが記録からも明らかだ。よもやそれは否定できまい。

「実際にそれを確かめたことは？　誰か手にとって振り回してみたか？」

殤《ショウフ》不患《カン》の疑問は一点に絞られている。

誰か、天刑剣を振るって、確かめたか？

肝心要の一点、真に知るべくもない歴史の彼方の出来事よりも簡潔明快にして確実な手段である。

天刑《てんぎょうけん》剣が古の宝具たるの証を立てるは古文書でも伝承でもない。剣が秘めた力そのものであることは誰の目にも明らかだ。

「それは……」

「護印師《ごいんし》のお役目と言えば、神誨魔械《しんかいまかい》に習熟した遣い手を育てることも含まれるはずだ。お前さんたちの本来の役目は窮《きゅうぼ》暮之《の》戰《せん》の再来に備えることで、一朝事あらば聖剣を振るって魔界の軍勢と戦うことだ。神誨魔械《しんかいまかい》を護るってなあ、副産物に過ぎねえはずだろう」

「でも、そんな……。お言葉ですが、殤様、天刑《てんぎょうけん》剣は特別なのです。数多《あまた》ある神誨魔械《しんかいまかい》のうちでも天刑《てんぎょうけん》剣の持つ力はあまりにも強大で、安易に封印を解けば人類に災禍をもたらしかねないほどだと……」

殤《ショウ》不患《フカン》は黙って首を横に振る。

「そんな危険な代物が蔑天骸《ベツテンガイ》の手に渡ったら、本末転倒じゃねえか。玄鬼宗《げんきしゅう》の奴らが押し入ってきた時、あんたたち護印師《ごいんし》は封印を解くべきだったんだ。万が一、天刑剣《てんぎょうけん》がただのなまくらだったなら、蔑天骸《ベツテンガイ》は大笑いして帰っただろうよ。逆に神誨魔械《しんかいまかい》としての力が本物だったなら、それこそあの外道に天誅をくれてやりゃ良かったのさ。破邪の剣の使い道としちゃ、上々だろ」

丹翡《タンヒ》はとても首肯しかねて、

「でもそんな、畏れ多い真似……どんな危険があるかも分かりませんのに……」

殤《ショウ》不患《フカン》は畳みかけて、

「どんだけ霊験灼かだろうと剣は剣。ただの道具だ。神様じゃねえ。使ってみる前から触るのを怖がってどうすんだよ？　第一、使えねえほど危険だってんなら、ぶっ壊しちまった方がすっきりすらあな。違うか？」

この男の前では伝統も禁忌も形を成さぬのか。

しかし、殤《ショウ》不患《フカン》の目に、丹翡《タンヒ》を愚かと断じる色はない。ただ長上として教え諭すような口ぶりだ。そしてその言葉には確かに理があった。格式だけでは抗いようのない理が。

「我が一族にとっては最大の禁忌です！　それを破れば良かったと仰せなのですか⁉　ま

してや破壊など！」

だが、小鳥はいまだ飛ぶすべを知らぬ。

籠の外を恐れている。それもまた無理はあるまい。

殤《ショウ》不患《フカン》もそれは分かっていた。

しかし、籠はすでに壊れたのだ。檻はなく、盾もなく、かつての籠の鳥はただおのれの羽で飛ぶしかない。そして問題は飛び方ではなく、飛ぶ意志なのだ。

「つまりあんたたちが本当に恐れてるのは天刑剣《てんぎょうけん》の力なんかじゃねえ。御先祖代々の伝統をぶっ壊しちまうこと……なんだろ」

男は震える少女の瞳に何かを見た。

希望の持てる何かを。

だからこそ、突き放した。

飛ぶためには地を離れる恐怖に打ち勝たねばならぬ。

「そんな……」

少女の顔に絶望が過る。

「あんたの兄貴にゃ悪いがな、俺はそいつが命懸けになるほどの一大事とは到底思えないし、護印《ごいん》師の不始末の尻拭いに命を張るのも真っ平御免だ」

かつて少女の兄は妹を逃すために命を捨てた。

しかし、だからと言ってこの男にはその背に少女を負う気はなかった。

そんなことはすべきではないからだ。

「蔑の野郎は悪党だが、何もあんたがその向こうを張らなきゃいけない法はねえ。天刑剣《てんぎょうけん》が問題ならよ、その鍔を持って、逃げて逃げて地の果てまで逃げまくるってえ方法もある。戦うことだけが解決の方法じゃあねえんだ」

「……でも、私たちは護印師《ごいんし》として……」

絞り出すような丹翡《タンヒ》の言葉を殤《ショウ》不患《フカン》が遮って言う。

「明日は朝一番で出発だろ？　こんな所で油売ってないでさっさと休め。まともな寝床にありつけるのは今夜で最後かもしれないぞ？」

その声には心からのいたわりと、はっきりとした拒絶があった。

殤《ショウ》不患《フカン》は悄然として俯く丹翡《タンヒ》に代わって戸を開く。

「悩むのは悪いことじゃあねえ。自分の頭でとっくり考えるのもいいもんさ」

丹翡《タンヒ》は一度だけ殤《ショウ》不患《フカン》の顔を見上げると、男の意志の堅さを読み取って言葉を呑み込んだ。

「さて……」

後ろ髪引かれる様子の丹翡《タンヒ》を送り出した殤《ショウ》不患《フカン》は溜息一つ吐くと、まるで重力などないかのように窓からひらりと身を躍らせた。

その際、窓外に黙然と佇む老樹に一掌を喰らわせている。

「うおわあ――ッ!?」

掌力を受けて野生の獣のように身震いした老樹が枝間に潜んだ人の大きさの虱《しらみ》を振り払った。

木登りに興じていた捲殘雲《ケンサンウン》は追い出され、辛くも足から着地する。

「覗き見たァ、いい趣味だな、おいこら」

たたらを踏む捲殘雲《ケンサンウン》を腕組みした殤《ショウフ》不患《カン》が睨みつける。

「ひ、人聞きの悪いこと言うんじゃねえ！　お、俺はな、あんたが丹翡《タンヒ》さんに手ェ出さねえよう見張ってただけだ！」

捲殘雲《ケンサンウン》は慌てた様子で取り繕い、碁石でも打つようにびしりと殤《ショウフ》不患《カン》を指さした。

「てめえこそ随分な言いがかりじゃねぇか」

無遠慮な指摘を払い除けるように言う。

「つうか実際あんた、あの娘《こ》を虐《いじ》めてただろ。なんだかすげえ悲しそうだったぞ！」

若者は睨《ね》めつける渡世人の双眸を昂然《こうぜん》と胸を張って跳ね返す。

狩雲霄《シュウンショウ》の鋭眼に比べれば、どこの馬の骨とも知れない江湖の流れ者など怖くはない。

「事情も知らずに俺を悪役にしてんじゃねえよ！」

あまりな言い様に殤《ショウフ》不患《カン》も怒りを露わにして言い返す。

「だからあ、その事情って何なわけ？　兄貴も鬼鳥《キチョウ》さんも全然説明してくれねえし。丹翡《タンヒ》さん何であんなに必死なの？」

捲殘雲《ケンサンウン》はまるで意に介さない。返事を待たず続けざまに疑問をぶつける。おのれ一人で会話するように目を細めたり丸めたりと転々《ころころ》と表情を変えて忙しいことこの上ない。

「てめえはそもそもあの弓の先生のおまけでついてきただけなんだ。どうでもいいだろ」

若者の勢いに思わず気持ちが後退った殤《ショウ》不患《フカン》は投げやりに言い放つ。

「そうはいかねえよ！　わけ分かんねえまんまじゃ丹翡《タンヒ》さんに声かけられないじゃん」

取りつく島があろうとなかろうと気にしないのはこの底抜けに明るい青年の長所かも知れない。

あの狷介孤高の気を放つ鋭眼穿楊《エイガンセンヨウ》の弟分には不釣り合いな若者だが、案外この勢いで押し切って弟分に収まったのかも知れないと思わせる得体の知れない説得力がある。

「あン？　そういう魂胆かよ」

毒気を抜かれたように漏らす。

「だって――あの人すげえ綺麗だし！　可愛いし！」

さらに一段声音の調子をうわずらせ、身を乗り出した捲殘雲《ケンサンウン》には達人も打つ手がなく、一歩後退させられる。

「おしとやかなんだけど気が強そうなところもあって、普段は毅然として凜々しいのにたまに愁《うれ》いの貌を浮かべることもあって、その横顔がなんつーかこう、助けてあげなきゃ！って感じでさあ……」

青年は乙女の崇拝者たることを隠そうともせず、熱に浮かされて小っ恥ずかしい譫言《うわごと》を滔々と並べ立てる。

「やめとけやめとけ。由緒正しい護《ご》印師《いんし》の家柄のお嬢様だぞ。てめえみたいな軽薄なのが釣り合うわけねえだろ」

冷たく突き放したはずの渡世人ですら、本心では父性をくすぐられていたとみえて、少女にたかる虫を払おうとする。

「いやむしろこれ逃したらさあ、護《ご》印師《いんし》なんてすげえ身分のお嬢様とお近付きになる機会なんてもう二度となさそうじゃん？　だったら後がない分頑張らないと！」

むろん捲残雲《ケンサンウン》にとってその程度の障害は情熱の炎に焼《く》べる薪でしかない。

大の男が二人して少女一人を勝手に論じる益体なさに疚《やま》しさを覚えた殤《ショウ》不患《フカン》はかぶりを振っておのれを正気づかせる。

地を蹴って一跳躍すると、

「莫迦言ってねえでとっとと寝ろ！」

窓の桟《さん》に足を掛けつつ、言い捨てた。

男の姿が部屋の中に消えると同時に窓は閉ざされる。

「はあ……せめて俺の名前がもうちょっと売れてりゃなあ……槍の寒赫《カンカク》って名乗っただけでどんな女の子も恍惚《ぼうっ》となっちまうようには……まだまだ、なあ……」

居室に消えた殤不患《ショウフカン》に代わって、捲殘雲《ケンサンウン》は夜空に浮かぶ月に話しかける。

諦めや身の程といった単語はこの青年の辞書にはないらしい。

迷惑そうに翳った月の貌にも頓着せず、一方的に不平を呟きながら歩み去る。

＊

夜は閑《しず》かなるも、月は煌々たり。

丹翡《タンヒ》は肩を落として回廊を歩く。窓からは月光が霜のように落ちる。

二階の行灯は落とされているが、吹き抜けから広がる光は柔らかい。

渡世人の居室の戸が閉じられると、背後に漏れる光は風が凪《な》ぐように消え、心の帆は力を失って行き足を鈍らせた。

だがしかし、心の中は嵐が渦を巻いている。言いようのない不安が波のように寄せては返す。

旧《ふる》き誓いは頑迷の表れなのか。

力なき正義は無謀の誹《そし》りに値するのか。

守護者の誇りは虚栄に過ぎぬのか。

弱き者には逃げずに戦うことすら許されぬのか。

何故生き残り、何を背負い、どう生きるのか。

乙女が視界の歪みを振り払うように階下の食堂に目を落とすと、白皙の貴公子が一人酒杯を傾けている。吹き抜けに広がる光のただ一つの源は卓上の行灯であった。

但見涙痕湿、不知心恨誰――ただ涙痕の湿うを見るも、心に誰をか恨むを知らず。

鬼鳥《キチョウ》は乙女に微笑みかけ、ゆるやかに手招きした。

白魚のような指は疑似餌がごとく、瞳の光は灯蛾《とうが》を蒐《しゅう》すがごとく、皓歯から漏れる吐息は花薫《かくん》がごとく誘《いざな》う。

「おや、丹翡《タンヒ》どの……そのご様子では殤どのの説得は不首尾に終わったと見えますな」

しずしずと階《きざはし》を下り、日中《ひなか》の酒宴の名残を留めた一隅に訪う。

「ええ、鬼鳥《キチョウ》様。ますます不信を与えてしまったみたいです……」

鬼鳥《キチョウ》が椅子を引く。不思議なことに軋み一つ漏らさない。

「まあ、こちらにお掛けください」

丹翡《タンヒ》は誘われるままに腰を下ろす。

「あの朴念仁め。丹翡《タンヒ》どのの赤誠も察せず――」

幾分か唐突に、鬼鳥《キチョウ》は義憤を覚えた態で殤不患《ショウフカン》の無情をなじる。

「そんな……私がいたらないのが悪いのです。それにやはり兄の仇は……鍛剣祠《たんけんし》の誇りは己が手で取り戻さねばなりません」

渡世人の言葉に悪意はなかった。それは分かっている。

丹翡《タンヒ》は懐中の神誨魔械《しんかいまかい》の鍔にそっと手をあてた。

「しかし、よもや天刑剣《てんぎょうけん》が贋作などと……」

殤不患《ショウフカン》の指摘は、護印師《ごいんし》の、丹家の存在の根幹を揺るがすものであり、検討することすら憚られるものであった。

しかし――しかし……。

「天刑剣《てんぎょうけん》が贋作？　あの男、そのような戯言まで？」

鬼鳥《キチョウ》は丹翡《タンヒ》の呟きを聞きとがめた。

「もちろんそんなはずはありません！　ありませんが……」

乙女は聖剣の鍔を握りしめる。

「ふむ……不肖この鬼鳥《キチョウ》、刀剣の鑑定にかけては一家言がございます。門外不出の秘宝と知って敢えてお願いするが、天刑剣《てんぎょうけん》の鍔、あらためて拝見させては頂けませんか？」

「お気持ちはありがたいですが……天刑剣《てんぎょうけん》は神誨魔械《しんかいまかい》――神仙の技術で鍛造された魔装具の一種、ただの兵器とはわけが違います。いくら鬼鳥《キチョウ》様でも、その真価までは……」

神誨魔械《しんかいまかい》の本懐とは切れ味や美術的価値にはない。その真価は魔界に起源を持つものを討ち滅ぼすべく、神仙から分け与えられた破邪の権能にこそある。中でも天刑剣《てんぎょうけん》の真贋を鑑定することは困難を極める。世界を滅ぼす力を持った魔神をも滅ぼす力……うかつに振るえば人間界に齎《もたら》す災厄のほどは計り知れまい。

「……灼晶剣《しゃくしょうけん》、蒼黎剣《そうれいけん》、八陣斷鬼刀《はちじんだんきとう》、誅荒剣《ちゅうこうけん》――」

経文がごとく鬼鳥《キチョウ》が刀剣の名を唱える。

「――っ!? 仙鎮城《せんちんじょう》秘蔵の神誨魔械《しんかいまかい》! 何故、鬼鳥《キチョウ》様がその銘を?」

丹翡《タンヒ》の驚きは一様ではない。然《さ》もありなん、仙鎮城《せんちんじょう》とは東離《とうり》でもっとも多くの神誨魔械《しんかいまかい》を収蔵する護印師《ごいんし》の総本山――宮城に匹敵するとも言われる防護を張り巡らせた人間界守護の要とも言える城、鬼鳥《キチョウ》が諳《そら》んじた刀剣は下級の護印師《ごいんし》にはその銘が伏せられているほどの秘中の秘なのである。

丹翡《タンヒ》とて、兄とともに天刑剣《てんぎょうけん》の柄と鍔を守るお役目の継承者という身分あっての知識である。江湖を横行する一介の遊侠が知っているなどあってはならないはずの知識だ。

「おっと、警戒されるな。仙鎮城《せんちんじょう》の伯陽侯《ハクヨウコウ》とは懇意なのです。こたびの件についても……」

まさしく鬼鳥《キチョウ》の明かした機密とその鳥匠の術《わざ》を以てすれば、遠方の仙鎮城《せんちんじょう》と渡りをつけたということも十分あり得る。

「で、では――」

丹翡《タンヒ》は面を伏せた。

伯陽侯《ハクヨウコウ》の名に怯えたのである。

本来、真っ先に助けを求めるべきは護印師《ごいんし》の頭領たる仙鎮城《せんちんじょう》の伯陽侯《ハクヨウコウ》……しかし、丹翡《タンヒ》は目の前の貴公子をはじめ、江湖の武侠を集めて蔑天骸《ベツテンガイ》に対抗しようとしている――護印《ごいん》師《し》の事情にも詳しいとみえる鬼鳥《キチョウ》が丹翡《タンヒ》の過ちに気づかぬ道理もないと察していた。

丹翡《タンヒ》は、丹家の護印師《ごいんし》恃むにあらずとして、ただ一つ遺された天刑《てんぎょうけん》剣の鍔を取り上げられることを恐れていた。仇討ちのための御旗を失い、蚊帳の外に置かれることを恐れていた。

そして仙鎮城《せんちんじょう》への報告を――いかに遠方とはいえ、無意識のうちに厭うていたことを今になって自覚し、恥じた。

「面をあげなさい。伯陽侯《ハクヨウコウ》は丹翡《タンヒ》どのをどうか助けて欲しい……と、そう私に」

「まさか――」

丹翡《タンヒ》は驚きによって面をあげた。

「むろん伯陽侯《ハクヨウコウ》は天刑《てんぎょうけん》剣の行方を憂慮しておられます。しかし、現実の問題として仙鎮《せんちん》城《じょう》に次ぐ護印師《ごいんし》の砦でもあった丹家の護る鍛剣祠《たんけんし》は玄鬼宗《げんきしゅう》の襲撃によって陥落……丹翡《タンヒ》どののをのぞいてその尽くが討ち死になされた。この意味がお分かりか？」

「……戦力が足りないと？」

「さすがに聡《さと》い。そうです。天刑《てんぎょうけん》剣は大事……しかし、だからといってさらに多くの神誨《しんかい》魔械《まかい》を収蔵する仙鎮城《せんちんじょう》から護りの兵を供出しては本末転倒」

「蔑天骸《ベツテンガイ》が狙うは天刑剣《てんぎょうけん》のみにあらず、と伯陽侯《ハクヨウコウ》は予想しておいでなのですか」

鬼鳥《キチョウ》は険しい顔をして頷く。

蔑天骸《ベツテンガイ》の人を人とも思わぬ傲岸な態度、利刀宝剣に対する執着、死をも恐れぬ狂信に支えられた配下、森羅枯骨《シンラココツ》の綽号《とおりな》に違わぬ超常の域に到達した剣技と外道法術……伯陽侯《ハクヨウコウ》が警戒せねばならぬのも道理だ。丹翡《タンヒ》は鬼鳥《キチョウ》の言葉を信じた。

「かといって、まったくの放置も危険。丹翡《タンヒ》どのが仙鎮城《せんちんじょう》に逃げ込めば蔑天骸《ベツテンガイ》といえど手出しはできまいが……彼奴《きゃつ》も外道法術の大家、錮を追うのを諦めて封印の解除に全力を注げばあるいは……」

「それで私の独断専行を許した、と……」

それは対応の目途がつくまで、ただ一人生き残った若年の丹翡《タンヒ》を非情にも囮に使うということだ。しかし、伯陽侯《ハクヨウコウ》が同胞への情に流された、という話を聞かされるよりはよほど得心できた。むしろ丹翡《タンヒ》がこう在って欲しいと願う、老獪《ろうかい》にして大胆な護印師《ごいんし》の頭領としてふさわしい策謀であった。

だが、一つの安堵はさらなる悩みをもたらした。

——むろん丹家に名誉挽回の機会を与えようという侯のお気持ちあってのこと。

非情な決断の背景を補う鬼鳥《キチョウ》の言葉も右から左へするりと抜けていく。

つまり、丹翡《タンヒ》がいかな苦境に陥ろうと他の護印師《ごいんし》の助力は期待できないのである。護印《ごいん》師《し》はそれぞれに護るべき神誨魔械《しんかいまかい》を持つからだ。

一度は明るく染まった乙女の貌は深い苦悩に再び色を失った。

たとえ伯陽侯《ハクヨウコウ》の黙認があったとしても、逃げまわるべきか、戦うべきかという根本的な問題は解決してはいない。しかも、ただ逃げるというわけにも行かなくなった。己が身は囮として期待されている。丹翡《タンヒ》にとってあまりに重い期待であった。

夜の闇より深く沈んだ丹翡《タンヒ》を見かねて貴公子は声をかける。

「ふむ……あまり思い詰めない方がよろしい。前に仰ったとおり、理を説き、義に訴えれば江湖の英雄好漢は必ず立ちます。この鬼鳥《キチョウ》を始め、狩兄に捲弟はもちろん、殤どのも口ではへそ曲がりなことばかり言うが、本心では貴方を気遣っている」

私はどうやら嫌われてしまったようですが——と鬼鳥《キチョウ》はからりと笑った。

しかも、その笑みは心底からのもののように見受けられた。

まさか、人から嫌われるのが好きということもあるまいに。

丹翡《タンヒ》は鬼鳥《キチョウ》の度量の深さに心中で感服した。

「そう、なのでしょうか……。殤様は逃げる方法もある、とそう仰いました。私に力がないのは分かっています。しかし……それでも……」

護印師《ごいんし》の術は邪を祓う。携えるのは降魔《ごうま》の剣。

だが、術も剣も振るうのはこの腕《かいな》、腕《かいな》を操るはこの心。

「俺を無駄死にさせるか！」

兄の慟哭の残響が止むことはない。

あの時、逃亡こそ至上の判断であったことは疑いようがない。

だからこそ、いまだ天刑剣《てんぎょうけん》は封印を解かれず、鍛剣祠《たんけんし》にて無事に在る。

だが、心は？　丹翡《タンヒ》の心は？

他人による指弾など必要ない。ひとたびおのれの心に背いた者は永劫の責め苦を受ける。

丹翡《タンヒ》は逃げたくなどなかった。

許されるならば、あの刻に戻り、やんぬるかな、森羅枯骨《シンラココツ》に挑んで散らん。

だが、血は心を縛る。躰に流れる護印師《ごいんし》の血だ。

神誨魔械《しんかいまかい》を護り、ひいては人を護る血だ。

心は丹翡《タンヒ》だけのものだが、この血は丹家のものだ、護印師《ごいんし》のものだ。

我が身を捨てて天刑剣《てんぎょうけん》を護った丹衡《タンコウ》と同じ血だ。

この血は古には人間界全土を救ったこともある。

この血の銘《な》は大義という。

完熟した鳳仙花《ほうせんか》の実が弾けるように、心と血の矛盾が乙女の躰《み》を裂こうとする。

「ひとつ、聞いてもよろしいか？」

目に見えぬ物の怪が通り過ぎるのを待つかのような沈黙を、鬼鳥《キチョウ》の湿り気を帯びた声が破った。

「え、ええ」

丹翡《タンヒ》は現実に引き戻され、わずかに狼狽する。

いつの間にか行灯の火は落ちている。

気取られもせず立ち上がった貴公子は月霜の中に大理石の彫像がごとく佇んでいた。

「窮暮之戰《きゅうぼのせん》において人類は滅亡の瀬戸際まで追い込まれ、わずかあと一歩のところで、神仙の助けにより神誨魔械《しんかいまかい》を得た護印師《ごいんし》たちの奮闘が世界を救いました。ですが、それ以前に夥《おびただ》しい数の人々が戦いの中で命を落としたのは……その死は意味のないものだったのでしょうか？　死の概念を持たないとさえ恐れられる魔神に挑むことは単なる暴挙に過ぎなかったのでしょうか？」

貴公子の囁きもまた現実とは隔たりがある。何を示唆しようというのか。

丹翡《タンヒ》の返答はむろん一つしかない。

「無意味などではありません」

声には哀切の響きがある。

「そうです。誰もが戦わず逃げ出したならば、神仙の助けを得ることもなく人類は滅亡していたでしょう。目前の敗北しか見えなければ大局を見誤り、人類が勝利することはなかった。絶望に囚われず、幽《かそ》けき希望を握りしめ、手放さない強い意志が最終的な勝利を齎したのです。私はこの——未来を信じ、自己犠牲も厭わない意志の力こそが人の最大の兵器だと思っています」

鬼鳥《キチョウ》の語る人が持てる最大の兵器——丹衡《タンコウ》が死に際に示した気概こそが正にそれではないか。

「未来を信じる……意志の、力……」

遺志を託された者として取るべき道は……？

私の命は私一人のものではない。鍛剣祠《たんけんし》で散った者たち、そして兄、彼らの無念を背負っている。丹翡《タンヒ》はおのれの背に失われた命の重みを感じていた。なよやかな乙女の躰《み》を押し潰しかねないほどの重みを。

「そうです。たしかに丹翡《タンヒ》どのはやむを得ず、森羅枯骨《シンラココツ》の手から逃れました」

言葉は丹翡《タンヒ》の顔を曇らせ、目を伏せさせた。

「しかし、それは命惜しさにではなく、捲土重来《けんどちょうらい》を期すため……そうでしょう」

蔑天骸《ベツテンガイ》を斃し、天刑剣《てんぎょうけん》の柄を取り戻す。

勝てるから戦うのか？　負けるから逃げるのか？

強きに靡《なび》き、易きに流れるのであれば、人は妖魔に劣る。

勝利のための逃亡は許せても、逃亡のための逃亡を肯《がえ》んじることなどできようか。

「貴方は、不屈の意志を持った護印師《ごいんし》の末裔ではありませんか。それでもまだ悩むことがありますか？」

だが、殤《ショウ》不患《フカン》の言葉は……。

「護印師《ごいんし》として天刑《てんぎょう》劍《けん》を護ることに努めるならば、一心不乱の逃亡こそ最上の手……なのかもしれません」

だが、それは苦渋の決断だ。

丹翡《タンヒ》は震える手を諌《いさ》めるように翠輝《すいき》劍《けん》の柄頭を握りしめる。

乙女を見つめる貴公子の双眸が月を宿して光った。

「……おそらく殤どののような英雄好漢ならば、こうも言ったのではありませんか？　貴方自身の頭で考えるように、と」

「ええ……」

「ならば、益体もなき我らのことも、護印師《ごいんし》の伝統も、一度お忘れあれ。ただあの男を、森羅《シンラ》枯骨《ココツ》、蔑天骸《ベツテンガイ》のことを思い浮かべるのです」

――自ずから意志は定まるでしょう。

神託がごとく沈毅《ちんき》な声が夜の静寂《しじま》を打った。

「私は……ええ、私は必ず……この手で蔑天骸《ベツテンガイ》を討ち果たしてみせます！」

決意を口に出すと、丹翡《タンヒ》の胸裡に汚泥がごとく蟠《わだかま》っていた怯えが拭い去るように消えた。

必ず仇を討つと、退かずに悪と戦うと、心底の奥深くに刻むことが、これほどまでに爽快なものか。

魂の祭壇に復讐の女神を祀った者は、力を得る代わりに何かを失う。だが、人がその理を悟るのは常に分水嶺を過ぎてからだ。

「よろしい……。むろん私は天刑《てんぎょうけん》剣の真贋を疑ってなどおりませんが――念のための鑑定も兼ねて天刑《てんぎょうけん》剣の鍔をお貸し願えますか？」

重力に引かれるがごとく自然に、丹翡《タンヒ》は天鵞絨の包みを卓上に置いた。

「鑑定も兼ねて？」

鬼鳥《キチョウ》は包みを開き、恭しく鍔を手にとる。

「私これでも魔装具師としての修行を積み、伯陽侯《ハクヨウコウ》の信頼にも与《あずか》る腕……と自負しております。蔑天骸《ベッテンガイ》の魔の手を阻むため、鍔にちょっとした魔法を掛けて進ぜよう」

「魔法……ですか？」

「ええ、封印と同じように神誨魔械《しんかいまかい》としての力を還流、利用する結界のようなものです」

破邪顕正の理《ことわり》を体現した護印師《ごいんし》たるの身に邪視は通ぜぬ。

であるにも拘わらず、月を呑んだ鬼鳥《キチョウ》の赫眼《あかまなこ》は月霜を魔力のごとく放射するに思われた。

＊

訪う者が生きては帰らぬ闇深き陰森《いんしん》の地。

夜魔の森は生き血を啜る。

なんとなれば鬼歿之地《きぼつのち》と同根の悪疫に穢されし、呪いの森故なり。

二百年前、凄惨な戦の繰り広げられる中、人間界に召喚された魔神どもは暴虐の限りを尽くし、生きとし生けるものを腐らす、げに恐ろしき呪詛を萬輿《ばんこう》全土にまき散らした。

その最大のものが鬼歿之地《きぼつのち》であり、神誨魔械《しんかいまかい》の力によって魔界へ退散せらる魔神の断末魔の叫声《おらびごえ》に他ならぬ。

鬼歿之地《きぼつのち》を除き、その多くは長き時の流れと護印師《ごいんし》たちの地鎮の儀によりて、清浄の地へと復しせしめられたが、呪詛の強さや人家の疎《おろそ》かなるを以て当代に遺された呪いの地の一つ、それこそが夜魔の森である。

「あの、本当にこのような場所に人が住んでいらっしゃるのでしょうか？」

丹翡《タンヒ》が小首を傾げた。

悪寒を走らす永劫の呪詛も、斎戒沐浴し、不犯の戒律を守る鍛劍祠《たんけんし》の清浄なる巫女は侵せぬとみえて、瘴気深き森の中でも乙女の健やかさに陰りはない。

「この森の瘴気……ちょっとおかしいぞ？　まともな人間なら長居しただけで頭がいかれちまう」

殤《ショウ》不患《フカン》は眉根を寄せ、鼻をつまむ。

おどけたような仕草だが、内功を巡らし、心身を侵そうとする不浄の瘴気を払い続けることのできる武林の高手でもなければ、卒倒して二度と目覚めぬほど呪詛の悪根は深い。

「刑亥《ケイガイ》の根城ともなれば当然だ。もとより人間とは棲処として好む環境が違う」

むろん狩雲霄《シュウンショウ》もその名声に恥じず、顔色一つ変えないで言う。

「……おい？　それってどういう意味だ？」

渡世人は弓取りの言葉にきなくささを覚え、聞き返した。

前触れもなく瘴気が濃く臭った。

突如として走った赤光《しゃっこう》が泥濘《でいねい》地の上空に蟠る腐れた濃霧を灼《や》き、汚濁の帳に妖艶な美女の貌を映し出した。

「夜魔の森に踏み込む愚か者よ、ここを刑亥《ケイガイ》の庭と知っての狼藉か？」

霧が震え、吸魂の媚《び》態《たい》が滲む声を届けた。

「うおわあ!?」

悍ましい色彩の乱舞に肝を潰した殤《ショウ》不患《フカン》が思わず叫びを上げた。

開かずの間の鬼女が摩天客桟から追ってきたかと思われたのである。

「慌てるな。ただの幻影だよ。まあ表札みたいなものさ」

くくと笑いつつ、鬼鳥《キチョウ》がこともなげに教えた。

殤《ショウ》不患《フカン》は胸を撫で下ろし、胡乱げに幻影へ視線を戻した。

「即刻立ち去るならば良し、さもなくば世にも悍ましき責め苦をもって命を落とすと知れ。これは最後の警告だ」

傾城《けいせい》の美女が身をかき抱き、呪詛のごとき圧を加えた声音で戒めの言葉を投げた。

吐き気を催《もよお》す冒瀆的色彩の乱舞が終わり、爛《ただ》れた濃霧を照らした赤光も灯火尽きるように消える。

「……何だ今のはよ？」

殤《ショウ》不患《フカン》は妖女の幻影を見た時よりもさらに胡乱げな眼光で鬼鳥《キチョウ》を射貫く。

「彼女なりの歓迎の挨拶だ。少々回りくどい言い方ではあるがね」

貴公子の答《いら》えはあくまでもにこやかだ。

「てめえは耳がいかれてんのか⁉　つうか、今のが刑亥《ケイガイ》？　ありゃ妖魔じゃねぇか！」

殤《ショウ》不患《フカン》の目はたしかだ。一行のうち誰一人として妖女の頭から生えるねじくれた角を見逃した者はない。

「女だとは言ったが、人間だと言った憶えはないぞ？」

鬼鳥《キチョウ》は悪びれもしない。

「妖魔を仲間に誘うだと？　正気かてめえは！」

殤不患《ショウフカン》はますます声を荒らげた。

「一口に妖魔といってもだな。窮暮之戰《きゅうぼのせん》のあとも魔界に戻らなかった連中は、人間界に未練があったから居残っているわけだ。悪い奴ばかりだと決めてかかるのは差別だぞ。中には気だてのいい奴だっているものさ」

妖魔とあらば夜魔の森に棲まうのも頷ける。

人を侵す魔界の瘴気は、妖魔にとっては慈雨も同じであるからだ。

むろん人においては歓迎すべくもない事実である。

さなきだに濃い邪悪の気が妖魔の棲処とあってますます猖獗《しょうけつ》を極めたに思われる。

「確かに全ての妖魔が邪悪とは限らないだろうが、子供の生き肝から若返りの仙薬を作るという刑亥《ケイガイ》は間違いなく邪悪な妖魔だな」

狩雲霄《シュウンショウ》は呆れた声音で鬼鳥《キチョウ》の戯れを一矢で射落とした。

「理想の生き人形を作るために美男子百人を切り刻んで部品を集めた――ってのも刑亥《ケイガイ》でしたよね？」

捲残雲《ケンサンウン》は軽く身震いした。どうも妖女のお眼鏡に適う自信があるらしい。

確かに青年の容姿は――やに下がり過ぎで締まらぬところはあれど――美男子の部類に入る。

しかし、刑亥《ケイガイ》を推薦する当の鬼鳥《キチョウ》こそ矇《ちぬ》りの生き人形がごとき妖しい美貌を湛えているのはどうしたことか。

「すべて噂だろう？　彼女が実際に悪事をはたらく現場を見たことがあるのか？」

貴公子の脳髄にはしらじらしい言葉の変奏が無限に等しく貯蔵されている。

「それでも、妖魔の死霊術ともなれば邪法の極み……」

妖魔と相容れぬことでは人後に落ちぬ護印師《ごいんし》たるの丹翡《タンヒ》はさすがに反発を隠せない。

「言葉が通じ、利害を秤《はかり》にかけて交渉できる相手なら、誰であろうと協力関係は成立します。全ては条件次第ですよ」

すべての疑念をさらりと流して飄々と鬼鳥《キチョウ》がさえずる。

「その条件が通じなかったから、あやつは呼び出しに応じなかったのでは？」

鬼鳥《キチョウ》との誼《よしみ》が深く、気質をよく知る狩雲霄《シュウンショウ》は軽々には応じようとしない。

「うむ。だから改めて直接話し合う必要がある。こちらとしてはどうあっても彼女の協力が必須だからね」

その疑念を鷹揚《おうよう》に首肯しつつ、刑亥《ケイガイ》の必要性を訴える。

「まだ進むのか？　あれだけきっぱり門前払いをくらっておきながら？」

妖魔相手でも崩れない鬼鳥《キチョウ》の面の皮の厚さに、殤《ショウ》不患《フカン》は逆に感心しかけていた。

石仏の傘がなんだというわけの分からぬ理由にかこつけておのれに絡んできた貴公子は、

不屈の意志と人の懐に潜り込む手練手管にかけては蓋世不抜《がいせいふばつ》のようであった。

「さっき出てきたのは幻影だと言っただろう？　誰が通りかかろうと同じように出てきて、同じ言葉を語って消える。言うなれば立て看板も同然さ」

鬼鳥《キチョウ》はあくまでも楽天的だ。

「その立て看板いわく、入ってきたら殺すって話なんすけど？」

捲殘雲《ケンサンウン》はただちに踵《きびす》を返しかねない調子で言った。

それもそのはずで、その身が破邪顕正の護符に等しい令嬢を除けば、青年の内功がもっとも浅く、濃い瘴気に辟易させられていた。

「私はきちんと受け答えの出来る刑亥《ケイガイ》その人と会わなくては。どのみちここまで来て立ち往生していても始まらない。さあ、行こう」

鬼鳥《キチョウ》にとって捲殘雲《ケンサンウン》は狩雲霄《シュウンショウ》のおまけに過ぎないから、その意見は容れるに値しない。聞かなかったふりで構わず歩みを進める。

結局のところ一行は知恵袋たる鬼鳥《キチョウ》を先頭に夜魔の森に深く分け入った。七罪塔《しちざいとう》の護りを突破できるほどの手練れの死霊術師が刑亥《ケイガイ》の他に存在するとしても、誰一人伝手をもたないからであった。

生き腐れた樹木の生ぬるい吐息が瘴気と混淆し、夜魔の森深部の大気は濛々《もうもう》たる穢れの海と化している。

熱病に浮かされてみる悪夢としか思えぬ景色が続き、瘴気は泥のようにまとわりつく。

四つ足の獣は影すら見えず、肥大化した奇形の両生類がそこかしこをのし歩く。

＊

否が応でも緊張は高まり、不気味な沈黙の帳が下りていた。

「で？　立て看板の忠告を破ってお邪魔しちまった俺たちは、いったいどういう目に遭うんだ？」

沈黙を破ったのはやはり殤《ショウフ》不患《カン》だ。

この男だけは良くも悪くも振る舞いを変えたりせず、常に自然体でいる。

「まあ番犬が吠えかかってくるのをあしらうぐらいの手間は必要かもな」

鬼鳥《キチョウ》の言葉に応じるように腐葉土がざわめき、地の底に蠢《うごめ》く不気味な気配が立ち上る。

「番犬ってのは……あれか？」

小山のように盛り上がった地面が割れ、飢えた亡者が血肉を求めて次々と湧き出でる。

「そりゃあ死霊使いが生きている犬を飼い慣らす道理もなかろうさ」

さも当然と言い放つ貴公子は迫る亡者の腐臭を紫煙で払い、渡世人を衝立《ついたて》代わりにする。

おのれは兵器を抜きもしない。そういえばこの男得意の利器を誰も知らぬ。

「そろそろてめえの減らず口を縫いつけて塞いでやりたくなってきたぜ」

殤不患《ショウフカン》は刀を抜き、襲撃に備えてゆるりと構えた。

「件の妖魔を説得できる目処が、確かにおありなのですね」

丹翡《タンヒ》は念を押した。

「もちろんです」

皆の不安も何処吹く風と鬼鳥《キチョウ》は気安げに引き受ける。

「では、この憐れな亡者たちは私が足止めを。その隙に鬼鳥《キチョウ》様は先に進んでください」

凜として言い放ち、抜剣する。

鞘から解放された翠輝剣《すいきけん》の清浄なる霊力が淀んだ瘴気を吹き払う。

「ちょッ、そりゃ危ねえっしょ！　女の子一人でここ守るなんて！」

槍を抜き打った捲殘雲《ケンサンウン》は乙女の前に一歩進み出る。

「捲、お前も残って護印師《ごいんし》どのを援護しろ」

弟分の鼻息の荒さを見て取ったか、狩雲霄《シュウンショウ》が背を押した。

「合点承知！」

兄貴分の許しを得て、ここぞとばかりに勢いづいた捲殘雲《ケンサンウン》が露払いに飛び出した。

元々が猪突猛進の男であるから、黙って気息を整えながら瘴気の中を進むのに飽き飽きしていたのである。

瘴気を防いで夜魔の森を進むうちに自然と内息は整い、いざ爆発させると全身に内力が漲《みなぎ》り勁力を増大させる。思わぬ副産物であった。

「てぇりゃぁぁぁッ！　疾風迴旋《しっぷうかいせん》！」

槍の柄は力を受けて限界まで撓い、溜めた力を回転に変えて解放する。

兵器は遣い手ごと風車がごとく回転し、穂先といわず、石突といわず、銀の軌跡を描いて大気を突き破る。

へし折れんほどの勁力に能《よ》く耐えた槍の銘は騰雷槍《とうらいそう》と言う。奇貨居くべし、古道具屋で埃を被っていたところをたまさかに捲残雲《ケンサンウン》が拾い上げた代物だが、その実忘れ去られた降魔の宝槍であった。

折れず曲がらず能く撓う、騰雷槍《とうらいそう》は陽気奔放な遣い手の気性に寸分の狂いなく一致し、その力を倍加させた。

腐れひねこびた亡者どもは触れるまでもなく、暴風となって吹き荒れる鎌鼬《かまいたち》に切り刻まれ、一行の前に道が開けた。

「ほう？　大口叩くだけのことはあるようだな」

思わぬ豪腕に驚いた殤《ショウ》不患《フカン》は素直に賞賛した。

「役に立つ奴と思ったからこそ連れてきたのだ。さあ、行くぞ」

狩雲霄《シュウンショウ》も珍しく弟分を掛け値なしに褒めた。

捲殘雲《ケンサンウン》は照れ隠しに鼻をこすり、騰雷槍《とうらいそう》を構え直した。

「ご両人、ここは時間稼ぎだけでいい。あまり無理は禁物だからね」

解かれた攻囲を真っ先に抜けた鬼鳥《キチョウ》が若い二人に声をかける。

「承知しました」

丹翡《タンヒ》は修羅場に在っても楚々として辞儀を返す。

「そらそらそらァ！　やっとお待ちかねの鉄火場だぜ！」

意中の令嬢と二人きりとあって、捲殘雲《ケンサンウン》はますます有頂天に登り、意のままに槍を振るう。

お調子者だが、その分、気が挫けぬ限りは夢中で槍を振るい、無我の境地にますます近づいていく。

無我の境地こそ、武芸の至高の境地――人と兵器が合一し、意が疾《はし》る先に刃在り、即ち敵を貫く。

「丹翡《タンヒ》さんは退がっててくんな。ここは俺一人で充分――」

押し寄せる亡者の群れを一纏めに貫いて、力任せに胴体を引きちぎりながら背に庇った丹翡《タンヒ》へ声をかける。

「いいえ、お気遣いなきよう」

翠輝剣《すいきけん》を構え、氷上を滑るように走り、大胆にも亡者の群れの中へ躍り込む。

地に突き刺した剣を捩《れつ》、捻《ねん》と撓《たわ》める。

利刀は硬く弾き、宝剣は能く撓う――秀でる刀は折れず曲がらず岩を裂き、優れる剣は軟《やわ》らかく欠けず鋼を貫く。

「丹輝剣訣《たんきけんけつ》・烈華《れっか》誅夜《ちゅうや》！」

右手に剣訣を結び、清浄なる気を剣に纏わせる。

剣が捻転から戻る時、破邪顕正の力が飛沫のように飛び散る。

清浄の気を浴びて木偶《でく》の坊と化した亡者を翠輝剣《すいきけん》が次々に土へと帰す。

水面の波紋がごとく浄化の力が丹翡《タンヒ》の歩《あゆみ》を同心とした円となって広がる。

「り、凛々しい……」

深山幽谷《しんざんゆうこく》の飛瀑《ひばく》のように凛烈《りんれつ》な気を放射する丹翡《タンヒ》の姿は亡者だけでなく捲殘雲《ケンサンウン》の魂をも奪う。

「邪法を前に遅れを取っては護印師《ごいんし》の名折れ！　さあ、どこからでもかかっていらっしゃい！」

きりりと薄桃の唇を引き結び、外道法術の結実に聖剣を突きつける。

穢れなき処女《おとめ》に塵一つつけてなるものかと奮起した青年は遮二無二《しゃにむに》槍を振るい、無我のままに紡いだ穂先の軌跡に覚えず名をつける。

「風雲龍撃《ふううんりゅうげき》！」

軽薄な若者の剛勇に負けじと、丹翡《タンヒ》は鎬に剣訣《けんけつ》を結んだ指をそっと走らせ、翠輝剣《すいきけん》の秘めたる破邪顕正の霊力を励起する。

「丹輝剣訣《たんきけんけつ》・聖芒辟邪《せいぼうへきじゃ》！」

宙に投射された浄化の霊力が刃を象《かたど》り、翠輝剣《すいきけん》の指揮に導かれて四方へ奔った。石琴《せっきん》がごとき神秘を纏う澄んだ音色が大気を叩き、霊力の刃が亡者を塵埃に帰す。若き武芸者と戦巫女は競い合うように舞い、吹き荒れる旋風と化して瘴気と亡者を吹き散らす。

「へへっ、なんか俺たち相性一致《ばっちり》じゃないすか？」

「莫迦なこと言ってないで戦いに専念なさい！」

腐肉が焦げ、屍臭と混じる鉄火場でも変わらず親しげに笑いかける青年の言葉を、軽佻浮《けいちょうふ》薄《はく》な揶揄《からか》いと思った丹翡《タンヒ》は顔を赤らめて怒った。

＊

闇に蠢く声なき骸、怪しく誘う子守歌、夜に花咲く女の魔性、惑わされたら命取り。夜魔の森の深部には女陰《ほと》の泥濘《ぬかる》みがごとき沼沢地が蟠る。

その悍ましき中心に煙《けぶ》る汚濁の帳に邪悪を帯びた赤光が投射され、遠方の光景を映し出している。

外法を操るのはむろん夜魔の森に棲まう妖魔、泣宵《キュウショウ》の刑亥《ケイガイ》である。

遠見の魔術が見通したのは鬼鳥《キチョウ》を先頭にした一行が愛しきおのれの亡者どもを次々に滅する光景であった。

「おのれ……おのれ掠風竊塵《リョウフウセツジン》！　性懲りもなく我が憩いの森を踏み荒らすとは！　許さぬ……断じて許さぬぞ！」

刑亥《ケイガイ》は怒りのあまり瘧《おこり》のように震え、地団駄を踏む。

妖女の情緒に呼応して血涙を絞るがごとく赤黒い妖気が噴出し、怨霊どもを黄泉の国から喚び起こす。怨霊どもは耳障りな悲鳴で地の底に蹲《うずくま》る骸の眠りを妨げた。

泥濘から這い出た骸に怨霊が取り憑き、成った亡者の群れが妖女に跪く。

鍛剣祠《たんけんし》の巫女の舞踊が破邪顕正なれば、夜魔の森の妖女の舞踊は冒瀆の極み。

不浄の泥濘《ぬかる》みに咲く淫蕩《いんとう》なる花は、甘く熟れた腐臭で亡魂を魅了する。

第四章

迴靈笛の行方

艶めかしく嫋《たお》やかな歌声が夜魔の森を包む。

それは遠方へ赴《おもむ》く情人へ、どうか早く帰って来て欲しい、いつ戻られるのか、と慕情したたるほどに切々と詠《うた》いあげる詩歌である。

その詩歌が、時には純真な乙女心を横溢させた初々しい声の旋律に重なるかと思えば、娼家を束ねる大年増もかくやという妖艶なかすれ声の旋律に絡まり、手を替え品を替え、未練を誘い、亡魂を蕩《とら》かし堕とし尽くさんと奏でられる。

しかも、その詩歌を構成するのは魔界の韻文規則、魔界の言語、魔界の歌声なのである。むろん、響く歌声の意味は世人には通らねど、ただその冒瀆の儀式たるは背筋を走る悪寒によって感得せらる。

その歌声に導かれた亡者どもが、腐葉土の泥濘《ぬかる》みから這い出してくる。

古今東西、生者の数は増減あれど、死者の数は増すばかり。妖女の歌と舞踊に喚ばれる亡魂、骸には事欠かぬ。

丹翡《タンヒ》と捲殘雲《ケンサンウン》、若き男女の奮闘に、からくも亡者の包囲を抜け出した一行は鬼鳥《キチョウ》を先頭に刑亥《ケイガイ》の棲処に踏み入らんと急ぐ。

遠見の魔術で一行の動向を監視する刑亥《ケイガイ》もまた、それを座視するはずもない。

新鮮な肉の匂いに誘われて、血に飢えた亡者が鬼鳥《キチョウ》一行を狙い、集う。

殤《ショウ》不患《フカン》は刀を抜いている。

手には一刀、迫るは亡者。

げに姦《かしま》しきは、死霊の楽団。

夜魔の森の前身は、酸鼻極まる古戦場。

殺戮の巷《ちまた》にこれほど似合う場所はない。

泥の飛沫を撥ね上げながら、亡者の影が男を呑み込むように群がった時、すでに第一刀は手近の亡者一体を袈裟懸けに二つの骸へ帰していた。

一つが二つ、一つが二つ、胸と胴が、首と肩が――縦横無尽に刃の疾《はし》るところ、冥府の獄吏に代わって、亡魂を彼岸へと送り還す。

前方から群がる亡者どもは殤《ショウ》不患《カン》の刀林に阻まれて、その背を仰ぐに能わず。

だが、夜魔の森は墓場も同じ。世間の相場も死者は背後に現れるものと決まっている。

目の前の亡者の群れを瓜か何かのようにぶつ切りに調理し終えた殤《ショウ》不患《カン》が肩越しに背後を見れば、鋭眼穿楊《エイガンセンヨウ》がその綽号《とおりな》に違わぬ技倆を発揮している。

放たれた矢は器械じみた精密さで一度に二体以上の亡者を磔《はりつけ》にする。磔《はりつけ》台《だい》にふさわしき木石《ぼくせき》なくとも、強弓《ごうきゅう》絞って射るは狼牙箭《ろうがせん》――骨を破り、肉を抉《えぐ》って、骸を細切れに変える。

後方から追いすがる亡者もまた狩雲霄《シュウンショウ》の弾雨に降られて足止めを喰らっていた。

ちょうど間に挟まれ、刀林弾雨に護られた鬼鳥《キチョウ》は美味そうに紫煙をくゆらせて、煙管を持つ以上の力は欠片も使わない。武林に名高き名軍師は幾人かあるが、皆軍略と同じく武芸を能くする。軍師といえどおのれの手をまるで汚さないなどという者は珍しい。その珍しい一例がここに在るわけであった。

――踊れ、悦べ、汝禍為す亡魂よ！

遠見の魔術で貴公子のゆとりを見て取った刑亥《ケイガイ》が切歯《せっし》扼腕《やくわん》しつつ、ますます激しく踊り、歌声を響かせ、亡者を鼓舞せんとする。

亡者の半数は殿《しんがり》に残った丹翡《タンヒ》と捲殘雲《ケンサンウン》が引きつけているはずであったが、それでも亡者の群れの網はすり抜けるには密に過ぎた。

骸を土に帰し、亡魂を天に帰すは功徳とばかりに斬って斬って斬りまくる殤《ショウ》不患《フカン》が、はたと気づいて問う。

「おい、これ話し合いっていうよりただの殴り込みじゃねえのか?」

鬼鳥《キチョウ》は白皙の美貌を揺るがせもせず、

「なにぶん客のもてなしが少々刺激的だからな。こちらもふさわしい荒っぽさで門を叩くしかないさ」

こともなげに言ってのける。

「ともかく刑亥《ケイガイ》を探し出さなくてはどうにもならん。だが、どこだ？」

泣宵《キュウショウ》の刑亥《ケイガイ》は、鋭眼穿楊《エイガンセンヨウ》の隻眼を以てしても探り出せぬほど、夜魔の森の臓腑《はらわた》深くに潜むとみえる。

「さては隠れんぼのつもりかな？」

樹影は濃く陽光は届かない。

分け入った距離から考えても、そろそろ森の最深部であるはずだ。

しかし、刑亥《ケイガイ》の隠れ家どころか人跡未踏の感あり、ただ亡者の蠢きだけが不気味に包囲する。

「ええい、きりがない！」

危なげなく骸を土に帰してはいるが、渡世人は辟易して叫んだ。

いくら斬っても亡者は増えるばかり、それぞれに手強さはないが、数だけで押し潰そうと迫ってくるのだ。

鬼鳥《キチョウ》が思案顔になる。

「よし、任せたまえ」

一呼吸のうちに策が思い浮かんだらしく、気安く請け合った。

煙管を吹かしながら——逃げ足を除くと——初めて貴公子は殤不患《ショウフカン》を背に敵の前に歩み出た。

柔らかく湿った腐葉土の上で、煙管の火皿を傾け灰を落とす。

灰が落ちたところから、猛烈な火柱が立ち上り、亡者の群れ目がけて火勢が地を奔った。

下生えを伝って疫病のように取り憑いた火焰は亡者の群れをたちまちに篝火《かがりび》の薪に変えた。

たった一掬《すく》いの灰がいかにしてか辺り一面の火の海を作りだした。

「な——お前、炎まで扱えるのか⁉」

殤《ショウ》不患《フカン》はあまりに凄まじい火の勢いに軽く顔を背ける。

「ただの火薬を使った手品だよ。まあ宴会芸にしても練習が足りてないのでね。うっかり手元が狂うとそこいら中を火の海にしてしまいかねん。おっとっと……」

実に愉快そうに鬼鳥《キチョウ》が笑い、手に持った煙管を指揮棒のように揺らすと炎は延焼に延焼を重ね、落枝のみならず、陽光を遮る樹林にも取り憑き、天を焦がす勢いで燃え盛った。

生木が燃えて水が沸き立つ音が激しく鳴る。

「うわ、危ねえ！」

火の粉に睫毛を焦がされた殤《ショウ》不患《フカン》が叫び、目を閉じて頭を振った。

慌てる殤《ショウ》不患《フカン》を尻目に鬼鳥《キチョウ》はくつくつと笑いながら、

「……と、まあこんな具合に森を丸ごと焼き払われても困るだろう？　いい加減出てきて話を聞いてくれないか？　刑亥《ケイガイ》よ」

聞いているのかいないのかも分からぬ刑亥《ケイガイ》へ呼びかけた。

人型の松明が火の粉をまき散らし、紅蓮《ぐれん》の炎を巻き上げる中、鬼鳥《キチョウ》の声は不思議と枝間に響き渡る。

するとその美声に呼ばれるように、妙な、生ぬるい妖気を帯びた一陣の風が吹きすさぶ。それが妖女、刑亥《ケイガイ》の吐息がごときものに相違ないと分かったのは、森を焼き尽くさんとした炎が瞬きの間に幽冥の彼方へ連れ去られたからである。砂をかけたように迅速な消火の様であった。

生ぬるい妖気が連れ去ったのは炎、運び来たのは怒りを滾《たぎ》らせた妖艶な美女である。ねじくれた角、額の紅玉から一目で魔族と知れた。

「外道めが！　よくもぬけぬけと私の前に姿を現したな！」

憤懣《ふんまん》やるかたなしといった態で刑亥《ケイガイ》は憎しみの籠もった言葉を鬼鳥《キチョウ》にぶつけた。

かろうじて残っていた亡者たちは女主人のお出ましに頭を垂れて跪く。

「やあ刑亥《ケイガイ》。久しぶり。また会えて嬉しいよ」

貴公子は旧交を温めようとするがごとく両腕を広げた。

「私はその顔をまた見ただけで臓腑を火で炙られるようだ！」

刑亥《ケイガイ》の答えは苛《いら》にべもない。

森を焼いた炎を吸ったように憤怒の炎が燃え上がる。

「え、おいおいおいおい……お前、めっちゃくちゃ嫌われてないか？」

話し合いにならぬ様子に、聞いていた話と違うと、殤《ショウ》不患《フカン》が怪訝《けげん》そうに問うた。

「なに魔族にとっては挨拶のようなものさ」

渡世人の目を見てさらりと言った。

敵からも味方からも向けられた不信の目もこの貴公子の笑みを崩すことはない。

「先日、君宛に便りを出したのだが、どうやら届かなかったらしいのでね。仕方なく直《じか》に足を運ぶことにした」

殤《ショウ》不患《フカン》から刑亥《ケイガイ》に向き直り、燦々《さんさん》と降る陽光を浴びたかのような微笑を向ける。

「鳥文なら届いている。その上で無視したのだ。金輪際、貴様と関わり合いになるのは御免だからな。そのぐらい察しろ！」

刑亥《ケイガイ》の反応は迂闊《うかつ》に触れれば文字通り手を灼く様である。

「まあそう言わず、話だけでも聞いてくれ」

鬼鳥《キチョウ》は刑亥《ケイガイ》の剣幕を柳に風と受け流し、懐に潜り込まんとする。

「うるさい！　この期に及んでなおも私が貴様の言葉に踊らされると思うのか⁉　あのとき貴様に謀《たばか》られたせいで私が何を喪《うしな》ったと思う⁉」

刑亥《ケイガイ》の拒絶の言葉に何か思い当たることがあったか、ここまで黙って成り行きを見守っていた狩雲霄《シュウンショウ》がふとつぶやいた。

「ああ、やはりお前ら、そういうことか」

その顔には苦笑いとも呆れともとれる表情を浮かべ、一人得心する。

付き合いの浅い殤不患《ショウフカン》には何のことやら読み解けず、

「え――はあ？」

間の抜けた声を漏らすしかない。

「たかが百歳にも届かぬ人の子と侮っていた自分が今となっては呪わしい。貴様ほどの悪漢は魔界の底まで探しても見当たらぬわ！」

当の刑亥《ケイガイ》に、殤不患《ショウフカン》や狩雲霄《シュウンショウ》は眼中になく、ひたすら鬼鳥《キチョウ》に悪口雑言をぶつけている。

実を言えば殤不患《ショウフカン》、油断なく妖魔に対し刀を構えてはいるものの、内心この妖女の立て板に水の悪口雑言に胸のすく思いがしないでもない。涼しい顔で馬耳東風を決め込んでいる貴公子の詭弁に飽き飽きしていたからだ。

「こいつと何があったのか、ぜひとも詳しい話を聞いてみたいもんだな、おい」

妖女への助太刀とばかりに鬼鳥《キチョウ》へ言葉を投げる。

「思い出話に花を咲かせるのはまたにして。お前とて妖魔の端くれだ。せっかく封印されている神誨魔械《しんかいまかい》をみすみす世に解き放たれては都合が悪かろう？　ただでさえ肩身の狭いであろう人間界が、よけい住み心地が悪くなるぞ」

半ば脅しじみているが、鬼鳥《キチョウ》の言葉は確かに道理には適っている。妖魔覆滅こそ神誨魔《しんかいま》械《かい》が本懐、刑亥《ケイガイ》にとってその封印が解かれることなどありがたいはずもない。

「フン——今の時代に残る神誨魔械《しんかいまかい》など大方が抜け殻か贋作だ。恐るるに足るものなどない」

だが、その脅しも刑亥《ケイガイ》には通じないらしい。それもそのはずで、妖魔の寿命は人間を遥かに上回る。神誨魔械《しんかいまかい》を天敵とする妖魔ながら窮暮之戦《きゅうぼのせん》より二百年の永きに渡り人間界にて生き延びてきたからには事情に通じていて当たり前だ。

今の時代に残る神誨魔械《しんかいまかい》など大方が抜け殻か贋作——奇《く》しくもこの見解は殤不患《ショウフカン》のものと一致した。

「蔑天骸《ベツテンガイ》ほどの男が目をつけた以上、天刑劍《てんぎょうけん》は本物だと思うがね」

鬼鳥《キチョウ》の言葉のどこにそんな要素があったのかは不明だが、驚愕に足る衝撃を刑亥《ケイガイ》に与えた様子であった。

「天刑劍《てんぎょうけん》？　お前の寄越した文にあった神誨魔械《しんかいまかい》というのは、鍛劍祠《たんけんし》の天刑劍《てんぎょうけん》なのか？」

驚きによるうわずりを強いて抑えた声音だ。

「いかにも」

鬼鳥《キチョウ》は大仰に首肯する。

「ならばそうと早く言わぬか、我が友よ！」

燃える眼《まなこ》の炎は瞬時に鎮火し、代わって媚びさえ浮かぶ。手を囃《はや》して妓女のように鬼鳥《キチョウ》にすり寄った。

「ええッ⁉」

白を黒にするようなあまりにも急転直下の態度の翻しように思わず声を上げたのは殤《ショウ》不患《カン》だが、狩雲霄《シュウンショウ》さえも釈然としない顔で状況に呑まれている。

「天刑劍《てんぎょうけん》の封印が解かれると聞いては捨て置けぬ。何なりと力を貸そうぞ」

恥ずかしげもない豹変ぶりのままに、刑亥《ケイガイ》が鬼鳥《キチョウ》にしなだれかかり、その顎を誘うように撫でさするに至っては――むろんこれには鬼鳥《キチョウ》さえも厭う様子を見せたが――殤《ショウ》不患《カン》の顎はあんぐりと落ちかかる。

「あんたさっきまでと言ってること違うだろ！　この鬼鳥《キチョウ》のこと恨んでるんじゃなかったのか？」

支えを失った顎を慌ててはめ直し、態度を裏返した刑亥《ケイガイ》を詰問する。

「これだから人間は視野が狭くて困る。大事の前の小事だ。この男との遺恨なぞ、天刑劍《てんぎょうけん》に比べれば取るに足らぬ」

ホホと殤《ショウ》不患《カン》を嘲笑《あざわら》いさえする。

「して、鬼鳥《キチョウ》とな？　今はそう名乗っているのか？」

「ああ。それで通してもらえると助かる」

この白皙の貴公子は一体いくつの名を持っているのか。

狩雲霄《シュウンショウ》の時もそうであったように、会うたびに名を変えるのがこの男の流儀らしい。

「フン、まあ良い。後の子細は鳥文にあった通りで相違ないな？」

話が早いとばかりに鬼鳥《キチョウ》は頷いて言う。

「魔脊山《ませきざん》に挑むにあたり亡者の谷で君の力を借りたい。死してなお彷徨《さまよ》う者たちも、泣宵《キュウショウ》の歌声ならば眠りに落ちる。そうだろう？」

「造作もない。大船に乗ったつもりでいるが良いぞ」

過去の因縁はどこへやら、鬼鳥《キチョウ》と刑亥《ケイガイ》はにこやかに拱手して、これ見よがしな親しさを見せる。あるいはそれもまた腹芸やも知れぬ。

殤《ショウ》不患《フカン》が思わず狩雲霄《シュウンショウ》に目を向けると、同じく隻眼が見返していた。白々しい二人のやり取りに対して思うところは鋭眼穿楊《エイガンセンヨウ》も同じらしい、とみて肩を竦めてみせた。

＊

剣が舞い、槍が廻る。

刃が裂き、穂先が貫く。

剣光が虹を描いて宙を奔り、石突が地を叩き覆す。

流麗と豪放が追いつ、追われつ、亡者の群れを千々に乱し、土塊《つちくれ》に撒く。

交わるはずなきものが交わる常ならぬ時、異常非凡なる武芸が生まれる。

「はーあ、ずっとこの時間が続けばいいのに」

「真面目に戦いなさい！　早く終わらせて鬼鳥《キチョウ》様たちを追うのです」

若き二人の競うような剣と槍が、相和して至純の境地に近づくとみえた時、突如として亡者の襲撃が勢いを失い、退潮し始めた。

「な、何だ？」

「何事です？」

二人が思わず手を止めて逆に守りを固めると陰陽和合しかけていた武芸の妙なる旋律もまた止まり、双燕《そうえん》飛ぶが如き演舞の理想は泡と消えた。

そんなこととはつゆ知らず、鬼鳥《キチョウ》を先頭に刑亥《ケイガイ》を仲間に加えた一行が森の奥から戻ってくる。

女主人が軽く手を振るだけで波が退くように残った亡者たちも姿を隠す。

警戒を解かない二人に鬼鳥《キチョウ》が微笑みかけ、

「話はついた。これより先はこの刑亥《ケイガイ》どのも旅の仲間だ」

夜魔の森の女主人を紹介する。

「人間どもの諍いに興味はないが、事が天刑《てんぎょう》剣《けん》にまつわるものとあっては話が別だ。せいぜい感謝することだな」

鬼鳥《キチョウ》の手招きに応えて進み出た刑亥《ケイガイ》は、丹翡《タンヒ》を護印師《ごいんし》の小娘と侮って、いかにも居丈高《いたけだか》な物言いである。

これには打てば響く性格の捲殘雲《ケンサンウン》の方が大いに怒り、

「おいおいおい！　妖魔ふぜいが護印師《ごいんし》様に向かって随分な口の利き方じゃねぇかよ！」

丹翡《タンヒ》を背後に庇って傲岸に見下した様子の刑亥《ケイガイ》を指弾する。

ところが、庇われた乙女は逆に食ってかかる捲殘雲《ケンサンウン》を制し、

「ご厚情感謝いたします。此度のお力添えの御恩、我が末代にまで語り継がれることでしょう」

あくまでも腰が低く、おのれから恭しく頭を垂れたのである。

護印師《ごいんし》が妖魔に拱手し、頭を下げるなど、前代未聞の椿事《ちんじ》という他ない。

これには捲殘雲《ケンサンウン》も驚き、

「え？　それでいいの？」

穂先の向きを失って尻すぼみになる。

丹翡《タンヒ》は拱手したままのおのれの手を見つめ、

「悔しくはあっても事実は事実です。全ては我ら丹家の末裔が務めを果たしきれなかった故の災いなのですから」

神妙な言葉を絞り出す。

内心の痛手は押し隠し、妖魔相手でも威儀を正して向かう。

その様子に心奪われて、

「け、健気だ……」

捲残雲《ケンサンウン》は感嘆の息を漏らした。

柔《じゅう》能く剛を制すというのは武芸にも交渉事にも通じる理である。

高飛車さでは人後に落ちぬ泣《キュウ》宵《ショウ》の刑亥《ケイガイ》も、護印師《ごいんし》の娘が礼を尽くすのには瑕疵《かし》を見いだせず、

「フン、このぐらい可愛げのある人間ばかりなら地上も捨てたものではないのだがな。のう鬼鳥《キチョウ》よ」

気勢を削がれて、傍らの飄々とした貴公子に矛先を変えて当てこすった。

むろん鬼鳥《キチョウ》は当てこすりなど意に介さず、

「私の友人はみな可愛げのある連中ばかりだぞ。何ならいくらでも紹介するが？」

歯が浮くような世辞で返すが、

「虫唾《むしず》の走る言い方はよせ」

狩雲霄《シュウンショウ》などは結構本気で嫌がって、叱りつけた。

この二人、付き合いは長いだけに気の置けぬ間柄らしい。

「でも本当に凄いっすね鬼鳥《キチョウ》さん。まさか泣《キュウ》宵《ショウ》の刑亥《ケイガイ》とも話をつけちまうなんて」

気を取り直した捲残雲《ケンサンウン》は鬼鳥《キチョウ》に顔を向け、幾度も頷いている。

「妖魔といえど、肉があれば血潮もある。つまりは情がある。情実というものを理解していれば、人も魔もなく案外話を聞いてくれるものだよ」

鬼鳥《キチョウ》は心得顔で取り澄まして言うが、

「どうだかねえ……」

殤《ショウ》不患《フカン》は一人首を傾げている。

むろん余計な遠慮などする性分ではないから、

「なあおい、この流れはどうにも気に食わねえんだが。こうもあっさり掌を返すって有りか？　あの刑亥《ケイガイ》って奴、さっきまで鬼鳥《キチョウ》を殺しかねない剣幕だったよな」

と、一歩退いて静観の構えをみせている狩雲霄《シュウンショウ》に話を振る。

「是非もなかろう。それだけあの妖魔にとって天刑《てんぎょう》剣《けん》の価値は重い、ということだ」

狩雲霄《シュウンショウ》の言葉は鬼鳥《キチョウ》の説得の言葉の焼き直しのようなものであった。

しかし、その言葉尻には必ずしも鬼鳥《キチョウ》へ信頼を置かぬ響きがある。

「あんたそれで納得してるのか？」

当然、殤《ショウ》不患《フカン》はそこをつつく。

「賢《さか》しい悪党ほど頭の切り替えは早い。とりわけ刑亥《ケイガイ》ほどの邪悪ともなれば尚更だ」

鋭眼穿楊《エイガンセンヨウ》の隻眼は人物を見極めるにも辛辣らしい。

とはいえ、殤《ショウ》不患《フカン》からすればそんな眼を持つ男が悪党との同盟を座視すること自体が解せなかった。

「いやだからな、そんな悪党と手を組むってのはどうなんだって話をしてるんだ」

充分に経験を積んだ江湖人なら、世情に長けているのが世の習い。

妖魔と手を組むなどという非常識がどのような危険を招来しかねないか、想像がつかぬはずもあるまいと、殤《ショウ》不患《フカン》の眼はそう言っている。

「ならお前はどうして鬼鳥《キチョウ》と手を組んだのだ？」

狩雲霄《シュウンショウ》の視線は矢のように真っ直ぐに殤《ショウ》不患《フカン》を見返していた。

思えば渡世人がこの弓使いにどことなく親しみを覚えるのは、典型的武林の高手らしい自信と余裕ある態度だけでなく、手探りじみた余計なやり取りをばっさり省いて核心を射貫く性分にあったかも知れぬ。

「……あー、やっぱあいつも悪党なわけ？」

殤《ショウ》不患《フカン》はあまり危機感を覚えた様子でもない、間の抜けた言葉を漏らす。

後頭部を掻いて、今晩の夕餉《ゆうげ》にでも悩むがごとき面持ちで思案する渡世人を鋭眼穿楊《エイガンセンヨウ》の眼光が熟視する。

ふと眼光から険が抜け、代わって哀れみの色が混じる。

「どうやらまだ奴と知り合って日が浅いようだな」

そう言って興味を失ったように目を逸らした。

「こうも雲行きが怪しくなってくるんなら、やっぱり一人で行くべきだったかなあ」

殤不患《ショウフカン》は相変わらず緊張感のない思案顔で無精髭の生えた顎をしごく。

「何をつれないことを言っている？　魔脊山《ませきざん》制覇の支度は順調だ。あと廉耆《レンキ》先生の笛が揃うだけで、七罪塔《しちざいとう》への道が拓けるぞ」

鬼鳥《キチョウ》は親しげに殤不患《ショウフカン》の肩に手を乗せ、横顔を覗き込む。

さきほどまで前方で丹翡《タンヒ》たちと歓談していた貴公子はいつの間にやら渡世人の背後に回っていた。眼が疲れそうに華美な装いの癖に、まるで体重がないかのようにおのれの気配を出し入れする妙な男だ。

――魑魅魍魎《ちみもうりょう》かこいつは？　ったく、薄っ気味悪い野郎だぜ。

そう思って馴れ馴れしく肩に乗った手を邪険に払い落とし、

「で？　何者なんだ？　その廉耆《レンキ》先生ってのは」

ひとまず、今初めて聞いた人物の名を聞き返す。

「私の恩師の一人でね。器物に魔術の力を封じ込める達人だ」

愛用の煙管を手のうちでくるりと回しながら、

「たとえばこの煙管、見た目通りの形とはやや異なる使い道がいくつかある」

先ほどの敵も味方もない暴挙を忘れたくとも忘れられぬ殤不患《ショウフカン》は嫌そうに煙管を顔から

遠のけた。

「みたいだな」

気にせず煙管を愛おしそうに撫でる鬼鳥《キチョウ》は、

「こういう道具の作り方を、私は廉耆《レンキ》先生から教わった。便利なものだろう？」

と、自慢げに微笑む。

「迷宮を破る笛とやらもご自慢の先生のお手製ってわけか？」

殤不患《ショウフカン》の方は、ぺてん師じみた男を弟子に取る魔装具師とはろくなものではあるまいと内心で決めて掛かっている。

だが、その魔装具が不可思議な力を秘めているのもまた先ほど見たとおりではある。

「迴靈笛《かいれいてき》もまた廉耆《レンキ》先生の自信作だ。おまけにあのご老体、剣の腕前も達者でね。味方についてくれたら百人力だよ」

愉快げに笑う男の火焰による狼藉など別行動の二人は知らぬから、

「鬼鳥《キチョウ》様は本当に、その……顔が広いのですね」

「なんせ妖魔まで味方につけるんだもんな。恐れ入ったぜ」

感銘と憧憬の入り混じる視線まで向けている。

刑亥《ケイガイ》が青年を睨んだ。

窮暮之戰《きゅうぼのせん》を知る妖魔から見れば人の子の年齢に大差などないが、それでも見るからに若

輩の生意気な口ぶりが癪《しゃく》に障ったと見えて、

「何か文句でもあるのか？」

と詰《なじ》った。

美女の侮蔑《ぶべつ》ほど辛辣なものはない。

ましてや妖魔のそれともなれば、侮蔑の中にも男を堕とす官能が混じり、剣呑なことこの上ない。

「え、いやいや滅相もない」

焦った捲残雲《ケンサンウン》は身振り手振りを交えて否定する。

ひどく狼狽えた様子が何となく癇に障った丹翡《タンヒ》は若者に肘鉄を食らわせる。

「少しは落ち着きを持ったら如何です？」

二人の女に挟まれて、身の置き所をなくした捲残雲《ケンサンウン》は情けない声をあげる。

「た、丹翡《タンヒ》さん……」

それを見た殤《ショウ》不患《フカン》が、

「……助け船でも出してやらねえのか？」

妙な感じに眼を細めながら、兄貴分に聞く。

「さてな。女の扱いは女から学ぶしかない」

狩雲霄《シュウンショウ》は腕組みをして、素知らぬ顔のままだ。

当の三人はと言えば、

「ふむ……お前、顔は悪くないな。我が理想の生き人形の部品に加えてやってもよいぞ」

若者にしなだれかかった刑亥《ケイガイ》が耳元に囁く。

「じょ、冗談はやめてくれよッ」

妖魔とはいえ仮にも女、今は身内のこともあり、手をあげるわけにもいかず、捲殘雲《ケンサンウン》は目で丹翡《タンヒ》に助けを求める。

「……もう仲良くなられたのですね。でも、このような短慮の者の頭が刑亥《ケイガイ》様の理想なのですか？」

「そんなあ……」

「それこそ傀儡《くぐつ》の優れたところ、脳髄は脳髄で理想のものを選べばよい」

刑亥《ケイガイ》は妖魔、丹翡《タンヒ》は護印師《ごいんし》。七罪塔《しちざいとう》攻略のため、助力を頼む立場の丹翡《タンヒ》が一歩身を退いてはいるが、本来は水と油のように相容れぬものである。

哀れなのは捲殘雲《ケンサンウン》だ。刑亥《ケイガイ》に目をつけられたが災難、表面上の友好を保ちながら護印師《ごいんし》を揶揄《からか》うための出しに使われている。まるで猫にいたぶられる鼠のようなもの、さらに想いを寄せる乙女からは冷たい視線まで向けられている。それを面白がってますます刑亥《ケイガイ》が若者に戯れかかるものだからたまらない。

「あーあー、泣いちまうぞありゃあ」

そう言いつつ、殤《ショウ》不患《フカン》はおのれが助け船を出す気はない。

世間並みの経験を積んだ男なら、鍔迫り合いする女の間に君子面を突っ込む愚は犯さない。

「痛みもなしに覚えられることなどありはせん」

獅子の子落としというわけであるらしく、狩雲霄《シュウンショウ》はあくまでも冷淡だ。

「おい、あの妖魔、お前が仲間にしたんだろ。何とかしてやれよ」

仕方がないので、いつの間にか丹翡《タンヒ》を護る義士団の顔に収まっている鬼鳥《キチョウ》に水を向けるが、

「何を言う。今は我々一行、皆生死を共にする仲間ではないか。友と友の交流に水を差すなど、とてもとても……。ところで、だな。文が届いていれば、先生とは三日後に無垠寺《むぎんじ》で落ち合う手筈になっている。ちょっと余計な寄り道をしてしまったからね、ここから先は急がないと」

などと抜かして見ないふりだ。先導する態で一行の先頭に立つと、含み笑いをその場に残して早々に歩みを進める。

「……成仏しろよ」

殤《ショウ》不患《フカン》は一言つぶやいて片手で捲殘雲《ケンサンウン》を拝むと背を向けて鬼鳥《キチョウ》に続いた。

蟬噪林逾静、鳥鳴山更幽——蟬《せみ》噪《さわ》ぎて林逾《いよいよ》静かに、鳥鳴きて山更に幽《かすか》なり。

鬼鳥《キチョウ》一行の喧噪に打ち破られた夜魔の森の閑けさは、灰と屍《かばね》の沈黙を残して一層増したかに思われた。

＊

袖振り合うも縁《えにし》なら、鍔競り合うもまた縁《えにし》。

不倶戴天《ふぐたいてん》の仇敵《きゅうてき》は、出会い頭に知れるもの。

風なく、雲なく、潺《せせらぎ》なく、清晨《せいしん》の刻を覚ますものなし。

街道は広く、平時の午《ひる》ともなれば人通りの絶えることはないが、今は旅人もまだ朝餉《あさげ》に舌鼓を打つ頃だ。

その街道を瀟洒《しょうしゃ》な装束に身を包んだ白髪美髯《びぜん》の老人が朝靄《あさもや》の中、ゆっくりと歩む。白髪は総髪に撫でつけ、同じく雪色の長髯《ちょうぜん》をゆらめかす様は水墨画から抜け出した古代の神仙がごとく悠然たる。

だが、額に刻まれた厳めしい険の年輪と左眼に走る無惨な刀傷、腰に吊った使い込まれた刀、そして頗《すこぶ》る強い意志を宿した眼光が剣呑な気配を醸し、武林の高手の風格を明かしている。

翰林劃竹《カンリンカクチク》の綽号《とおりな》で知られる老剣客は、若き日は東離《とうり》の官職にあった。無双の剣客にして才子の呼び声高く、将来を約束された身の上であったが、ある時趣味の骨董《こっとう》を巡って上役を斬り殺したため、出世の道を断たれ、江湖に落魄したのである。

以後は凋落《ちょうらく》の切っ掛けであった骨董に耽り、風狂のままに江湖を横行した。そして趣味が高じてついには魔装具作りの分野における一代宗師に成り果《おお》せたのであった。

老剣客が日も昇りきらぬうちから街道を流れているのにはわけがある。

弟子の鬼鳥《キチョウ》からの鳥文を受け――魔装具の最高峰たる神誨魔械《しんかいまかい》の中でも天下に一、二を争う宝剣、天刑剣《てんぎょうけん》に関わる秘事と聞いては風流人の血が騒いで矢も盾もたまらず――昼夜兼行で無垠寺《むぎんじ》への道を急いでいたのである。

「やれやれ、老骨に長旅は応えるわい。だがこの様子なら、約束の刻限には間に合いそうじゃな」

無双の刀術に開眼し、老境に至って技倆ますます冴える達人といえど、年齢から来る体力の衰えは隠せない。終着の目途も立ったとみえて、立ち止まり、脚を休めて気息を整えている。

その老剣客がつと愛刀〝破竹《はちく》〟の柄に手を置いた。

萎びてはいるが、硬く骨張った手だ。

節くれは、永年に渡り、兵器を握ってきた証だ。

筆を握って墨を飛ばしもすれば、刀を握って首を飛ばしもする手だ。

老境といえど、その目尻の皺には珍器骨董への情念と裂帛《れっぱく》の気合いが潜んでいる。

その老剣客の身に首筋から氷塊を落とし込まれたような寒気が広がりつつあった。

「簾耆《レンキ》というのは貴様だな？」

投げかけられたのは殺気を含んだ凍てつく風のような声であった。

「はて？」

一息入れていた老剣客の瞳孔が収縮した。

声の主を半眼で見る。警戒のためだ。

道で妖物に行き遭ったならば、目を合わせてはいけない。目を逸らしてはいけない。

目を合わせれば魂を抜かれ、目を逸らせば襲われる。

果たして視線の先に見えたのはそういう類の妖物だった。

行き遭う者に仇なす妖物——男は典雅な紫の装束を身に纏い、左眼を覆う透かし入りの顔飾りをして、血の臭う双剣を背負っていた。

「いかにも儂《わし》は簾耆《レンキ》だが、鳴鳳決殺《メイホウケッサツ》に目をつけられる心当たりはないのう」

ご承知の通り、この老剣客こそ、迷宮破りの魔装具〝迴靈笛《かいれいてき》〟の持ち主、簾耆《レンキ》先生であった。

対して鳴鳳決殺《メイホウケッサツ》……この綽号《とおりな》には雅趣と殺伐と、相反する気風がある。妖気すら発する玲瓏な顔貌に、魂を召し上げるような殺気、あたかも非人哉《ひとにあらざるかな》。

「掠風竊塵《リョウフウセツジン》、とだけ言えば充分であろう」

男から刃のように冷たく鋭利な北風が吹き、答えた。

掠風竊塵《リョウフウセツジン》……この綽号《とおりな》は災禍を招くのか。北風には憎悪が込められていた。

「呆れたものだ。まだあいつを追っているのか？」

廉耆《レンキ》先生の呆れに虚勢はなかった。

妖物を前にして、恐れるより呆れることができるのはそれだけで人物の証だ。

「奴の居所を知る可能性がある者は、片端から当たっている」

鳴鳳決殺《メイホウケッサツ》から吹く風は地獄から吹く風だ。

男の心に地獄があるから、その声は地獄の風、その剣は地獄の責め苦となる。

「儂もその一人だと？」

廉耆《レンキ》先生は地獄から吹く風を柳に風と受け流し、長髯をしごく。

「是も非も答える必要はない」

男は開手して脇に垂らした腕から力を抜いている。

ただ、肩だけが緊張に張り詰めた。

無防備に見えて、その実抜き打つ構えだ。

「おいおい、あの男の居所を問い質しに来たのであろうに。問うより先に剣を抜いてどうする？」

殺しに待ったをかけるべく、廉耆《レンキ》先生は弁を繰り出した。

男の顔色は変わらない。

ただ獲物を殺傷圏内に収めた猛獣特有の落ち着いた表情を浮かべている。

「貴様が奴とまだ縁《えん》のある可能性を十にひとつ、さらに貴様がこれから奴の居所を訪れる可能性を十にひとつ。さらにその手掛かりが貴様の荷物に含まれる可能性を十にひとつと仮定しよう。合わせて確率は千にひとつ。それだけあれば試しに貴様を斬ってみるだけの価値はある」

地獄の鬼が立っている。

この鬼は、剣で命を喰らう——剣鬼だ。

剣鬼にとって人の命など塵芥《ちりあくた》だ。

剣鬼にとって意味ある命は掠　風竊塵《リョウフウセツジン》のそれだけだ。

「さすがは鳴鳳決殺《メイホウケッサツ》の殺無生《セツムショウ》。星を数えるほど莫迦莫迦しい理由で人を斬るか。まったく……なぜ普通に問い質すという発想がないのだ？」

廉耆《レンキ》先生はまだ抜かない。

老剣客の手は刀の柄に載っている。

剣鬼の腕は脇に垂れたままだ。細くしなやかな指は脱力している。今抜けば機先を制するのではないか。

そいつは素人考えだ。老剣客には剣鬼が抜く手が視《み》えている。

斬る機会がなければ抜かぬ。そうして幾十年江湖を渡ってきた。

腰の刀と背の双剣、どちらを抜くが容易いか。腰の刀に決まっている。

そいつもまた素人考えだ。物理的な距離は殺しの競争の絶対条件ではない。

老剣客の刀術は無双だが、あくまでもそれは斬撃の術理だ。

鳴鳳決殺《メイホウケッサツ》の剣術は、斬撃の一歩先を行く殺しの術理だ。

「問われて素直に答えるような奴に、あの男が居場所を告げるはずがない」

剣鬼が嗤った。

人を喰らう時にだけ鬼が浮かべる笑みだ。

何故嗤う？　人を地獄に連れて行くのが、そんなにも愉しいのか。

だが、老剣客もただ者ではない。

鳴鳳決殺《メイホウケッサツ》が雛鳥《ひなどり》の頃から剣名を売り、江湖を渡って幾十年、頭を下げ、人に譲ったことはない。いや、それどころか官職を逐《お》われたのも、元はといえば上役の後塵を拝するを肯んじ得なかったせいだ。

「道理だな。しかしだからといって、まさかその調子で奴の知人を片端から殺しまわっているのではあるまいな？」

地獄から吹く風が一段と強まる。

老剣客が一歩退がった。

恐れではない。鳴鳳決殺《メイホウケッサツ》相手でも逃げを打つ廉耆《レンキ》先生ではない。

斬るためには退かねばならぬ。機を待つための一歩だ。

翰林劃竹《カンリンカクチク》は風流才子、ただ殺すだけが能ではない。

「奴との関わりがあると噂に聞けば、まずは斬るだけ斬ってみた。うち何人が本当に奴を知っていたのか、今となっては確かめようもない」

男は今、心の地獄で血の池に浸かっているのか。

男から吹く地獄の風は血腥い。

「貴様のような厄介な奴から恨みを買うなら、いっそ命もろとも買い取っておけば良いものを。つくづくあの若造は詰めが甘い」

老剣客は計略を練っている。

抜く手はおそらく剣鬼が速い。

老人が若者と速さで競うなど愚かなこと。

居合いの術理はただ素早く抜くだけのものではない。

経験こそ技、技こそ術の本分。

鳴鳳決殺《メイホウケッサツ》が抜かんとして意が先走れば、これを読んで避け、後から抜いて斬る。そういうことが出来るのが老剣客の抜刀術だ。

復讐に逸る剣鬼は抜く手を、ましてや殺気を抑えられまいて――と心中で独り言ちる。
剣鬼が抜くまで抜かぬと覚悟を決めている。
「俺は命より重いものを奴に奪われた。贖《あがな》うには、いくつ他の命を費やしても届かぬ」
棺桶の蓋のように乾いた唇が開き、命に飢《かつ》えた風が吹く。
この男は復讐に生きている。それはつまり死んでいるということだ。
死人にとって生者を殺す理由は、ただ生きているというだけで充分だ。
しかし、命より重いものとはなんだ？
江湖の武侠にとって命より重いものといえば、誇りと気概を措《お》いて他にはない。
ならばこの男は辱められたのか？
殺しの技と剣の速さで鳴鳳決殺《メイホウケッサツ》の盛名を馳せた剣鬼が？
どうやって極地の凍土のような心を持つ、江湖の無常鬼《しにがみ》の魂を殺せたというのだ。
「たわけ。それは貴様の命が軽すぎるというだけのことだ」
老剣客は生きている。
枯れ枝のような老人だが、炯々と光る眼には生命力が宿っている。
老剣客は歩いている。
冥府へ行くのはまだ先だと、無常鬼《しにがみ》から距離をとる。
互いの殺傷半径は重なっていない。

相手を殺したければ一歩踏み込む必要がある。

老剣客は待っている。

無常鬼《しにがみ》の双剣が沈黙に耐えきれず抜かれるのを。

無常鬼《しにがみ》の跫音《あしおと》が先を取ろうと近づいてくるのを。

「迂闊な弟子の不始末に収拾をつけるのも師の務めか。致し方あるまい……来るがいい」

刀の柄に置いた掌は乾き、汗は一滴もない。

老剣客──翰林劃竹《カンリンカクチク》の廉耆《レンキ》先生が刀を抜けば、刀光は虹を引いて疾《はし》る。愛刀は〝破竹《はちく》〟の銘にふさわしく、意なく、兆《きざし》なく、ただ腕と刀だけが敵手の意に応じて疾《はし》る。

苦心惨憺《さんたん》して究めしは無念無想の抜刀術、百鬼《ひゃっき》・萬径人滅《ばんけいじんめつ》──狙いなければ退路もなし。

剣鬼は相変わらず両腕を脇に垂らしたまま、さきほどまでの地獄から吹く風のような殺気は消えている。

「抜くがいい」

幽鬼が招くような掠れた声だ。

「殺したがっておるのは貴様であって儂ではないわ」

老剣客は茶が沸くのを待つように言った。

迎撃はおのれの腕に任せている。

掌は柄の上にそっと載せて小揺るぎもしない。

若僧が、生意気にも無念無想の真似事をしている——とそう思った。

臓腑《はら》では憎悪と殺意がない交ぜに沸騰しかかっているであろうに、いつまで誤魔化せるか。

そもそも廉耆《レンキ》先生は殺無生《セツムショウ》が生きようが死のうが興味がない。おのれの前に立ちはだかるならば斬るまでのことである。

対して殺無生《セツムショウ》には目的がある。廉耆《レンキ》先生から探索の手掛かりを得るという目的が。恨み骨髄に徹す仇敵を、発見し、始末するという使命が。

激情を抱えたまま、武の至境に立とうなどとは生ぬるい。

「さっさと抜け、耄碌《もうろく》したか」

相変わらず剣鬼は薄気味悪い掠れ声で刃を招く。

あからさまな挑発ごときで老剣客は動じない。

黙然として相手にしない。

焦りは敵手にあるはずと知っている。

朝靄はすでに晴れている。

蒼穹が晴れ渡るのを見れば、気持ちも晴れ渡るようだ。

とんぼが一匹、廉耆《レンキ》先生の柄頭に留まる。

老剣客は半眼のまま、指先一つ動かさない。

「抜け」
剣鬼は石清水《いわしみず》がごとき冷淡な声音で抜刀を促す。
憎悪の炎は消えたのか。
瞳は湧水のように澄み切って何も映さない。
殺意の濁りは失せたのか。
剣鬼が一歩進み、互いの殺傷半径が重なりそうになる。
剣鬼の両手はだらりと垂れたまま、双剣に伸ばすそぶりもない。
滑るように老剣客が退く。
とんぼは柄頭に留まったまま、安心して羽を休めている。
「抜け」
二人は決して交わらず、街道上で一つ所を、廻《めぐ》る、廻る。
二人は刃も見せぬまま、眼も合わせぬまま、廻る、廻る。
「抜け」
鏡写しがごとき奇怪な演舞は早まる。
殺無生《セツムショウ》が走れば廉耆《レンキ》も走る。殺無生《セツムショウ》が止まれば廉耆《レンキ》も止まる。
刀剣は鞘込めのまま、殺意も鞘込めのまま。
当初、老剣客には忍耐比べに勝つ自信があった。

敵手は相手構わず、所構わず殺生を働く慮外者《りょがいもの》だ。

それがかくも己が憎悪を抑えるか、己が殺意を抑えるか。

今や老剣客に当初ほどの自信はない。

額に汗が噴いた。

柄に載せた掌が湿り気を帯びた。

剣鬼の眼は玻璃のように空虚だ。

剣鬼の長身痩軀が幽鬼のように滲み、背景に溶け込んで見える。

こいつの憎悪はどこへ消えたのだ？

こいつの殺意はどこへ消えたのだ？

老剣客の心の底から久しく忘れていた感情が湧き上がってくる。

強いてその感情の名は表さぬよう努める。

その名を思い出す時が無念無想の境地が崩れる時だからだ。

「抜け」

何故この男はここまで空虚なのか。

黒洞々《こくとうとう》たる闇の声が、恐るべき吸引力を以て老剣客に抜刀を誘う。

抜け殻のような男に人を殺せるのか。

剣に起《おこり》なく、鬼に殺気なく、しかし経験が告げている——この剣鬼の殺しを侮るな、と。

だが、老剣客も負けてはいない。死地を切り抜けた経験は両手の指では数え切れないほどだ。おのれの武技を信じて気を鎮め、腕と刀に任せている。

老人なら誰でも知っている。情は意を欺くが、腕は刀を裏切らない。

敵手を見ず、技を忘れ、意を散じれば、自ずから心《こころ》鏡面と化し、禍心を弾く刀を返す。

朝凪《あさなぎ》を破る風が吹き、老剣客の柄頭からとんぼが離れた。

両脇に垂れた剣鬼の双腕が亀の歩みで持ち上がる。

まだだ。老剣客は決して焦らない。

剣鬼の双掌《そうしょう》が双剣の柄を包む。

まだだ。老剣客は詰まりかけた息を漏らす。

双剣が抜き放たれ、剣刃が陽光を照り返して燦めく。

まだだ。老剣客の心は凪いでいる。

「——喝ッ……」

老剣客の喉奥に血痰《けったん》が詰まった。

「機は充分に与えたぞ」

なんら感情の籠もらぬ凍てついた風が吹いた。

愕然として見下ろすと、鳴鳳決殺《メイホウケッサツ》の剣尖《けんせん》が胸郭を刺し貫いている。

まるで最初からそこにあったかのごとく自然に刃と人体は合致していた。

「莫迦な……貴様が無念無想の境地に至るなどッ――」

廉耆《レンキ》は苦鳴とともに血痰を吐いた。

ついぞ老剣客の抜刀術の精髄は破られなかった。

なんとなれば奥義は発動し得なかったからである。

「その通り――無念無想など笑い種《ぐさ》、我がはらわたは掠風竊塵《リョウフウセツジン》への憎悪で焼かれている。俺の殺しが、星を数えるほど莫迦莫迦しい――そう言ったな？　……路傍で見つけた手がかりを、塵払って拾うのに、心乱れる故があるか。塵芥に、殺意を覚えるやつがあるか」

一言一言が嘲りの力を込めて区切られていた。

鳴鳳決殺《メイホウケッサツ》が剣柄をひねると、刃を伝った勁力が老剣客を弾き飛ばした。音叉がごとく震えた剣が血を弾き、澄んだ音色を響かせる。

翰林劃竹《カンリンカクチク》いまだ斃れず。

執念が地に両脚を食い込ませる。

「ぐ――ッ……なるほど道理よ……人を人とも思わぬか、鳴鳳決殺《メイホウケッサツ》……」

血の臭いを残像のように残して、剣鬼は無言のまま双剣を鞘に収めた。

すでに老剣客の眼からは生命の灯火が失われている。

「おのれ……なにゆえ天はこのような男に千載一遇を与えたもう、か――ッ」

喀血し、前のめりに崩れ落ちる。

「やはり死に際まで命乞いはなしか……。なるほど貴様は奴の縁者であろうよ」

殺無生《セツムショウ》が老人の亡骸《なきがら》を無造作に探る。

金子《きんす》や霊薬《れいやく》には目もくれず放り出す。

懐から小さな筒を探り出した。

中身は短冊を丸めた文だ。

破らぬよう慎重に開き、小さな文字を目を凝らして読む。

「ククク……ハハハハハッ！　大当たりではないか！　この爺《じじい》、この日この俺に斬られるためだけにこの道を通ったわけだ」

殺しの前も後も小揺るぎもしなかった殺無生《セツムショウ》の感情が——間歇泉《かんけつせん》のような哄笑となって噴き上がった。愉悦を隠そうともしない。

短冊に記された魔装具と見定めて、廻靈笛《かいれいてき》を拾い上げる。

「今度こそ逃がさぬぞ、掠風竊塵《リョウフウセツジン》。貴様の命運はこの殺無生《セツムショウ》の手の内にある……」

仇の命運を握りしめて剣鬼が嗤う。

地獄の釜が沸き立つような笑い。

己が魂を煮え立つ油に浸すような笑い。

この男の魂はすでに死んでいる。

この男にとって価値があるのは仇敵の命だけだ。

ならばこの男が本当に嗤っているのは、妄執を抱いて江湖を彷徨う己が魂ではないか。

死んだ魂が生きた躰に囚われ、剣の理想を殺しの業に変え、穢された誇りが飢《かつ》えるままに仇を追う宿命を嗤っているのではないか。

この生ける屍《しかばね》が歩く所では、血飛沫が跳ね、苦鳴が響き、死者が増える。

＊

江湖の風向きは誰にも予測がつかないが、塵外の風――林間を吹き抜ける清涼なる風は常に正しく吹いている。

鬼鳥《キチョウ》一行は無垠寺《むぎんじ》の山門へ続く石段を登っている。

「ここなのか？　件の師匠との待ち合わせ場所ってのは」

殤《ショウ》不患《フカン》が鼻の頭を掻きながら言う。

「ああ。いささか遅参《ちさん》になったな、待っていてくれるといいのだが……」

鬼鳥《キチョウ》はわずかに眉根を寄せ、刻限を気にした。

年古《ふ》り、漆の剝げた山門。

流麗な笛の音色が寂寥《せきりょう》たる階上に響き、山中に木霊する。

一行の先頭は意気盛んな青年、捲殘雲《ケンサンウン》が務めていた。

「おお、いるみたいじゃねぇか」

長すぎる石段に飽き飽きしていた捲残雲《ケンサンウン》は声に喜色を滲ませた。

「癇に障る匂いだ。私はここで待つ」

妖魔、刑亥《ケイガイ》はさも不快げに口元を袖で覆い、山門を前に立ち止まる。

「へへっ、やっぱ妖魔ともなると抹香《まっこう》臭いのは苦手かい？」

一人山門を潜り、境内へ一歩飛び込んだ捲残雲《ケンサンウン》が妖女へ揶揄《からか》いの言葉を投げる。

入って来られないだろう、とばかりに。

ちょっとした意趣返しであるが、刑亥《ケイガイ》は相手にせず、青年に目を向けることもない。

「すぐ戻るよ」

その刑亥《ケイガイ》に柔和な笑みを向けてから、鬼鳥《キチョウ》は捲残雲《ケンサンウン》に続いた。

刑亥《ケイガイ》を除いた残り——丹翡《タンヒ》、殤不患《ショウフカン》、狩雲霄《シュウンショウ》の三人も鬼鳥《キチョウ》に続き、境内へ踏み込んだ捲《ケン》残雲《サンウン》を追う。

笛の音が神域を満たしている。

一行が目指す廟堂《びょうどう》の前の小さな石段に腰掛けた男が一人。

男は一行に気づいたのか、気づかぬのか。

変わらず目を瞑り、黙々と笛を吹き鳴らしている。

「あれは……」

何を感じ取ったか、渡世人の眉間に険が寄る。

「ほほう？」

鋭眼穿楊《エイガンセンヨウ》はいささか面白げに口の端を歪める。

「やっべ……」

捲殘雲《ケンサンウン》は思わず兵器に手を伸ばした。

「ふうむ……」

鬼鳥《キチョウ》は何かを悟った様子である。

一人煙管を吹かしながらゆるりと石段へ歩み寄った。

四者四様の奇妙な反応から男がただ者ではないことは丹翡《タンヒ》にも分かった。

だがその正体が何者かが分からない。

「あれが、廉耆《レンキ》様なのですか？」

と問うと、

「いや違うだろうな。何者だ？」

警戒を露わにしながら殤《ショウ》不患《フカン》は問うた。

男の素性を知る様子であった鬼鳥《キチョウ》の態度は師に対するものではないし、年齢もふさわしいものには見えない。

「あんた鳴鳳決殺《メイホウケッサツ》も知らねえのか？　本当にどこの国から来たんだよ⁉」

捲残雲《ケンサンウン》の驚きは一様ではない。

江湖を渡っていて鳴鳳決殺《メイホウケッサツ》を知らなければ、ひよっこかもぐりである。そして江湖ではひよっこともぐりが先を争って命を落とすのだ。

「誰だか知らんが、剣呑すぎる奴だってことだけは分かる。あれは絶対に関わり合いになっちゃならない類の人間だ」

鳴鳳決殺《メイホウケッサツ》は双剣を鞘に収めている。

だが、鳴鳳決殺《メイホウケッサツ》——殺無生《セツムショウ》という人間は抜き身の剣だ。

鞘を持たない剣が、廟堂の石段に突き刺さっている。

殺気を隠そうともしない男だ。こいつは人を殺すことをなんとも思っていない。

この男は人を殺した。それも武林の高手だけを狙った。

この男は人を殺した。恨みがあるわけでもなく、金を貰って殺した。

そういう男は江湖では、恐れられると同時に尊敬もされる。

何故ならば、江湖とは口の代わりに兵器が喋る場所だからだ。口だけの人間は永遠に黙らされる場所だからだ。

しかし今、鳴鳳決殺《メイホウケッサツ》の綽号《とおりな》は、ただ恐怖と侮蔑の対象になっている。

今のこいつは理由もなく殺す。殺し屋と恐れられた殺無生《セツムショウ》は、少なくとも依頼と金子を受けていた。

今のこいつは無抵抗の者を殺す。誇り高かった殺無生《セツムショウ》は、手向かいしない者まで殺しはしなかった。武術のできない者まで殺しはしなかった。

何がこの男を変えたのか。知己も朋友も持たない孤独な男の内面は、あらゆる風聞が流れる江湖にも流れてこない。

「目敏《めざと》いな。だが鬼鳥《キチョウ》にとっては避けて通れる相手ではない。さて、どう切り抜けるつもりか……」

狩雲霄《シュウンショウ》が鋼弓の握りに手をかけた。鋭眼穿楊《エイガンセンヨウ》ほどの男が対手より先に兵器に手を伸ばしたのだ。

「迷宮破りの魔装具だそうだが、笛としての出来映えは二流だな。音色に雅《みやび》がない」

笛を口から離した殺無生《セツムショウ》が嘲笑う。

まるで花崗岩《かこうがん》を剛刀で斬りつけた跡のような硬い笑みだ。

この傷痕のような口が柔らかく笛を吹き鳴らしていたとは信じられない。

「廉耆《レンキ》先生はどうなった？」

後ろに控えた一行をちらと見やった鬼鳥《キチョウ》が問う。

気味が悪いほど察しの良いこの男、分からぬはずもあるまいに。

「愚問だな。奴の笛だけがここにあり、そして俺は鳴鳳決殺《メイホウケッサツ》だ。あとは事の次第なぞ推し量るまでもなく明らかだろう」

殺無生《セツムショウ》は鬼鳥《キチョウ》の眉間に視線を突き刺している。

鬼鳥《キチョウ》の視線はそれを躱すように迴靈笛《かいれいてき》に吸いつく。

「相変わらずの残忍さだな。歩いた後には屍《しかばね》を残さずには収まらんのか」

貴公子は呆れたとばかりに背を向け、剣鬼を誘る。

だが、江湖に名高い殺し屋を、正面から罵り、そして背を向ける度胸のある奴が何人いる？　斬られずに済む奴が何人いる？

「で、恩師の仇を討つ気はあるか？」

剣鬼は斬り捨てる代わりに、気もなげな口調で問うた。

貴様に信などないとばかりに。

貴様に斬る価値などないとばかりに。

「それではお前の思う壺だ。草葉の陰の先生も、お前の喜ぶ顔を見たくはあるまいよ」

貴公子は剣鬼を見ない。

剣鬼が喜ぶ顔を見たくないのは弟子の方ではないのか。

「相変わらずの薄情さだな。仁義の筋目などまるで無視か」

おのれのことは棚に上げ、剣鬼は貴公子の不実を詰る。

この二人は互いのことをよく知っている。

過去に付き合いがあったことは間違いがない。

だが今は……。

「たしかに仇討ちは信条ではない……が、その迴靈笛《かいれいてき》をお前に持たせておくわけにもいかん」

鬼鳥《キチョウ》が殺無生《セツムショウ》に向き直り、剣尖を向けるように煙管の火皿で迴靈笛《かいれいてき》を指す。

「おおいに結構。つまり貴様は俺と剣を交えるしかない」

花崗岩の刀傷がほぐれた。

抑えようのない喜悦が滲んでいる。

「それしか他に処方はない、と?」

鬼鳥《キチョウ》の口調は硬い。

殺無生《セツムショウ》に耳はあっても、鬼鳥《キチョウ》に貸す耳はないと知っているからだ。

「この一年は貴様を斬るためだけに費やしたに等しい。何度も逃げられたが、今回ばかりは逃がさぬ。貴様が見過ごせないこの笛が、俺の手の中にあるのだからな」

くつくつと嗤いがくぐもる。

復讐者にとっての千載一遇とは、このような好機を言うのか。

殺し屋の手が剣柄に伸びる。

剣が鞘から抜け出れば、血を見ずには収まらない。

それが江湖というものだ。

鋭眼穿楊《エイガンセンヨウ》はすでに銀牙《ぎんが》に矢を番えている。

居合いよりも素早く矢を番える奴は、この江湖に鋭眼穿楊《エイガンセンヨウ》の他にはいまい。

「貴様らの遺恨に首を突っ込む気はないが、今ここでその男を殺されては困る」

隻眼の男が鳴鳳決殺《メイホウケッサツ》の前に立ち塞がる。

「いいや、こいつは今ここで死ぬ。困るというなら貴様が先に死んでみるか？　鋭眼穿楊《エイガンセンヨウ》」

江湖には色々な風聞が流れるが、負け知らずの男が引き下がったという話はどこの誰も聞いたことがない。

負け知らずと負け知らずの意見が食い違えば、どちらかが死ぬ運命にある。

すでに此処《ここ》は、生死を決する剣が峰。

「舐めるんじゃねえ！　こっちは二人がかりだぜ！」

構えた騰雷槍《とうらいそう》を風車のように旋回させ、兄貴分に加勢すべく捲殘雲《ケンサンウン》が跳躍しかける。

それを見た丹翡《タンヒ》も翠輝劍《すいきけん》の柄に手をかけた。

「おい、よせ！」

だが、その柄頭を渡世人の大きな掌が押さえ込んでいる。

早業だ。しかし何故？

「なんだよ⁉」

丹翡《タンヒ》に気を取られた捲殘雲《ケンサンウン》もたたらを踏んで留まる。

「でも鬼鳥《キチョウ》様をお助けしなくては！」

乙女の気は逸る。

痛いほどの殺気を感じ取っているからだ。

「あの男の前では抜くな！　絶対にだ！」

必死と言えるほど、語気は荒い。

何がこの男をそうまでさせる。

殤《ショウ》不患《フカン》の掌は翠輝剣《すいきけん》の柄頭に磁石のように張りついて、巌のように動かない。

その視線はいつの間にやら死地と化した廟堂前の石畳に突き刺さったままだ。

「殤様？　何を……」

押さえを振り払いかね、丹翡《タンヒ》は困惑する。

仕方なく柄を握る手を放す。

「――もう遅い！」

狩雲霄《シュウンショウ》は天を穿つように矢を放つ。

鋭眼穿楊《エイガンセンヨウ》の知る鳴鳳決殺《メイホウケッサツ》が、獲物を逃すなどあり得ない。

出遭ってしまった時点で避ける能わず、殺し合いは始まっている。

ならば――殺される前に殺すのみ。

地を蹴り、矢よりも速く狩雲霄《シュウンショウ》が突進する。

隻眼の射手に遊びはない。はじめから仕留めるつもりで気を吐いている。

弓矢だけでなく、鋭眼穿楊《エイガンセンヨウ》の掌法が達人の域にあることは承知の通り。だが、殺無生《セツムショウ》にとってはどうか？

付け焼き刃と侮れば、矢の前に掌で叩き潰される羽目になる。

幸い剣鬼はいまだ抜いていない。が、先手で殺しきれなければそう簡単に次矢を番えさせてくれる相手ではない。

おのれを、生者を死地に導く鬼火と任じて、禍々しい愛弓銀牙《ぎんが》を振るう。

殺無生《セツムショウ》は双剣を鞘に収めたままだ。掌を払い、腿を逸らし、爪を弾き、銀牙《ぎんが》は避ける。

躰《たい》を反らして回避したところへ、狩雲霄《シュウンショウ》の馬手《めて》が翻り、胸元を襲う。

「見え透いた攻撃だな。俺をどこに連れて行く気だ？」

殺無生《セツムショウ》は狩雲霄《シュウンショウ》の足を払って体勢を崩すことで技を散らす。言葉による挑発も淀みない。

狩雲霄《シュウンショウ》は弓手《ゆんで》の銀牙《ぎんが》で突き、払い、振り下ろす。兵器による攻めを無手で受けるわけにはいかず、殺無生《セツムショウ》は回避に徹する。

弓使いと剣士が、双方の得手を封じたまま、体術で鎬を削る。

危なげない牽制《けんせい》の手に、銀牙《ぎんが》による強襲を織り交ぜる狩雲霄《シュウンショウ》。

舞踏のように華麗に回避を続けながら、氷柱《つらら》のように冷やかな殺しの手を見舞う殺無生《セツムショウ》。

擒拿《きんな》の術で狩雲霄《シュウンショウ》の弓手《ゆんで》を押さえた。

「無論、貴様の死に場所よ！」

銀牙《ぎんが》を押さえさせたのは油断を誘う手だ。

押さえれば押さえた方も動けなくなるのが道理とはいえ、兵器を押さえれば押さえた側が心理的には優位に立ち、主導権を握る。だが、残された無手が利器に変わったら？

狩雲霄《シュウンショウ》の馬手《めて》の袂《たもと》から滑り出た匕首《ひしゅ》が間髪を容れず突きかかる。

殺無生《セツムショウ》は押さえた手を放し、大きく退く。

狩雲霄《シュウンショウ》は馬手《めて》に匕首《ひしゅ》、弓手《ゆんで》に銀牙《ぎんが》を振るい、獲物を罠へと追い込んでゆく。牙と刀尖が連綿と点綴《てんてい》し、双剣を抜く隙を与えない。

「フン――何処で誰が死ぬだと？」

鉄《くろがね》のように冷たい嗤いだ。

受けきれず、殺無生《セツムショウ》の体幹がねじれ崩れるかと思われた時、突き込まれた狩雲霄《シュウンショウ》の馬手《めて》を剣鬼の手刀が打ち、匕首《ひしゅ》を叩き落とす。痺れた無防備な手首を摑んで引き込むと、万力のような力で首を締め上げ、仰向けに押さえ込む。

天空を睨むことを強いられた鋭眼穿楊《エイガンセンヨウ》の隻眼に向かって、陽光より赫奕《かくやく》たる銀の流星が墜ちる。

狼牙箭《ろうがせん》の牙が、飼い主の肉を抉り、血を搾《しぼ》る。

神聖なる境内の砂がこの日最初の贄《にえ》の血を吸った。

鳴鳳決殺《メイホウケッサツ》の並みならぬ武芸は鋭眼穿楊《エイガンセンヨウ》の必殺の手を躱しきるばかりか、死地を敵手に送り返したのである。

「──ぬうッ！」

狩雲霄《シュウンショウ》の掌はおのれが放った狼牙箭《ろうがせん》に噛まれ、血を流していた。隻眼の男を盲《めしい》の男に変える一寸手前で押しとどめたのは、飛矢を無手にて防ぐ貔貅一矢《ひきゅういっし》の絶技によるものだ。

隻眼と双眸が絡み合う。どちらも並みの使い手なら眼光だけで焼き殺せる。

兄貴分の窮地を見て取った捲殘雲《ケンサンウン》が槍を振るって飛び出す。

激情のままに騰雷槍《とうらいそう》を斧がごとく振り下ろす。護りを無視した豪放な一手が、鳴鳳決殺《メイホウケッサツ》をして、握った獲物の命を放させる。

「──はッ！」

槍は百兵之《ひゃくへいの》王《おう》とまで呼ばれる。威力、速度、間合い、どれを取っても並みの兵器を凌駕する利器である。

特に間合いの有利は容易く覆せるものではない。短兵器に、拳、掌、腿を織り交ぜて挑んだ狩雲霄《シュウンショウ》とはそこが違う。

ここに至ってようやく殺無生《セツムショウ》は双剣──鳳啼雙聲《ほうていそうせい》を抜いていた。

抜いた瞬間は誰も見ていない。

気がついた時には捲殘雲《ケンサンウン》が振るう苛烈な穂先を悠然と弾き返している。

「威勢のいい小僧だ。名は？」

軽口を叩きながら、一撃渾身の豪槍を片手剣で易々と跳ね返す膂力《りょりょく》は尋常ではない。

若者は挫けず、穂先と石突を連環させ、打ち下ろし、薙ぎ、突く。

「捲殘雲《ケンサンウン》！　人呼んで槍の寒赫《カンカク》だ！　憶えとけ！」

地擦り上げて逆袈裟に迫る捲殘雲《ケンサンウン》の穂先が、粘《ねん》の一手で張りついた殺無生《セツムショウ》の剣によって上空へ撥ね上げられる。

「ああ忘れまい――貴様が生きている間はな！」

嘲りの声にさえ裂帛の気合いが込められている。

体勢の崩れた捲殘雲《ケンサンウン》を仕留めるべく、精緻に組み立てられた剣の軌道が左右から逆撃を加え、逃げ場を削り、追い込んでゆく。

「は、速ェ……ッ！」

翻弄され、行き場を失った捲殘雲《ケンサンウン》が愕然として呻く。

気がつけば石灯籠を背負わされ、退路を断たれている。

「殺劫《さつごう》・百鳥朝鳳《ひゃくちょうちょうほう》――ッ！」

連撃の旋律に乗せて練った気を解放し、宙に無数の光刃を象《かたど》る。

鳳啼雙聲《ほうていそうせい》の剣尖が若者を指し、猛禽の羽根が舞うように光刃が乱舞する。

攻めの勢いに押され、仰け反ったまま体勢を立て直しきれない捲殘雲《ケンサンウン》に受けきれるべくもない。兵器の重みに頼り、光刃を捌いたものの、ついには騰雷槍《とうらいそう》が握りからもぎ取られる。

「しまッ――」

「終わりだ」

弾かれた槍が地に刺さるのと同時に殺無生《セツムショウ》の無慈悲な剣尖が無手の捲殘雲《ケンサンウン》の胸元を襲う。もはや防ぐ手も逃げ場も失い、逃れようのない死が若者に終極を与えんとする。

「――妙に戻りが遅いと思えば、いったい何を遊んでおるか」

声は山門の外で待つはずの刑亥《ケイガイ》のものだ。

死を告げる剣尖に、紅い軟鞭《なんべん》が巻きつき、その行く手を阻んでいる。

紅鞭――弔命棘《ちょうめいきょく》と使い手は突如として現れた。

虚空に浮いた鏡の扉が霞《かすみ》がごとく消える。それこそ外法妖術が造り出した空間と空間を繋ぐ門に他ならぬ。尋常の定理を覆し、山門から境内まで空間を跳躍した奇襲が鳴鳳決殺《メイホウケッサツ》をして追撃を思い留まらせた。

「泣宵《キュウショウ》の刑亥《ケイガイ》だと？　これまた妙な奴を引き入れたものだ」

面妖な助太刀にさしもの殺無生《セツムショウ》ですら鼻白む。双剣を震わせ、巻きついた軟鞭を振り払った。

弔命棘《ちょうめいきょく》は大蛇のごとくのたくり、先端の毒鍼《どくばり》が不意を突く角度から殺無生《セツムショウ》を襲う。紅鞭の動きと大気が弾ける音に食い違いがあるのは、鞭の速度が音を上回っているからだ。妖魔にとって神仏など唾棄《だき》すべきものに過ぎぬ。敵手もろともに境内を破壊し尽くすべく、何物にも頓着せず紅鞭を振るう。

容易く仕留められる殺無生《セツムショウ》ではないが、鞭は槍にも増して間合いが広い。そして刑亥《ケイガイ》は狩雲霄《シュウンショウ》のように接近戦を挑む気は一切ない。間合いの外から兵器を振るい、なぶり殺しにする気だ。優位を占めて敵をなぶるのは妖魔の美徳とさえ思っている。

紅鞭は木石を派手に蹴散らすが、決して急がずゆるやかな歩みで後退する殺無生《セツムショウ》は、急流に浮いた木の葉が岩をすり抜けるように毒鉞をいなしていく。

窮地を脱した捲殘雲《ケンサンウン》は転がるように走り、取り落とした愛槍に飛びつく。

手早く止血を終えた狩雲霄《シュウンショウ》はすでに弓に新たな矢を番えている。

「さあどうする？　こっちは三人がかりだぜ！」

槍を構え直した捲殘雲《ケンサンウン》の穂先が殺無生《セツムショウ》の眼光と激突する。

「三人？　この俺を前にして数が意味を持つとでも？」

剣鬼は嗤い、寝かせた剣尖双《ふた》つを重ねて打つと、鳥啼《ちょうてい》が響いた。

天地に殺伐の気が満ちる。

「——待て。ここは退こう」

いつの間にか陽が中天を過ぎている。影の向きが変わる。

対峙する陣営を分かつように貴公子の影が落ちた。

「ちょ⁉ なに言ってんだよ鬼鳥《キチョウ》さん⁉」

思いがけぬ提案に捲残雲《ケンサンウン》が兵器を持つ手も緩む。

「みすみす退かせる相手でもなかろう」

狩雲霄《シュウンショウ》はむしろ弓を引き絞った。殺無生《セツムショウ》の挑発に矢を返すつもりでいる。

鳴鳳決殺《メイホウケッサツ》にまつわる風聞は無数にある。その中には真実も虚偽も含まれるが、鳴鳳決殺《メイホウケッサツ》がやりかけた仕事を途中で放り出す男だという評判だけは誰も聞いたことがない。

「いや、迴靈笛《かいれいてき》が奴の手元にある限り、我々はどこにいようと追い詰められているも同然だ。そうだな？ 無生」

貴公子は冷やかな笑みを剣鬼に向けた。

七罪塔《しちざいとう》の関門を抜ける鍵、その急所が恐るべき男によって押さえられている。鬼鳥《キチョウ》の言う通り、追う立場に居るのは七罪塔《しちざいとう》を目指す一行の方だ。

「フフ、然り——こちらは何も慌てることはない」

双剣はすでに鞘へ帰っている。

後から抜き、先に納める。おのれの剣技に絶対の自信がなければできぬことだ。

剣鬼の放つ殺気は些《いささ》かも減じていない。

待っているのだ。

獲物が素っ首並べて討たれに来るのを。

「――俺はしばらく桂花園《けいかえん》という酒楼《しゅろう》にいる。笛が欲しければいつなりと取りに来い」

穂先、鏃《やじり》、棘鍼《きょくしん》に背をさらけ出し、殺無生《セツムショウ》は群雄を尻目に悠々と境内を去った。

剣鬼の背が視界の外へ消えると、金縛りが解けたように一行も兵器を下ろす。

「おいおいおい？　ここで水入りってどういうことだよ？」

穂先の納めどころを失って苛立つ捲残雲《ケンサンウン》が不満げにぼやく。

刑亥《ケイガイ》の偶然の乱入がなければ命を落としていたにも拘わらず、戦意はいまだ旺盛だ。

「……お前が命拾いしたってことさ」

殤不患《ショウフカン》は眉根を寄せ、その眼光は殺無生《セツムショウ》の去った方角をいまだ向いている。

立つ鳥跡を濁さずというが、あれは立ち去る前にすべての命を刈り取っていく――そういう類の男だ。

「なにビビってやがんだ？　いつもの偉そうな態度はどうしたよ？」

捲残雲《ケンサンウン》は例によって殤不患《ショウフカン》の背を張ろうと掌を振り上げるが、何か不穏なものを感じて手を止める。戯れの一掌ですら打ち込む隙が見出せない。

「何だってんだよ……」

珍しく刺々しい渡世人の気配に捲残雲《ケンサンウン》は腕の力を抜く。

「聞きたいのは私の方だ。あの男……魔族よりも血腥いが、本当に人間か？」

弔命棘《ちょうめいきょく》を手元に巻き取った刑亥《ケイガイ》が不審げな声音でつぶやく。

「……死人が地獄の砂を摑んで還れば、ああもなろうよ」

鋭眼穿楊《エイガンセンヨウ》の隻眼は皆に見えぬ何かを見ていると思われた。

「鬼鳥《キチョウ》様……？」

不安げな丹翡《タンヒ》の声も届かぬかのように貴公子は深く溜息を漏らす。

「はてさて……こいつは厄介なことになったものだ」

遠い目をして独り言ちる。

江湖では宿縁の糸が織り目を為して行き交う。

ならばその糸に絡め取られぬ者がいるものか。

一つ処のしがらみを厭い、流離うほどに宿縁は絡みつく。

江湖の縁《えにし》は善も悪も兵器を以て結ばれる。

報恩か、報復か――。

如何なる縁《えにし》も血を見ずには収まらぬのが江湖の習い。

紐解かれるも断たれるも、地獄の沙汰は刃金《はがね》次第。

第五章

剣鬼、殺無生

天機は測り難し。

魔脊山《ませきざん》攻略の鍵――迴靈笛《かいれいてき》は復讐に燃える剣鬼の手に落ちた。

人事を尽くしても、天命は容易く裏切る。

裏切られた時に人の真価は試される。

おのれもまた天の道を裏切る変節漢《へんせつかん》となるか。

裏切ることよりも裏切られることを選ぶ硬骨漢《こうこつかん》となるか。

天機は測れずとも、人は人に諮《はか》る。

一行は投宿した客桟の一室に集まり、互いの顔色を窺う。

「さてここにきて大きな障害だ。魔脊山《ませきざん》を登るために欠かせない切り札が、よりにもよって一番厄介な奴の手に渡ってしまった……」

口火を切ったのは一行の軍師格、鬼鳥《キチョウ》だ。

「いったい何者なのですか？　あの男は」

例の剣鬼がただ者ではないことはその雰囲気から推し量れたが、それでは足りぬと丹翡《タンヒ》は切り込んだ。

「ふむ。聖地に隠《こも》りきりだった護印師《ごいんし》ともなれば、江湖の名声に疎いのも無理はないか」

おのれもまた江湖で名を売った男、狩雲霄《シュウンショウ》がしかつめらしく呟いた。

「あの男は殺無生《セツムショウ》。鳴鳳決殺《メイホウケッサツ》の綽号《とおりな》で知れ渡る剣客です。殺し屋を生業とし、裏の世界では目下のところ随一の腕前と評されています」

江湖の裏街道にすこぶる腕の立つ双剣使いの殺し屋の噂が流れ始めたのは、殺無生《セツムショウ》という男が師門を放逐された時期と重なる。

以降、武林の名門とされる各流派の高弟ばかりか掌門人までもが、当時無名だった剣客の手に掛かって次々と果てた。

江湖を震撼《しんかん》せしめた無名の剣客こそ、後に鳴鳳決殺《メイホウケッサツ》の盛名を馳せることとなる殺無生《セツムショウ》であった。

追って知られたことだが、殺無生《セツムショウ》は襲撃する門派の対立門派から金子を受け取っていた。そして金子さえ受け取れば——たとえ過去に殺しの依頼を引き受けた門派であっても——例外なく襲い、門派の名声を守ろうとした者たちを躊躇いなく殺した。好漢も、悪漢も……兵器を手に取れば、拳を、掌を構えれば、殺した。

そしてとある虐殺事件が決定打となり、江湖、武林において、鳴鳳決殺《メイホウケッサツ》は無常鬼《しにがみ》の代名詞となった。

「そんなけったいな奴に、なんでまたぞろお前は殺されかかってるんだ？」

腕組みした殤《ショウ》不患《フカン》が口をへの字に曲げて聞いた。

「この男を殺したがる人間ならば呼び集めただけで行列ができようぞ。かくいう私もその一人だからな」

刑亥《ケイガイ》が鬼鳥《キチョウ》に秋波《ながしめ》を送った。艶《つや》の中には茨《いばら》の棘がある。

「おいおい、仲直りしたんじゃねぇのかお前ら……」

物騒な言葉に驚いて殤《ショウ》不患《フカン》が問うた。

「利害の一致は遺恨に勝る。だがあいにく誰もが私のように天刑《てんぎょう》劍《けん》に関心があるわけではない。殺無生《セツムショウ》と交渉できる材料は何もないだろうな」

殺したい——と憎悪を漏らしつつも、刑亥《ケイガイ》の口ぶりは至って冷静だ。利害云々よりも、魔族と人間では精神構造がまるで違うのではないかと、殤《ショウ》不患《フカン》は内心で首をひねる。

「怨恨《えんこん》が理由となると、やはり話し合いで笛を譲っていただくのは難しいのでしょうか……」

恨みは解くもの、縁《えにし》は結ぶもの——そうはいえども、心はままならぬのが世の常だ。恨み骨髄に徹す殺無生《セツムショウ》はその意味では人間らしいとさえ思われる。

殤《ショウ》不患《フカン》は丹翡《タンヒ》を見た——このお嬢ちゃん、本当に大丈夫かね——そして一行を見渡す。どいつもこいつも怪しいが、それだけに世間知らずのご令嬢を見捨てることがますます難しくなる。

「なあおい、何でみんなそう弱腰なんだよ？　あいつは鬼鳥《キチョウ》さんのお師匠から廻靈笛《かいれいてき》を奪ったんだろう？　だったらこっちも力尽くで奪い返せばいい話じゃん」

もっとも単純な男が、狭い部屋の中で槍を立てて意気込んだ。今にも飛び出して行きそうな勢いである。

意外にも、これに同調したのが刑亥《ケイガイ》だ。

「さっきはなぜ止めたのだ？　いかに相手があの鳴鳳決殺《メイホウケッサツ》といえど、我々が総出で攻めかかれば勝算はあったと思うが？」

命を狙われている張本人に水を向ける。

なるほど道理ではあった。

数に意味なし——と剣鬼は嘯けども、所詮は虚勢に過ぎぬという見方もある。間合いさえ守れば、槍、鞭、弓を相手に剣がつけ入る隙はないのが道理。

「まぁ腰が退けてた奴も一人いたけどな」

少々意地悪く、捲殘雲《ケンサンウン》は殤《ショウフ》不患《カン》へ皮肉を込めた視線を送った。

当の殤《ショウフ》不患《カン》は気に留めた様子もなく、顎先をいじくり回しながら考え事をしている。

「たしかに勝算もなくはなかったが鉄板とまではいくまいよ。そもそも我々の目的は殺無生《セツムショウ》を倒すことではない。亡者の谷と傀儡《くぐつ》の門を攻略するためにも、刑亥《ケイガイ》と狩兄には無事に魔脊山《ませきざん》まで辿り着いてもらわなくては困る。道中で怪我させるわけにはいかないんだ」

取りなすように鬼鳥《キチョウ》が割って入る。

「そりゃつまり、兄貴とこの妖魔さえ無事ならいいって話ですよね？」

若者は挑戦的な目つきのまま、兄貴分と妖魔を一瞥する。

「捲、何が言いたい？」

狩雲霄《シュウンショウ》が腕組みを解き、その眼光で舎弟を射貫いた。

「あいにく俺は魔《ま》脊山《せきざん》を越えるのに必要な役目を請け負ってるわけじゃない。迴靈笛《かいれいてき》を取り戻す上での賭け金が俺一人の命——ってんなら、文句はないんじゃないですか？」

おのれの命を賭け金にすることも、若者にとっては心躍る冒険か。

その眼に悲壮な決意はなく、ただ江湖へ漕ぎ出さんとする野望が燃えていた。

これぞまさに江湖の渡世の根本原理、名を揚げるには名高い奴を斃すに限る。

そして——この博打に張れる種銭は命だけだと相場が決まっていた。

「君一人で殺無生《セツムショウ》と対決するつもりかね？」

鬼鳥《キチョウ》はあくまでも淡々として、若き武芸者に値踏みするような視線を向ける。

「おい、莫迦言ってんじゃねえ！」

若き野望は、壮年には無謀にしかみえぬのか。殤《ショウ》不患《フカン》は苛立たしげに声を荒らげた。

「莫迦で結構。俺としちゃまたとない好機なんですよ。もしあの鳴鳳決殺《メイホウケッサツ》を真っ向勝負で仕留めたとなれば、俺の名は天下に響き渡る」

だが、野望が燃える熱さは江湖の古株たちの冷やかな視線などものともしない。

こういう火は、一度点けば燃え尽きるまで止まらないものだ。

燃え尽きれば残るは死灰。風に散るか、河に流れるか。

一握りの利け者だけが、野望の抜け殻を対価に、命脈を繋いで引退する。

江湖を流離う者は、誰しもこの火を持っている。

尻の青い小僧時代を生き抜いた古株たちも、いまだ熾火《おきび》を胸裡に抱えている。

火花を散らし、敵もおのれも灼く炎を——静かに赫《あか》く燃える熾火に変えて、胸裡に仕舞った者だけが江湖渡世で名を揚げる。

「その〝もし〟が叶わなかったら、死ぬんだぞお前」

打って変わってささくれ立った調子を抑え、殤《ショウ》不患《フカン》の声は沈痛の気を帯びた。

江湖とは、叶わぬ〝もし〟の吹き溜まりの異称だ。

命の灯火があっけなく吹き消され、野望の抜け殻が木枯らしに舞うところだ。

「死ぬ？　フン、そもそも俺には捨てる命がねえよ。江湖で無名のままだってのは、まだ生まれていねえも同然なんだ」

そして捲殘雲《ケンサンウン》の言う通り、命あっての物種と考える奴は元より足を踏み入れない場所だ。

命とは名誉、命とは武名、命とは手柄……その習いに承服しかねる江湖の古株というのは、奇妙なものだ。

だから殤《ショウ》不患《フカン》は奇妙な男だった。

「……俺もお前も、今ここで間違いなく飯食って、喋って、生きてるだろうが」

ただ生きることに命の尊さを見出すのは市井の凡夫の価値観だ。波風なく、穏やかで、満ち足りた暮らしに耐えられぬ者が、兵器を手にし、好んで鉄火場に足を踏み入れる。

江湖の好漢たり得る資格の第一は躊躇なく鉄火場へ飛び込むことにある。

その鉄火場にある男が、命を尊ぶというのは一体どういうことなのだ？

数多流れた血は、江湖の古株にも大悟の機会を与えたのか。

だが、男の眼は穏やかに燃えていた。

悟りを開いた老僧の、湧水のように澄んだ瞳とは全く違う。

この男の熾火は、瞳の中で燃えているのか。

烈日とは違う、温かな輝きだ。

氷雪が舞い、寒風が吹きすさぶ冬の夕暮れに、一仕事終えた馬丁たちが集って囲い、かじかんだ指先を揉みほぐす囲炉裏の熾火だ。

間違っても貴顕《きけん》が集うような場所ではない——むさ苦しく、狭苦しい安手の客桟にある囲炉裏だ。その代わり、どんなやつでも受け入れる懐の深さがある。

こういう眼をした男はそうはいない。

「あんたみたいな歳になりゃ諦めもつくかもしれねえがな。俺はただそれだけの生き方なんて御免だって言ってんだ」

若者の双眸は星のように耀《かがや》いて、渡世人の眼を真っ向から見返した。

野望に燃える新参者によくある眼だが、こいつの場合はひと味違う。

耀きだけでなく、流星の勢いまである眼だ。

生き残れば一廉の男になれる眼をしている。

だが、流星は火より明るく、風より速く、槿花《きんか》の寿命よりも儚い。

そして人々は流星が墜ちるものだと知っている。

「でも、一人で挑むなど無謀過ぎます……」

丹翡《タンヒ》は捲殘雲《ケンサンウン》の眼を見て言う。

時に女の優しさは、男にとってはつらいものとなる。

それが特に江湖渡世で売り出し中の男ともなれば……。

「俺だって一度刃を重ねた相手の力量くらいは測れますって。ぶっちゃけあいつ、衰えてますよ、裏社会で一番の使い手ってのも昔の話でしょ。初見じゃ危うかったかもしれないが、もう手の内は見えてる。いけますよ」

乙女の不安を押し流そうと、捲殘雲《ケンサンウン》の舌鋒はせわしなく動いた。

むろん、付け焼き刃ではどうなるものでもない。

丹翡《タンヒ》の表情は曇ったままだ。

「おい……この莫迦弟子に何か言ってやることはねえのか？」

殤《ショウ》不患《フカン》はまだ、流星を押し止めるのを諦めてはいない。

その眼光は狩雲霄《シュウンショウ》を照らす。

「一旦こうなると、こいつは何を言っても聞く耳持たん。無駄だ」

狩雲霄《シュウンショウ》は腕を組み直し、そっくり返って手を出すそぶりもみせない。

殤《ショウ》不患《フカン》は舌打ちをして、頭を振る。

「──情けねえ兄貴分がいたもんだ」

一座の雰囲気は再び険悪なものとなる。

ここでようやく鬼鳥《キチョウ》が再び口を開いた。

「君の提案はいわば博打だ。私としてはもう少し成算《せいさん》のある策で事に臨みたい。殺無生《セツムショウ》に挑むのは明日の朝まで待ちたまえ。私も今夜一晩は他の策がないか考えてみる。それでもお手上げとなれば──任せるよ」

捲殘雲《ケンサンウン》に歯止めを利かせつつ、その眼を見て受け入れるように軽く頷き、頼んだ。

こいつの眼に曇りはない。玻璃のように透明で奥の奥まで見通せる眼と、人の好さそうな笑み。

だが、いくら見通しても見通しきれない、深すぎて底の知れない瞳だ。

匠の手になる彫刻のような整った笑みは石像のように歪みがなく、作り物めいても見える。

刑亥《ケイガイ》が唐突に嘆声を漏らし、その掌が鼓《つづみ》を打った。

「おお、そうだ」

皆が視線を妖女に集中させる。

「実は死体の血液を硫酸に変えて爆発させるという術があってだな。生きているうちからこの男にかけておこう。さすれば殺された瞬間に敵もろとも木っ端微塵に……」

呪いでもかけるように捲殘雲《ケンサンウン》の輪郭を指でなぞり、顎先をくすぐるように誘う。

なるほど――妖魔らしい効果的な策である。

むろん、命を張るにしても最初から捨てて掛かるような物騒な策は御免被るのが人情だ。

「そういう策はいらねーっつうの！」

捲殘雲《ケンサンウン》は多少気後れしつつも、声を張って言い返した。

一方、丹翡《タンヒ》は物憂げに眉を顰《ひそ》め、沈思黙考していた。

く、と面を上げると、

「もし鬼鳥《キチョウ》様に策がないとなれば、それは万策尽きたも同然。その時は私も捲様に助太刀いたします」

決然として言い放った。

渓流が疾《と》く流れるように、若者は性急に論ずる。

「おいおい――」

という殤不患《ショウフカン》の制止を振り切るように、

「ま、本気《まじ》っすか？　俺のために？」

捲殘雲《ケンサンウン》は喜色満面、声音を弾ませて丹翡《タンヒ》に問うた。

「何を言っているのです？　迴靈笛《かいれいてき》は天刑劍《てんぎょうけん》の柄を取り戻すための要訣。それが非道な手段で奪われた上、穏便に取り戻すことも敵わぬとなれば、もはや覚悟を決めるしかありません」

若者二人の瞳には熱がある。

だが、その温度には隔たりもある。

丹翡《タンヒ》のそれは使命へ燃やす熱情だ。

「そ、そーっすよね！　合点承知です！　鳴鳳決殺《メイホウケッサツ》の野郎はこの俺がとっちめてやりますから！」

捲殘雲《ケンサンウン》は何かを誤魔化すように、作った力こぶを目一杯叩いて請け合った。

唐突に殤不患《ショウフカン》が立ち上がった。

「……付き合いきれねえ。勝手にしろ」

呆れた調子で素っ気なく言い捨てる。

先ほどまでただ一人熱心に若者を引き留めていたのが幻だったかのようだ。

そのまま背を向けると、一座を一瞥もせずに室を出る。

「ったく、なんでぇ——感じ悪い。あいつだって迴靈笛《かいれいてき》がなきゃ七罪塔《しちざいとう》まで辿り着けねぇってのによ」

その背中に向かって捲殘雲《ケンサンウン》がこれ見よがしに舌打ちをぶつける。

それを黙って見ていた鬼鳥《キチョウ》は、殤《ショウフ》不患《カン》が去ってから、改めて捲殘雲《ケンサンウン》を見据えた。

「いいかね、念を押しておくが朝までは待つのだぞ。私としても少しは考える時間が欲しい。正面切って殺無生《セツムショウ》と戦うのは、あくまで最後の手段だ」

諭すように言い聞かせた。

「へいへい」

若者が馬耳東風といった風情で聞き流しているのは明らかだが、鬼鳥《キチョウ》はそれ以上は何も言わない。

代わりに刑亥《ケイガイ》が若者にすり寄って囁く。

「他にもあっと驚く残虐な術を色々と仕掛けてやろう。明日は朝一番で私に声をかけるのだぞ」

毒々しい脂粉《しふん》の香りが血気盛んな若者を濃い霧のように包む。

「謹んでお断りするぜ!」

それを振り払うかのように捲殘雲《ケンサンウン》は掌を振り、愛用の槍を抱えるように縮こまった。

はたして一行は互いの懐を相も変わらず探っている。

話し合いが始まった時、彼らの想念の向から先は冷酷非情の剣鬼だった。

だが、今は……。

男の出て行った戸口を鬼鳥《キチョウ》が静かに見つめている。物思いに耽る態だ。

丹翡《タンヒ》の視線は、鬼鳥《キチョウ》と戸口とを行きつ戻りつする。

鋭眼穿楊《エイガンセンヨウ》の眼光は手にした猪口《ちょこ》に注がれているが、その想念はまた別だ。

刑亥《ケイガイ》は喜悦を滲ませて、おのれが編み出した邪悪な呪法を指折り数えている。

捲殘雲《ケンサンウン》は顔を背けたまま、眼の端で戸口をちらと見やる。時にある種類の男は、他人から親切にされること、優しくされることに、ひどく臆病になる。そういう男は、弱みを見せることは自尊心を傷つけることだと思っているからだ。

江湖の人士に独立の気風強く、彼らが手を携えることは砂丘に針を摑むに等しい。無頼の社会において自由と誇りを保障するのはおのれの腕一つ、裏を返せばおのれの腕のみを頼りにする者だけが江湖に拠《よ》って立つ。

海闊従魚躍、天空任鳥飛——海、闊《ひろ》くして魚の躍るに従い、天、空《くう》にして鳥の飛ぶに任す。

江湖の懐は深く、広い。しかしそれは、足がつかぬほど深く、岸辺が見えぬほど広いことを意味する。自由と誇りの代価を払える者だけが、旅の果てを見る。

＊

刻は三更、月は十三夜月。星は満天、地に庭園。

東屋《あずまや》に独り、剣鬼在り。庭門に独り、浪人在り。

酒楼、桂花園《けいかえん》は平生の賑わいが失せ、墓場の閑けさに包まれていた。

杯に酒を注ぐ音、酒を啜る音、それらを除けば、星が瞬く音さえ聞こえそうなほどに静かだ。

鳴鳳決殺《メイホウケッサツ》の呑む酒は常に苦い。一人きりで呑む酒は苦くならざるを得ないからだ。人の居る、酒楼ならいい。だが、本当の独りで呑む酒はどうしようもなく苦い。

人が酒を呑むのは、酒で心の器を満たしたいからだ。その空白は酒だけでは満たせないものだと皆、分かっている。だから孤独なものは酒楼へ行く。酒楼に行けばどんな奴でも隣で呑む酔っ払いを得られるからだ。

だが、此処には誰もいない。

「……やはりな。来るとすれば貴様だと思っていた」

だが、この男が来た。素性の知れない風来坊、殤不患《ショウフカン》が。

誰も寄せつけない男と、寄る辺なき風来坊。

緊張の気配なく杯を傾ける殺無生《セツムショウ》の向かいで、殤不患《ショウフカン》が断りもなく床几に腰を下ろす。

対聯《ついれん》のように似合いで、対聯のように対照的な二人だ。

風来坊の眼光と同じく、その言動は槍のように真っ直ぐだ。

「明日の朝一番で俺の連れがあんたに喧嘩をふっかけに来る。あんたを相手に勝ち目があると思い込んで——な」

風来坊は卓上から勝手に酒を取って、これまた勝手に取った杯に注ぐ。

幸い、酒も杯も肴も卓の上に一晩に充分な量が配されている。

ただし、こいつは無常鬼《しにがみ》の酒だ。

剣鬼は微笑んだ。

血を啜るのが愉しみなのか？

それとも、地獄に呑み仲間が珍しいからか？

「それはまた勇ましい話だ」

剣鬼は笑みを残したまま、酒杯に口をつける。

風来坊は怒りに任せるように、酒を一息で飲み干して、

「そもそもあんたがすっとぼけた真似をしたせいだ。昼間、無垠寺《むぎんじ》であんたわざと手を抜いて戦っただろ。相手が舐めてかかってくるように」

代わりに言葉を一息で吐き出した。

酒杯が卓に叩きつけられる。

「さて、何のことやら」

卓と陶器の喧嘩する硬い音を聞いても、剣鬼の笑みは崩れない。

風来坊は呑まねばやっていられぬとばかりに、零れるほど杯に酒を注ぐ。

「わざと話を拗《こじ》らせるような真似しやがって。そんなに人が斬りたいか」

こういう質問をするのは命知らずか、物知らずだけだ。

今朝も一人、老人が死んでいる。

「よりにもよってこの俺にその問いか。貴様は鳴鳳決殺《メイホウケッサツ》の綽号《とおりな》を知らんのか？」

剣尖の如き眼光が風来坊を刺す。

だが、剣鬼の眼光も、世間の冷たい風に慣れた風来坊にはそよ風も同じだ。

「ああ知らん。結構知れ渡ってるって話だけは――聞いたがな」

一瞥だけ返すと、手中の杯を見つめてこねくり回す。

殺しの技に長けた奴から目を離すのは、よほどの度胸の持ち主か、間抜けだけだ。

ついに、くつと剣鬼の喉から笑いの音が漏れた。

骸骨が笑うように不気味な笑いだ。

「何が可笑《おか》しい」

風来坊は不機嫌な顔になって剣鬼を睨めつける。

鳴鳳決殺《メイホウケッサツ》の目の前で、表情を次々に変える奴は珍しい。

剣鬼はこの一年、緊張に由来する仏頂面か、恐怖に震える顔しか拝んでいない。

「まあ愉快な気分にもなるさ。こうして誰かと差し向かいに卓に着くのも久しいのでな」

剣鬼が人食い虎のような笑みを浮かべる。

こういう笑みの前では、豪胆な奴以外、おのれ自身が卓の上に並べられた料理みたいな気分にならざるを得ない。

風来坊から不機嫌が消え去り、奇術を初めて見た餓鬼のような表情が浮かんだ。

「よほど人付き合いが悪いのか？　あんた」

風来坊の驚き顔――こんな無邪気な顔を見るのは剣鬼の方も餓鬼の頃以来という代物だ。

「なにぶん名を轟かせすぎた。この酒楼とて、普段ならこの時間でも満席の客で賑わっているそうだ。ところが鳴鳳決殺《メイホウケッサツ》が逗留していると知れ渡っただけでこのざまだ」

自嘲の言葉と声音だが、堅気の人間にとっては脅しとしか聞こえないだろう。

鳴鳳決殺《メイホウケッサツ》の威名に恐懼《きょうく》する者はそれほど多い。

「よく楼を叩き出されないな」

相変わらず不思議そうな面で風来坊は辺りを見回した。

当然どこにも人影はない。目端の利く奴も、そうでない奴も、庭園からはとっくに逃げ出した後だ。

「楼主も俺に文句を言えるほどの度胸はない。まあ、不憫だから貸し切りの宿代を払ってやったがな」

剣鬼は酒肴の皿から黒瓜子《ヘイグワズ》をつまむ。

硬い殻を指先で卵のように容易く割って中身を口に投げ入れる。

「そこまで気前がいいのに嫌われるってのは余程のもんだな。あんたの悪名は」

風来坊は合点がいった様子で二度三度と小刻みに頷く。

「うむ。貴様とて俺の逸話をひとつでも聞いたことがあれば、こうも真っ向から話しかけようとは思わなかったであろうさ」

剣鬼が空になった黒瓜子《ヘイグワズ》の殻を握り、開く。

軽く握ったようにしか見えなかったが、歯と顎を難儀させるほどの硬い殻は文字通りの粉微塵となって夜風に吹き散らされた。

この力で握られた剣が恐ろしい斬撃を産み出すことを疑う者はいないだろう。

「あいにく旅の者なんでね。この国に着いてまだ日も浅い」

風来坊は視線を酒肴の皿の上で彷徨わせながら言った。

「生国《しょうごく》はどこだ?」

剣鬼が問う。

「西幽《せいゆう》だ」

風来坊が間髪を容れず返す。

「西幽《せいゆう》？　鬼歿之地《きぼつのち》を隔てた彼方から？」

思いも寄らぬ答えに、剣鬼が漏らした驚きの声は真実の響きがあった。

窮暮之戰《きゅうぼのせん》の最末期、魔神の呪詛によって鬼歿之地《きぼつのち》が生まれ、萬輿《ばんこう》が東離《とうり》と西幽《せいゆう》に分かたれて以降、二国の間を生きたまま往来した者がいないのは世の常識である。

「――ああ」

至って真剣な表情で答える風来坊に、剣鬼の方が耐えきれず、笑いを破裂させた。

「ははは ッ――冥府の河を遡ってきたとでも言う方がまだ冗談としては笑えるな。どうやってあの呪われた荒野を渡ってきたのだ？」

弾けるような笑いを受けても、風来坊の真剣な表情は崩れない。

「持って生まれた二本の足で、な」

剣鬼は真顔に戻って問う。

「それこそ冗談では？　人間業ではあるまい」

鬼歿之地《きぼつのち》は、底知れぬ谷から濃密な瘴気が噴き出し、異形異類の化け物や人喰いの悪鬼が跋扈《ばっこ》する涸れた荒野だ。そこを渡るなど、考えるだけでも正気の沙汰ではない。

「まあ確かに……まだ足が二本とも揃ってるのは奇跡みたいなもんかも知れん」

風来坊は掌を上に軽く両手を挙げ、剽軽に片眉を持ち上げた。

「もしそれが真実なら、俺の名を知らんのも道理だな。俺も西幽《せいゆう》から来た男と出会ったのは初めてだ」

ふと剣鬼から自然な笑みが漏れる。あるいは単なる呆れだったのかも知れない。

「別に俺の話はいいんだ。いま相談したいのは、あんたの手元にある迴靈笛《かいれいてき》のことだ」

声音はにわかに真剣さを帯び、風来坊の上半身がわずかに卓上に乗り出す。

「ほう？」

剣鬼はわずかに背筋を反らせ、杯に満たした酒の香りを愉しむ。

「あんたと鬼鳥《キチョウ》との間に何があったのか知らないが、あいつへの遺恨を晴らすには別の手段を探してほしい」

風来坊の瞳孔が収縮する。

強靫な意志の宿る瞳。真っ直ぐで外連《けれん》のない眼だ。

「鬼鳥《キチョウ》……フン、奴はいまそう名乗っているのか」

剣鬼は吐き捨てるように言った。

「どうなんだ？」

不機嫌な物言いにも動じず、風来坊は静かに問う。

「こと逃げ足の速さとなるとあの男は神がかっている。確実に殺すためには、奴が決して俺を避けて通れなくなるような手立てを講じるしかない。そこでこの笛だ。ようやく摑んだ切り札を、みすみす手放すわけにはいかん」

冷月のように凍てついた眼光が風来坊をにらみ返した。

「その笛には、もっと重要な価値があるんだ。あんたとは何の関わりもない所でな」

ああ、この男は――風来坊は何故このような顔をする。

付き合いきれねえ。勝手にしろ――と、そう斬り捨てて背を向けたその陰に、こんな顔を隠していたのか。情を隠していたのか。

怨恨の根は深く、復讐の念は堅い。世は無情のことばかり。

だが――だが！　世の無情に、否と言う男がいる。

理由はどうあれ、戦いを避ければ臆病と謗られ、誇りを捨てたと侮蔑される江湖で、敢えて話し合いに臨む男がいる。

突きつけられた槍を呑み、向けられた剣を抱擁し、叩き込まれた拳を掌で包む男がいる。

こういう懐の深さを持った奴は、近頃めっきり少なくなった。

「むしろ問いたい。貴様は本当に話し合いでけりがつくと考えてここに来たのか？」

剣鬼の冷笑にちらりと、しかし隠しようもない嫌悪が走った。

何故だ。

こいつには分からないのか？

目の前にいる男の義侠心が。

友誼《ゆうぎ》を結びたいと思わないのか？
瞳の奥に刃を隠し、人目を避けて義を行う男と。
……剣鬼の眼は人殺しの眼だ。
殺しを何とも思わない奴は、情を憎んでいる。
人に血もあれば情もあるという道理には、否を突きつけなければ気が済まない。
人は血泥《けつでい》の詰まった頭陀袋《ずだぶくろ》に過ぎぬ――そうであらねばならぬ。
世は無情で、命に毛ほどの価値もなし。
剣尖のような双眸がそう断じていた。
そして、血を啜るように酒杯を傾ける――。
破裂――!!
剣鬼の手にした酒杯が、唇に触れる寸前で弾けた。
大気が音を立てて凍りついた。
殺気だ。殺気が満ちた。
風来坊が擲った竹箸が、飛箭《ひせん》と化して酒杯を砕いたのだ！
眼にも留まらぬ早業。だが、剣鬼の双眸は月光を掠める細い影をはっきり認めていた。
二人きりの酒宴が、殺戮の舞台と化すか。
剣鬼の眼光――殺しの照準が定まった時、風来坊の貌に悪童めいた笑みが広がった。

風来坊はおのれの酒杯を卓の端に寄せてそっと置く。

分かるだろう——とばかりに……。

或《あ》る、不遇な詩人がいた。最後は発狂して死んだ男だ。

そいつはこんなことを言っていた。

——真の男が好むものは二つ。そいつは危険と遊びだ。そして男が女を好むのは、戯具《おもちゃ》の中で女がいちばん危険だからだ。

此処に女はいない。

いるのが男二人なら——危険な遊戯に興じるしかない。

そういう道理は口で説明できるものではない。

こういう時の遊戯の規則は、暗黙のうちに了解される。

誇り高い男だけが遊戯に興じる資格を持つ。

誇り高い男ならば遊戯を挑まれたら逃げられない。

遊戯の賭け金は誇りだ。勝った方が負けた方の意に従う。

遊戯を挑まれて、卑怯未練の者だけが規則を破る。

遊戯に取り決めが必要ないのは、誇りを共有できる者だけが参加者だからだ。

粉砕——!!

風来坊が卓上の端に寄せた酒杯が砕け散った！

剣鬼が、掌中の黒瓜子《ヘイグワズ》に勁力を込めて狙い撃ったのだ。

肩の力みは、殻を割って種を食う時とまったく変わらない。

双方の暗器の腕はこれで知れた。相手にとって不足なし。

遊戯を受けて立ったからには、誇りを穢せば自刎《じふん》する覚悟がある。

好漢も、悪漢も、真の男なら、命は捨てても矜持は捨てられないからだ。

杯を砕き、無常鬼《しにがみ》も笑った。

だが、この笑みを知る資格があるのは猛禽と戯れる胆力があるやつだけだ。

ここにそんなやつは無精髭の風来坊一人だけだ。

剣鬼が酒杯を放った。

軽く突き出した靴先でおのれが放った酒杯を受け止める。

風来坊には、卓の陰からわずかに飛び出した爪先とその上に酒一滴零さず収まった酒杯が見えている。

卓上の筒には予備の竹箸がぎっしり詰まっている。

風来坊が軽く卓を叩くと、竹箸が一本跳ね上がる。

次の瞬間には空中の竹箸が消え、爪先の酒杯を貫通して止まっていた。

注がれた酒は一滴も零れていない。

風来坊の手の閃きは疾風《かぜ》より速く、疾風《かぜ》より捉えにくい。

相変わらずの悪童めいた笑み。

風来坊が酒杯を東屋の外に放った。

東屋の外、庭園の中央には太湖石——穴だらけの奇岩が鎮座している。

その太湖石の穴の一つに、酒杯は音を立てることもなく収まった。

穴は昏い。

穴に酒杯が収まるところを見た。穴に酒杯が収まっているのは間違いない。

だが、視《み》えないものは視《み》えないのだ。

剣鬼の指が黒瓜子《ヘイグワズ》をつまむ。

手の甲が筋張り、親指のつけ根の肉が盛り上がった。

黒く硬い種が、飄と風を切って疾《はし》る。

太湖石の中——昏い穴の奥で、酒杯の砕ける音がした。

奇岩から染み出す酒滴。夜風が酒香を運び、情景を知らせる。

視《み》えなくとも、分かるものは分かる。物を視《み》るのに使うのが眼だけとは限らないからだ。

剣鬼が双剣の一振りを鞘込めのまま背から抜いた。

鐺——鞘の先端に酒杯を載せる。

剣柄を握り、東屋の外に向けて振ると、酒杯を載せた鞘が滑り、抜け落ちる寸前で止まる。鐺と酒杯だけが屋根の下にない。

剣鬼が力を込め、手首の撥条《ばね》を利かせると酒杯が跳ね上がり、天に消えた。

ただ東屋の屋根に何かが落ちる硬く小さな音がした。

一振りの剣はすでに剣鬼の背に戻っている。

次の標的は屋根を隔てた頭上にある。

どうする。屋根を力任せに突き破るのか？

矜持のある男なら、そんな真似は出来ない。

風来坊はいつの間にか竹箸を一本抜き出していた。

その指が竹箸の輪郭をそっとなぞる。

つうっと薄紙のようなくずが削り出される。

万力のごとき指が竹箸を締めつけ、鉋《かんな》で削るように形を整えているのだ。

真っ直ぐだった竹箸が妓女の柳腰を思わせる滑らかな曲線を描いている。

屈折した竹箸を風来坊が差し出すようにそっと投擲する。

静かに込められた内力が回転を加え、剣鬼の横顔を掠めて闇の奥へ飄と飛び去る。

剣鬼は風圧にも眼を閉じることなく、身じろぎ一つしない。風来坊の肩口を視《み》るだけで、軌道の予想には事足りる。

風切り音が戻ってきた。

剣鬼は振り返らない。

風切り音は飄々と頭上を行き過ぎる。

硬く、小さな物が倒れる音がした。頭上からだ。

何かが転がる音。

再び、風切り音が戻ってくる。今度は風来坊の背後からだ。

屋根から酒杯が転げ砕け散るのと、風来坊が風切り音を片手ではっしと摑むのはほぼ同時だ。

「……面白い」

「そうかい。そりゃ良かった」

何気ない、友人同士の会話に聞こえる。

内実はまるで違っている。

剣鬼が面白いという時、それは斬り甲斐があるという意味だ。

風来坊が良かったというのは、楽しい時、人は人に優しくなれるからだ。だが、殺しは好かない。

「どうした。貴様が始めた遊戯だろう。続けんのか？」

「いや、なに――地面ばかりに酒を吞ませるのも業腹《ごうはら》でな」

風来坊は気っ風よく酒杯を干す。

再び酒杯を満たす。

満ちた酒杯を庭園に放る。

酒杯は山なりの軌道を描き、仔牛ほどの大きさの庭石の裏へ着地する。

「こいつは面白いか？」

向き直った風来坊が笑う。

「ああ――面白い」

剣鬼は岩の裏に隠れた酒杯に視線を向ける。

視線は岩を徹すようだ。

黒瓜子《ヘイグワズ》は箸とは違う。指で削って回旋鏢《かいせんひょう》に仕立てるわけにはいかない。

得物を変えれば、兵器の見立てで劣ったと見られても仕方あるまい。

この難題に剣鬼は顔色一つ変えない。

風雅に酒香をくゆらせて愉しみ、そして酒杯を干した。

「確かに。こいつは銘酒だな」

剣鬼の親指が黒瓜子《ヘイグワズ》を弾いた！

種子が風を切って庭石の上空を飛び去る瞬間、白い影が黒い種の軌道を変え、岩の裏で酒杯が砕ける音がした。

剣鬼の手から空の酒杯が消えている。

白い影の正体は酒杯だ。

先に弾いた黒瓜子《ヘイグワズ》を、後から擲った酒杯が追い越したのだ。

逆さに飛んだ酒杯が黒い種を迎え入れ、陶器の滑らかな曲線が闇の奥へ飛び去ろうとする黒瓜子《ヘイグワズ》の軌道を変えた。

そして種子は岩に隠れた酒杯を砕いた。

起こった事実は単純だが、速度の違う二つの暗器を投擲するのは武林にも稀な絶技だ。

酒杯ではなく人が的なら、先に擲たれた暗器に眼を晦まされ、後から飛んだ暗器に撃たれることになる。

これ一つで江湖に名を馳せることも出来るほどの暗器術も、剣鬼にとっては殺しの前の余興に過ぎないのか。

だが、男たちの遊戯はどちらかが負けを認めるまでは終わらない。

そして男というものは負けを認めるのが何よりも嫌いと来ている。

剣鬼が投げた酒杯を風来坊が竹箸で木に縫い止める。

風来坊が四方に放った酒杯がまったくの同時に、剣鬼の擲った種子で破裂する。

杯が飛び。箸が飛び。杯が砕ける。

杯が飛び。種が飛び。杯が砕ける。

虐殺の犠牲となった酒杯と箸と種子の残骸が、桂花園《けいかえん》自慢の中庭を汚した。

まったく甚だはた迷惑な奴らだが、二人とも真剣だ。

一歩とて対手に譲るつもりはない。
酒杯を干し、酒肴をつまみ、腕を振るう。
だが、無常迅速――時の流れは留まることを知らず、森羅万象に限り有る。
竹箸は尽きた。黒瓜子《ヘイグワズ》は尽きた。酒杯は尽きた。
庭園に酒香が満ちた。
二つの腹に収まった酒よりも、庭園が飲み干した酒の方が多いからだ。
こいつが意味するところは……。
決闘の機が熟した。
言ったはずだ。こいつは危険な遊戯だと。
引き分けで終わらせられるほど、生ぬるい遊戯ではない。
博戯は確かに遊びだが、賭博場での刃傷沙汰は日輪が東に昇り西に沈むが如し。
一天地六が勝負を決められなければ、必然的に刃が決めることになる。
「なかなか愉しめた。だが、遊びは終わりだ」
剣鬼がゆらりと立ち上がった。
風来坊は苦い顔だ。今度はこの男が呑む酒が苦くなったのか。
「脅かすなよ」
風来坊は床几に腰掛け、片足で胡座をかいた姿勢のまま、わずかに俯いている。

「驚いたのは俺の方だ」

剣鬼は庭園を見回して言った。

辺りには砕けた酒杯が白骨のように転がっている。

「互いに殺すつもりでやらねばこうはならんさ」

剣鬼の眼が屍《しかばね》を見るように砕けた酒杯を見た。

「遊びと殺しの区別もつかねえのかい？」

「真剣に遊ぶから面白いのではないか？」

剣鬼の鋭い返しにも、風来坊は眼を伏せている。

眼光を鞘から抜けば、殺し合いは避けられぬと悟っているのか。

「……勝負は鞘を払うところから始まる、というなら三流。どちらかの殺意が契機、というなら二流だな」

剣鬼の遊びはもはや殺しに変わっている。

「俺はまだあんたと事を構えると決めたわけじゃない」

風来坊の眼光が鞘から抜かれた。

二対の双眸が視線の鎖で繋がれてかち合い、火花を散らす。

「剣の道は必然の探求。いずれ斬る者とは巡り会ったその時からすでに勝負が始まっている。そう弁えた者だけが一流だ」

剣鬼にとって、すべては殺しの延長線上に過ぎないのか。

「だから遊戯に付き合ったのか？」

――遊戯の果てに、殺し合いが待つと知っていたからか？

剣鬼は答えない。だが、剣鬼の眼は答えている。血に飢えた双眸で答えている。

「なにが一流だ。そんな奴は成り行きに流されてるだけじゃねえか」

風来坊は吐き捨てた。

殺し殺されが必然などという道理こそ、この男がもっとも蔑むものだ。

そしてこの男が心得るのは、道理は覆されるためにあるという道理だ。

「必然の運命に抗えるなどと思うのは、そもそも運命を見通せていない愚か者だけさ」

剣鬼が冷笑で返す。

「あんたか、俺か。どっちかが死ぬべきだと納得できないかぎり――俺は刀を抜くつもりはねえ」

風来坊は頑として首を縦に振らない。

だが、剣鬼には分かっている。

刀など抜かなくともこの素性不明の男が殺しに不自由しないことを。

「ならば今すぐ帰るがいい。そして俺は明朝のこのこやってきた莫迦どもを斬る」

愉快そうに剣鬼が笑う。

鬼鳥《キチョウ》一行の急所をこの手に握った以上、運命は袋小路と見定めている。

刃の前に首を連ねる順番が、少しばかり変わるだけだ。

風来坊の目に一瞬だけ火が灯った。

一瞬の揺らめきでも、想像はつく。怒りの火だ。

「フフフ、そんな道は選べまい。お前という人間はそのように出来ている。故にすべては必然なのだ」

そう言って、剣鬼は躊躇いもなく双剣を抜き放った。

卑怯――とは思わない。

無手でだらしなく座っている目の前の男に、容易く斬り込む隙などないからだ。

殺しの詰め将棋が難しいほど、剣鬼の気力は漲る。

こいつを解けば剣理の深奥にまた一歩近づける。

斬っても、斬られても、そいつは新たな剣理の発見だ。

だから斬り出のある薪雑把《まきざっぽう》を前にして、剣鬼の笑みは深まる。

「貴様はな――俺を一目見たその瞬間から、いずれ刀を抜く羽目になると悟っていたのさ。その予感に納得できる理由付けがほしくてここに来た。話し合いだと？　そんな言い訳で自分を誤魔化すのはよせ」

剣鬼の視線が鞘に収まったままの刀に突き刺さる。

殺し合いが始まっても、頑なに刃を見せない刀だ。

「あんた、迷うことはないのか？　間違いを恐れて躊躇うことは？」

怒りの火が消えた後、風来坊の眼に別の光が灯った。

あたたかで慈しみのある優しい光だ。

当然、哀しい眼だ。

哀しみを知らない傲慢な奴の眼に優しい光は灯らないからだ。

「ないな。心に湧いた疑いは即座に晴れる」

剣鬼の瞳に昏く冷たい輝きが灯る。

双眸は双剣の刃を恍惚と見つめている。

この氷のような輝きは、冷月を刃が照り返したものが瞳に映った光だ。

殺ししか知らない男の眼にふさわしい光だ。

「そも俺が気にかける事柄はただひとつ。そのとき目の前にいる相手が俺の剣に見合う敵手かどうか。そして気にかけた次の瞬間には、俺の足下に屍《しかばね》がひとつ転がっている。故に剣を究めてより十五年。悩み事に煩わされたことは一度もない」

剣鬼の声がわずかに震えて聞こえたのは何故か。

双剣はあらゆる敵を屠《ほふ》ってきたというのは本当か？

だが、風来坊はくだらないことを聞き返すような野暮はしない。

「そうかい。なんとまあつまらねえ人生があったもんだ」

答えは刃に宿る。

風来坊が抜刀した。

刃は冷月を照り返さない。くすんだ銀色には温かみはあれど、利刀には見えない。

だが、剣鬼は承知している。さきほどの遊戯から学んでいる。

この男は兵器を選ばない。

「──抜いたな」

剣鬼の背筋を熱い歓喜が貫いた。

剣の道を歩く時、この冷たい男にも人並みに血潮が通う。

「ああ。莫迦なりに必死で生きてる奴と、生きていようが死んでいようが大した違いもねえ奴と──どっちの命を拾うべきかで考えた」

二人の間に挟まれた卓と床几は剣気に切り刻まれて塵になりそうだ。

「そういう無駄な回り道は刃を鈍らせるだけだぞ。勝ち抜くためには、もっと運命を簡潔なものと観念しろ」

剣鬼の瞳に殺意はない。

純粋な求道者の眼だ。殺しは結果、剣鬼が求めるのは原因──即ち〝斬撃〟だ。

こういう眼をした奴は際限なく殺す。

理想に至る道筋の、無数の殺しは塵芥よりも眼に入らないからだ。

「運命なんぞ知ったことじゃない。俺が選んで、俺が斬る。俺の意志、それが俺の刃だ」

心に刃があれば、運命なぞは斬り開ける。

風来坊の信念だ。この信念そのものが、利刀宝剣より切れ味鋭い刃だ。

そういう理屈が分かるのは、武林の高手でも一握りに限られる。

「最後にひとつ聞いておく。掠風竊塵《リョウフウセツジン》という綽号《とおりな》を耳にしたことは？」

またしても掠風竊塵《リョウフウセツジン》！

影のように形がなく、影のようにまとわりつく名だ。

「知らねえよ。さっきも言ったが、まだ東離《とうり》の事情にゃとことん疎いんだ」

だが、風来坊には関係ない。

過去を持たない男は、影を持たない男と同じようなものだからだ。

誰にでもある物を持たない奴は、何者よりも測りがたい。

影を持たない男は、影そのものよりも不気味に見える。

「フフフ、やはりか。何も知らずに踊らされているとは憐れな奴よ」

同病相憐れむ——確かにこの時、剣鬼が浮かべた笑みは、そう呼ばれるべきものだった。

「どういう意味だ？」

剣鬼の貌に走ったらしからぬ色。風来坊の瞳に疑念が浮かぶ。

「気にするな。どのみちここで死んでしまえば何の憂いもあるまいさ」
迷いを捨てた男と迷う男。
単純な男と複雑な男。
相容れないのならば、どちらかが江湖の露と消えるのみ。
「憂うさ。俺は死ぬ気なんぞないんでな」
風来坊は、よく笑う男だ。
浮世の寒風に晒されても、笑みを忘れない男。
こういう男は心得ている。
因剣而生、因剣而死——剣を執る者は、剣に因って死ぬ。
「ならば存分に揮《ふる》ってみせろ」
剣鬼の笑みは凄惨だ。
剣人の哲学は単純だ。
有剣就有人、剣亡即人亡——剣有ればこそ人も有り、剣亡ぶれば人も亡ぶ。
……人と共に生きる男と、剣と共に生きる男。
片方は剣に人ばかりかおのれも捧げた男だ。
だから剣もこいつを愛する。血腥い愛だ。
血を捧げる限り、剣はこいつを裏切らない。

片方は人におのれを捧げる男だ。
だから人もこいつを愛する。友情があれば他に何もいらない。
こいつの気骨は剣を弾き、心の刃で鉄をも斬る。
二対の双眸が光る。
四つの瞳孔が収縮し、必殺の間合いが凝縮する。
互いに、違う世界に生きている。
言葉を交えてなお交わらず。
酒杯を重ねてなお重ならず。
ならば——刃を嚙み合わせるしかない！

今朝啼鳥訴生死，眾生執迷：江湖宿命無人悟，一劍終末。
（鳥啼生死を告げてなお、俗衆生に執迷す。江湖に宿命悟る者なき故、一剣にて終末をもたらそう）

相討つ間合いに剣鬼が踏み込んだ！
二つの異なる世界が交われば、どちらかが滅ぶは必定なり。
裂帛の気合いが剣鬼に膨れ上がる。
剣尖のような双眸が、双剣を送る軌道を見極める。

風のごとく捉えどころない剣気が風来坊に漂う。
この風は一羽の蝶の瞬きさえ捉え、旋風を起こすと知れている。
立会人は十三夜月、舞台は酒楼桂花園《けいかえん》。
月が満ちるより早く、刻が満ちる。
酒香に釣られて、血臭の予兆がたばしる。
飢えた大地は酒だけでなく、血を求めた。
満腔《まんこう》の気魄！　剣光が虹を引いて疾《はし》る。
泰然の禅機！　刀光が銀を散らして迎え撃つ。
交叉——双剣が肩口に食い込み、剛刀が胴を薙ぎ払った！
静寂。
滴る水音。
甘い香り。
血臭を嗅ぎ慣れた二人の決闘者が違和感を覚えたのは同時だ。
刃を叩き込んだはずの敵手が、煙となってほどけ、夜風に吹き散らされる。
両断された卓と床几、勁力の余波を受けて砕け散った酒壺。
滴るのは血ではなく、酒だ。
「む——!?」

「は——ッ⁉」

両者ともに、この幻惑香を知っている。

謀られた——と気づいた二者が互いに振り返れば、陰から白い影が姿を現した。

悠然と煙管を吹かす麗人——鬼鳥《キチョウ》だ。

紫煙をくゆらせ、歩み出た。

煙管の先で斬断された卓を示す。

「やれやれ……お前たちは卓と床几に何か恨みでもあったのか？」

やわらかで信用ならぬ笑みが、充満した殺気を吹き払う。

「幻惑香か！　おのれッ、またしても——ッ！」

沸騰した怒気が殺無生《セツムショウ》の喉まで溢れ、言葉にならぬ。

内功を巡らし、脳の芯を痺れさす残り香を解毒する。

「鬼鳥《キチョウ》！　てめえまた妙な技仕掛けやがったな！　何のつもりだ⁉」

殤不患《ショウフカン》は刀を鞘に収めた上で、奇術使いを指弾した。

「さっきまで殺し合いは気乗りしないとぼやいていたのはお前では？」

驚いた——とでも言うように鬼鳥《キチョウ》が問う。

「あン？　まあ、そりゃあ……」

確かに——殺しは望むところではない。

謀られた怒りと、決闘の仲裁という理がせめぎ合い、殤《ショウ》不患《フカン》は逡巡した。

「無生も、狙いの獲物は私だろう？　節操なく標的を変えるもんじゃない」

鬼鳥《キチョウ》がゆるく掲げた煙管の火皿で殺無生《セツムショウ》を指した。

殺無生《セツムショウ》の震える切っ先が鬼鳥《キチョウ》の喉笛に向けられる。

殺意が有形の圧力と化して辺りを払う。

「貴様がどんな幻覚を操ろうと──今度ばかりは誤魔化されんぞ！　俺は何があろうとこの笛を手放さぬ。そして近寄ってきた奴を誰彼構わず斬り捨てる。さあどうだ？　これでも俺を出し抜けるか？」

怒り、殺意、嘲笑……負の感情が噴出する。

殺無生《セツムショウ》の過剰な警戒は、恐れととられかねないほどだ。

砕けんばかりにぎりと握りしめられた迴靈笛《かいれいてき》を流し見して、鬼鳥《キチョウ》が言う。

「いや、迴靈笛《かいれいてき》は差し上げよう。我が師の形見だ。大切にしてくれ」

鷹揚に両手を広げ、人好きのする笑みを浮かべる。

この笑みにほだされる人間は多い。

「な──なにいッ⁉」

殤《ショウ》不患《フカン》は驚いて目を皿にした。

「考えてみれば、笛が誰の手元にあろうとも、闇の迷宮で道案内さえしてくれるなら問題はないわけだ。幸い、お前は演奏も達者なようだし……。どうだ？　ひとつ魔脊山《ませきざん》まで一緒に行こうじゃないか」

驚くべき誘いも、鬼鳥《キチョウ》の口から出れば茶館で一服を提案するように何気ない調子だ。

「貴様、気は確かか？」

殺無生《セツムショウ》の瞳に疑念が漲る。

「もし我々が無事に闇の迷宮を突破できたら、そのときはこの頸《くび》をお前に差し出そう」

鬼鳥《キチョウ》がにやりと笑い、おのれの首筋に手刀を当てる。

殺無生《セツムショウ》が涸谷《かれだに》のように乾いた哄笑を響かせた。

「──随分と思い切った取引じゃないか」

殺無生《セツムショウ》の眼は笑っていない。

笑いも、眼も、渇いている。

「……天刑 剣《てんぎょうけん》とやらの一件、お前にとってはそこまでする価値があると？」

低く獣が唸るように殺無生《セツムショウ》が問うた。

「いつだって、私はやると決めたことはやり遂げる。それだけの話だよ」

鬼鳥《キチョウ》──この男は易く請け合う。だが、実行する時は餓狼《がろう》よりも執念深い。

「良かろう……俺も興が乗った。近頃噂の森羅枯骨《シンラココツ》とやらの居城、ひやかしに行ってやるのも面白い」

一瞬、月が刃に映る。殺無生《セツムショウ》は双剣を鞘に叩き込んだ。

鍔と鞘がかち合う甲高い音——血に飢える刃を抑えるに力を必要としたか。

「では旅の支度を。明日の朝、埠頭《ふとう》で落ち合おう」

鬼鳥《キチョウ》は笑みを絶やさず、ひらひらと手を振る。

己が命に未練などないかのごとく、無警戒に殺無生《セツムショウ》へ背を向けて酒楼より立ち去る。

「お、おい……」

小走りで鬼鳥《キチョウ》を追いながらも、殤不患《ショウフカン》は独り庭園に佇む殺無生《セツムショウ》を訝しげに振り返る。

「道中はせいぜいその頸との別れを惜しみながら行くがいい。必ずや山頂で貰い受けるぞ」

殺無生《セツムショウ》は内力を込めて立ち去る鬼鳥《キチョウ》へ呼びかけた。

冷酷な笑声が鬼鳥《キチョウ》の背を追って走る。

殺しの負債は必ず取り立てる。

これは剣鬼の神聖な誓いだ。

守っても、破っても、贖いは血で為される。

取り立ては地獄の悪鬼より厳しい。

剣に情け容赦なし——ならば人を捨て剣の道を歩む者は？

独り残された剣鬼は愛おしげに笛を撫でる。

こいつは鬼鳥《キチョウ》に繋がっている。

やつの喉笛に食い込んだ刃だ。

恐怖に震え、まんじりともせずいた桂花園《けいかえん》の雇人たちは、この夜、鬼哭がごとき音を聞いた。

それは剣鬼がむせぶように奏でる笛の音であった。

＊

夜は十二分に更けた。

街路は寝静まっている。

月だけが冴え冴えとしている。

歩みを共にしながら、互いのことを何一つ知らぬ男たち。

生死を共にしながら、互いのことを何一つ知らぬ男たち。

「あんな口約束してどうするつもりだ？」

殤《ショウ》不患《フカン》が口を開いた。

この男は、人が死ぬ時に黙っている男ではない。

みっともなかろうと、江湖の道義に違おうと、人が死ぬと聞けば、待てと一度は止める男だ。

殺すよりも生かすために刀を抜く男だ。

だが、必要な殺しには目をつぶらない。

人に斬らせるよりも、おのれ自身で斬る男だ。

こういう男にとって、他人の流す血はおのれの血よりも熱い。

「それについては追々考えるさ。はたして本当に頸を差し出す羽目になるのかどうか、とりあえず闇の迷宮を通り抜けるまでは時間がある。そのうち何か妙案が閃くかもしれない」

鬼鳥《キチョウ》の言葉は碁打ちが次の一手を悩むような調子だ。

おのれの命が風前の灯火であることなど一顧だにしないようにみえる。

「なに暢気なことを！」

殤《ショウ》不患《フカン》が声を荒らげた。

こいつが本気で怒るのは、いつであれ、他人の事だ。

「だが一方で迴靈笛《かいれいてき》の問題は今夜中に解決するしかなかった。いや、お前が動いた以上は即座に決着をつけるしかなかった。で――やむなく捻りだした答えがあれだ。こちらとしても苦肉の策さ」

鬼鳥《キチョウ》が鼻を鳴らして笑う。

こいつはおのれの命を鼻で笑う度胸があるのか。

「俺が――余計なことをしたってか？」

殤《ショウ》不患《フカン》の貌から怒りの色が抜け、声は真剣味を帯びた。

「いや、構わない。お前をそういうやつだと見込んだからこそ、私は仲間に引き入れたんだ」

鬼鳥《キチョウ》は殤《ショウ》不患《フカン》を見ない。

深々と煙を吸い込む。

「仲間になった覚えはねえよ。何度言わせやがる」

そういう重荷は御免だから、遥々《はるばる》と異郷へ旅してきたのだ。

命を何よりも重く心得る男は、人の身が背負える限界をよく知っている。

しかも殤《ショウ》不患《フカン》の見るところ、この貴公子はすこぶるつきのひねくれ者のようであった。

「お前こそ、私の身を案じている場合ではないぞ。無生の奴にたいそう気に入られた様子じゃないか。私の頸を獲った後、あらためてあの男はお前を斬るだろう」

怒りを滲ませる殤《ショウ》不患《フカン》に鬼鳥《キチョウ》が微笑みかける。

こいつもまたおのれの命より他人の命を憂う男なのか？

「ま、それについちゃあ追々考えるさ」

怒りの矛先をいなされた殤《ショウ》不患《フカン》はつまらなそうに鼻を鳴らして横を向く。

鬼鳥《キチョウ》は宿の方角へ顎を向けてフ——と笑った。

「捲はさぞやがっかりするだろうな。人生を賭けた大一番のつもりで意気込んでいたようだし……」

朝に紅顔、夕べに白骨——江湖にこの道理を知らぬ者など一人もいない。

あの若き武芸者も、重々承知のはずだ。

だが——そういう道理を本当に理解できるのは、江湖者でも手足の一つも代価に払った者だけだ。

……多くの者は支払いを己が命で済ます羽目になる。

だが、江湖に名を成さしめるのは躊躇わず奇遇におのれの命を賭けられる者だけだ。

無頼にも誇りがある。

無頼にも掟がある。

ある以上は、捲残雲《ケンサンウン》はおのれを賭すだろう。

そう考えて、殤《ショウフ》不患《カン》はふと気づいた。

「しかしお前、なんであそこで俺たちを止めた？」

目の前の貴公子に疑わしい視線を向ける。

「ん？」

何かおかしいか——とでも言いたげな視線が返る。

しかし、殤《ショウフ》不患《カン》はこの貴公子が仁義に篤い好漢だとは思っていない。

「万が一にも俺が勝負に勝ってたら、お前はあんな無茶な取引をするまでもなく迴靈笛《かいれいてき》を手に入れていた。決着がつくまで様子を見る手もあっただろうに」

策士は利で動く。渡世が長ければ、その程度は承知している。

「いいや、言ったはずだよ。七罪塔《しちざいとう》に着く前に脱落者が出るのは困る——と」

鬼鳥《キチョウ》はおのれの利と理を述べる。

だが、殤《ショウ》不患《フカン》は納得できない。

「狩雲霄《シュウウンショウ》の弓、刑亥《ケイガイ》の歌、それに迴靈笛《かいれいてき》。必要なものは揃ってるだろ。俺は勘定に入ってない」

要、不要の問題だ。

策士がこの程度の理に気づかぬわけがない。

そして策士の策には常に無名兵士の犠牲が前提に含まれる。

「いいや、お前にはお前しかできない重要な役目を任せてる。この頸を担保にするだけの価値はある」

鬼鳥《キチョウ》はすらりとして白磁のようなうなじに手を当てて言った。

「何だよそりゃ？」

殤《ショウ》不患《フカン》は大袈裟な身振りを見て、片眉を上げて問い返す。

「まだ内緒だ。それとも、必ず引き受けてくれると約束するなら説明するが？」

鬼鳥《キチョウ》は秘密めかした返答ではぐらかした。

共犯者めいた視線を隣の男に投げかける。

「ふざけんじゃねえ！　てめえ、つまりはこの先も俺を利用する気満々ってことか！」

その視線を振り払うように殤《ショウ》不患《フカン》は声を荒らげる。

「持ちつ持たれつ——とでも思っておきたまえ。お互い魔脊山《ませきざん》に至る道は平坦ではないのだ」

掠《から》揄《か》うような調子は息を潜め、鬼鳥《キチョウ》の声音はまた平坦なものに戻っていた。

その視線は遠くを見つめている。

殤《ショウ》不患《フカン》も思わず、その視線の方角を見る。

視線の先には星の光を遮る凌雲の山岳の黒い影が連綿と連なる。

外道法術の護りを除いても、なお魔脊山《ませきざん》の踏破は難事——そう悟った殤《ショウ》不患《フカン》が渋い表情を浮かべる。

「ん？　魔脊山《ませきざん》は向こうだ。宿に帰るのはさほどの難事ではあるまいよ」

再び掠揄の調子を声に戻して鬼鳥《キチョウ》が笑った。

その指は今まで見ていた方角とは真逆を指している。

今まで二人が見つめていた方角は、投宿先の客桟の方角に過ぎぬ。

「この野郎——！」

殤《ショウ》不患《フカン》は歯噛みした。掠《から》揄《か》われたことに気づいたからである。

だが、それを言い立てれば宿の方角を睨んでしかつめらしい顔をしていたことを認めることになる。

何となく負けたような気分だったが、恥の上塗りをするのは御免だ。仕方なく黙った。

鵺《ぬえ》のような鳥の鳴き声が夜の小径にもの悲しく響く。

不吉な響きだ。

不快でもある。

星や月が輝く夜でも、人の心が晴れているとは限らない。

こういう夜、人は簡単に命を落とす。信じられないほどあっさり死ぬ。

だが、今日は人死にを見ずに済みそうだ。

人が死ぬのと同じくらい、人が死なないのは驚きに値する。

こいつは浮世の流れに堤を築き、運命《さだめ》の流れさえ変えるのか？

殤《ショウ》不患《フカン》は隣を歩く優男を見て舌打ちした。

鵺鳥の不吉な鳴き声を打ち消すように貴公子は上機嫌に笑っている。

＊

相変わらずの曇天、魔脊山《ませきざん》。怪鳥が屍肉を喰らい、地獄の瘴気に乗って舞う。

七罪塔《しちざいとう》の宝物殿は罪の歴史だ。収蔵された宝物に、尋常の手段で蒐集されたものは一つとて存在しない。

奪うために流された血の総量が宝物の価値を定めることは歴史が証明している。

摩天の絶壁に屹立する七罪塔《しちざいとう》もまた、謀略と血刃によって強奪された宝物の一つである。

血によって主の地位を奪取した男は、壁の刀剣架に居並ぶ宝剣聖刀の数々を満足げに眺める。

玄鬼宗《げんきしゅう》を率いて江湖を席巻し、東離《とうり》の宝剣聖刀を一手に収め、摩天の峻険魔脊山《ませきざん》に居城を構える男——森羅枯骨《シンラココツ》、蔑天骸《ベツテンガイ》。

人が人を選び、剣が人を選び、天が人を選ぶとすれば、その全てに選ばれたのがおのれと自負する男。

この世の栄華を極めた男が次に望むもの。

邪悪の限りを尽くした男が次に望むもの。

武芸至純の境地に達した男が次に望むもの。

それこそ魔神を一敗地に塗れさせ、魔軍を打ち払いし、剣の中の剣——天刑剣《てんぎょうけん》！

宝物殿の外から声が掛かる。

「お呼びでしょうか、宗主様」

「入れ」

拱手して入ってきたのは玄鬼宗《げんきしゅう》幹部凋命《チョウメイ》である。

怜悧さを湛えた双眸は心を蔵《かく》すように常に細められている。

宗主の背後で跪き、声を掛けられるまで余計な言葉は半言たりとて口にしない。

「護印師《ごいんし》の娘は見つかったか？」

宗主の口調に怒りや失望はない。淡々としたものだ。

だが、その心中が読めないのが、一層恐ろしい。

玄鬼宗《げんきしゅう》幹部として付き従う凋命《チョウメイ》は、宗主が顔色一つ変えずに無能な部下を処断するところを無数に見てきた。

「申し訳ございません。さらに人員を増やして捜索を続けているのですが……」

過度に媚びもしなければ、過度に恐れもしない口調だ。

玄鬼宗《げんきしゅう》でも下等の者ならいざ知らず、宗主は幹部に取り立てた者には服従だけでなく誇りを求める。

宗主は宝剣聖刀はこれを好むが、鈍《なまくら》には虫唾が走る性分だからだ。

有能の士を好むように、巧言を弄《ろう》すしか能のない奸臣《かんしん》は試し斬りの据え物にちょうど良いと思っている。

「まあよい……いや、案外こちらから探すのは無駄な手間かも知れぬ」

宗主の意外な言葉に凋命《チョウメイ》の双眸が珍しく開く。

「は？」

蔑天骸《ベツテンガイ》が宝物殿の中でも特に厳重に鎖で護られた金庫へと足を向ける。

「奴らが天刑剣《てんぎょうけん》の鍔を持つのと同じく、こちらには天刑剣《てんぎょうけん》の柄がある。双方ともに二つを揃えたいと望むなら……むしろ連中の方からこちらの懐に飛び込んでくるのではないかな」

凋命《チョウメイ》は宗主に付き従い、当然の疑問を呈した。

「この七罪塔《しちざいとう》にですか？　まさか……そこまで愚かな連中でしょうか」

七罪塔《しちざいとう》は玄鬼宗《げんきしゅう》の本拠地、万が一にも陥落はあり得ず、そも外法の粋によって護られた魔脊山《ませきざん》踏破は同じく外道の術に精通した者の手によらねば覚束ぬ。

外道法師の力を借りるくらいならば、頭の固い護印師《ごいんし》どもは潰滅の憂き目をみる前に、宗主へ天刑剣《てんぎょうけん》を引き渡したであろうと思われた。

「愚かか、あるいはこちらの思惑を遥かに凌ぐ連中か……」

蔑天骸《ベツテンガイ》は金庫を開け、天刑剣《てんぎょうけん》の柄を取り出す。

凋命《チョウメイ》は宗主秘蔵の宝物を不敬にも凝視する愚を戒めるべく、目を伏せ、膝を突いた。

「いずれにせよ、愉しませてくれそうだ。果たしてあの掠風竊塵《リョウフウセツジン》がどのような趣向を見せてくれるやら」

森羅枯骨《シンラココツ》、蔑天骸《ベツテンガイ》は魔導を究めし邪宗門の首領にして、剣の威名で江湖を払う武林の泰斗《たいと》。

そういう男にとって今の江湖は退屈だ。

窮《きゅう》暮《ぼ》之《の》戰《せん》のような戦乱が、魔神のような強敵がなければ、この世は生きるに値しない。

ちょっとした火遊びも退屈しのぎにはちょうど良い。

掠風竊塵《リョウフウセツジン》……森羅枯骨《シンラココツ》の興趣をそそる名は、火遊びの火を煽る風か。小火《ぼや》を劫火に変える風か。

魔《ま》脊山《せきざん》の暗雲が天を塞ぎ、東離《とうり》に影を落とす。

暗雲が垂れ込めれば、次は血の雨が降る。

江湖に曰く——梟雄が戦乱を生み、戦乱が英雄を生む。

第六章

七人同舟

蒼穹に白雲たなびき、緑江に辺音さざめく。

桟橋の繋柱《つなぎばしら》へ腰掛けた青年は物憂げな表情を浮かべている。

流葉《りゅうよう》が橋脚《きょうきゃく》に絡まる渦に囚われて一所に滞る。

青年、捲残雲《ケンサンウン》は槍の石突を伸ばして、流れに差し入れた。吹き溜まりのような流葉の塊が新たな渦に巻き込まれ、橋脚から離れて江の流れに戻る。

江に漕ぎ出すことと、流れを変えることは違うことなのだと、青年は薄《うっす》らと悟り始めていた。

刃を激しく振るっても大河の流れは変わらない。しかし、ゆるやかな緑江の流れさえ、岸を削り、時には舟を覆す。

掬い上げた流水が指の隙から零れるように、捲残雲《ケンサンウン》の手から好機は流れ去った。

——話はついた。殺無生《セツムショウ》は私に任せたまえ。

早朝、一人、宿を抜け出そうとした時、影のように待ち構えていた鬼鳥《キチョウ》は言った。

生死の狭間で生じる緊張も、まんじりともせず槍を握りしめていた時間も、全ては流れ去り、おのれが半端者であるという自覚が冷気のように背筋へ浸透した。

空は蒼く、河は碧く、手には虚を摑む。

この手は本来なら、いずれかの血で濡れていたはずの手だ。

功名の芽は枯れ、焦燥がひりひりと肌を刺した。

丹翡《タンヒ》の笑顔に差した影を消し去るのはこの手ではないと言われているようだ。

土の温かみも、頭を垂れる稲穂もいらない。鍬《くわ》も鋤《すき》も必要ない。

語り継がれる一瞬の栄光が、おのれに向けられる乙女の笑顔が、流星のように儚く眩しい煌めきが欲しかった。この手と槍に鉄火場を与えてやりたかった。

おのれが狩雲霄《シュウンショウ》を見るのと同じ眼で見られたかった。

若者はよく勘違いをする。

何かを捨てれば何かを得られるのだと。

何かを得るためには何かを捨てねばならないのだと。

だから、命を捨てれば命に見合う輝きが手に入るものだと決めて掛かっている。

しかし、本当は命に見合うものなど存在しないのだ。

この判断がつくようになれば、もう若者とは呼べまい。

江湖で数年も飯を食えば、身体は若くとも心は老獪になる——ならざるを得ない。

だが、捲殘雲《ケンサンウン》にまだその道理は思いもつかない。

ただ口惜しさと人生の苦みを感じている。

桟橋に係留された沙船《させん》上から玄妙な調《しらべ》が江風に乗り、岸辺に寄せる。

船縁《ふなべり》に立った殺無生《セツムショウ》が笛を吹いている。

その手に包まれ、古謡の旋律を奏でるのは迴靈笛《かいれいてき》だ。

白くしなやかな運指が笛を撫でるようにして囀らせる。

鳴鳳決殺《メイホウケッサツ》の奏でる笛の音は、一行に弔鐘《ちょうしょう》の如くまとわりつく。

一行の——鬼鳥《キチョウ》の命運を握るのはおのれだと暗に知らしめている。

捲殘雲《ケンサンウン》が殺無生《セツムショウ》を見上げて睨む。

「いい気なもんだぜ。危うく命拾いした身の上だってのによ」

視線と言葉には敵意が籠もっている。

だが、若者が血気に逸っても間違いだとは言い切れまい。

剣鬼の振る舞いには挑発が明らかに含意されている。

「命か。あいにく落とした憶えもなければ拾ったこともない。俺にとって命とはただ奪い、滅ぼすだけのもの」

若者の挑発に、至極当然という口調で答えて薄く笑う。

「フン、奪われるたあ露ほどにも思ってねえってか。おめでたいこったな」

仕掛けられた罠も露知らず、捲殘雲《ケンサンウン》は挑発で返す。

若者の行き場のない焦燥が敵意となって剣鬼へと向かう。

ちょっとした危険を冒せば――路傍から拾い上げるように栄誉が手に入ると見えている。

むろんそんなものは贋《まやかし》に過ぎない。

「絡むのはよせ。もうこいつは仲間になったんだ」

殤《ショウ》不患《フカン》は仲間という言葉に力を込めた。

若者にも、剣鬼にも、よく聞こえるように。

「だが、こいつはいずれ鬼鳥《キチョウ》の旦那を殺す気だぜ。見ろよ、旦那だけじゃねえ。俺たち全員の首根っこを押さえた気でいやがるんだ。あいつが諦めるなんて金輪際あり得ねえんだよ」

捲殘雲《ケンサンウン》は憤懣を堪えるために槍の石突で桟橋を叩いた。

怒りをぶつけられた板が割れる。

「そうかも知れねえな」

殤《ショウ》不患《フカン》は言った。

「だから俺は――」

若者は拳を握りしめて言いかけた。

それを眼光で押し止めてから、

「その時が来たら、改めて槍と剣とで刃を交えりゃいい。やつは逃げやしないさ」

殤《ショウ》不患《フカン》は落ち着いた声音で言った。筋は通っている。

そして鳴鳳決殺《メイホウケッサツ》は悪名高いが、その悪評に敵前逃亡は含まれていない。

「……どうだかね。それより今こいつを叩ッ斬って迴靈笛《かいれいてき》を取り戻しゃあ一切合切解決じゃねえか」

捲殘雲《ケンサンウン》は穂先を船上の殺無生《セツムショウ》に向ける。

「……そうなりゃお前の寒赫《カンカク》ってえ綽号《とおりな》も江湖に響き渡るってわけだ」

言葉とは裏腹に、殤不患《ショウフカン》は捲殘雲《ケンサンウン》を睨んだ。

「何が言いたいんだよ、おっさん」

若者もまたその双眸を真っ向から睨み返す。

「味方殺しの寒赫《カンカク》、裏切り者の寒赫《カンカク》……てめえの綽号《とおりな》はそういう枕と切っても切れない縁《えにし》が出来るって寸法だ」

捲殘雲《ケンサンウン》は目を逸らし、詰めていた息を吐く。

「ケッ、俺があいつの仲間だって江湖中に吹聴したところで誰も信じやしねえさ。だいたい何だってんだ、鬼鳥《キチョウ》の旦那もよ。笛を吹く代わりに頸をやる？　道案内ごときのために仲間の命を差し出す方が味方殺しじゃねえのかよ」

捨て台詞を吐いた。納得はしていない。だが、忠告に従う気はあるようだった。

若者の潔癖《けっぺき》さは命取りになりかねないが、理想を失えば何になろう。

その問いに対する答えは殤不患《ショウフカン》にも分からなかった。

いつの間にか笛の音は止んでいる。

「仲間思いで結構なことだな。その槍で運試しがしたいなら俺はいつでも付き合うぞ」

不平面の捲残雲《ケンサンウン》を殺無生《セツムショウ》が嘲笑う。

「その耳障りな笛を吹きたけりゃどっか余所へ行ってくれ。いい迷惑だ」

二人の間に割って入った殤《ショウフ》不患《カン》が、殺無生《セツムショウ》を睨んで言う。

斬る順番を間違えるなという伝言は眼だけでも伝わるはずだった。

むろん言葉の刃であっても、そのような目配せで収めるような剣鬼ではない。

「おお怖い。さすがは西幽《せいゆう》からの客人だ。脅しにも凄味があるな」

殤《ショウフ》不患《カン》に切っ先を変えた。

「西幽《せいゆう》だあ？」

捲残雲《ケンサンウン》が頓狂な声をあげた。

学問にはとんと縁のないこの若者も、西幽《せいゆう》が東離《とうり》から分かたれた片割れだという知識くらい持っている。二つの国を隔てる鬼歿之地《きぼつのち》の恐ろしさも。

東離《とうり》の大人たちは悪さをした子供たちに言う。

――悪さすんなら鬼歿之地《きぼつのち》に捨てっちまうぞ！

その程度には鬼歿之地《きぼつのち》の恐ろしさは東離《とうり》の民に染みこんでいる。窮暮之戰《きゅうぼのせん》の悲惨な記憶とともに刻み込まれている。

同時にそれは鬼歿之地《きぼつのち》が踏破不能の荒れ地であるという常識の強さでもある。

だから殤不患《ショウフカン》を見る捲殘雲《ケンサンウン》の目には不信が溢れていた。

いつの間にか桟橋に姿を現した狩雲霄《シュウンショウ》は、舎弟を止めもせず、黙りこくったまま興味深げな視線を殤不患《ショウフカン》に向けた。

「貴様らも少しは頭を低くした方がいいぞ。なにせこいつは鬼歿之地《きぼつのち》を踏破したほどの勇者だそうだ。ハッハッハッ」

殺無生《セツムショウ》の高笑いを当の殤不患《ショウフカン》は怒りもせず、片眉を持ち上げただけで表情も変えない。

捲殘雲《ケンサンウン》が向ける不信の視線にも知らんぷりだ。

それを見た殺無生《セツムショウ》はつまらなそうに船縁を離れた。

だが、捲殘雲《ケンサンウン》は収まらない。殤不患《ショウフカン》は一触即発の二人を仲裁したつもりだが、若者とすれば因縁の敵との舌戦を水入りにされた格好だ。ましてやつまらぬ嘘によって、だ。

「はッ、莫迦莫迦しい。西幽《せいゆう》から鬼歿之地《きぼつのち》を越えてきただって？　無茶にも程があるってもの。空から降ってきたとでもいう方がましだろ。法螺を吹くならもうちょっと考えろってんだ」

幼稚な八つ当たりだと、捲殘雲《ケンサンウン》も自覚している。

だが、江湖を生き抜いた先達の腑抜けた態度は、おのれもその在り方を目指す若人にとっては神経に障るのだ。

「別にお前に信じてもらおうとは思っちゃいねえさ」

屈託のない風来坊の態度は、若者の目には侮りと映る。

一人前になりたいと願う男にとって、小僧のような扱いは到底肯んじられるものではない。

「あんたはいいよな。そうやって一事が万事ふざけ半分でよ。この先もずっと気の抜けた冗談だけで人生渡っていこうってのか？」

握りしめた槍が震える。

怒り——というよりも、それは口惜しさであっただろう。

「本当にそんな生き方ができるなら、むしろ幸せ者だと思うがね」

殤《ショウフ》不患《カン》はただ苦笑を浮かべながら諭すように言った。

捲殘雲《ケンサンウン》はとさかに来てまくし立てる。

「俺は御免だ。あんたみたいに無名の根無し草で終わるつもりはねえぞ。いつか鳴鳳決殺《メイホウケッサツ》を斃して名を揚げる。邪魔はさせねえからな！」

真正面から指を突きつけて言う。

崩れない殤《ショウフ》不患《カン》の苦笑に背を向けると、肩を怒らせ、桟橋をやるせなさで揺らしながら去る。

「おい、船出の刻限には戻って来いよ」

余計なお世話と知りつつ、声を掛けてしまうのが、風来坊のお人好したる所以《ゆえん》だ。

捲殘雲《ケンサンウン》は怒り肩で返事をした。

舎弟と入れ違いに狩雲霄《シュウンショウ》が桟橋を歩いてくる。

「若造にあそこまで詰られても平気な顔をしているとは。お前は余程の人物なのか、それとも本当の腰抜けか……」

おのれの舎弟のことでありながら、まるで他人事のような口ぶりだ。いかにも面白がる風情である。

「どっちだっていいじゃねえか。もう若くはねえってだけの話だ」

風来坊は猛禽の眼の前に緊張を解いた横顔を晒す。

晴れ渡った天空に向かって両腕を突き上げ、伸びをする。

大河は静かに流れ、対岸の絶壁の奇景を映している。

波紋を呼ぶのは川魚を狙う水鳥の群れくらいのものだ。

すぐ傍に浮いた、水苔に塗れ、くたびれた沙船が一行を地獄の一番地へと運ぶものだとは、お天道様も思うまい。

「しかし、ま——突然に船の旅たあ驚いたね。これも鬼鳥《キチョウ》の計らいか？」

風景と同じく、殤不患《ショウフカン》の口調ものどかなものだ。

「陸路を進むより玄鬼宗《げんきしゅう》の目を欺きやすい。魔脊山《ませきざん》を目指すにはかなり大回りになるが、日程としては陸路とそう変わらんそうだ」

狩雲霄《シュウンショウ》もまた顎《しご》を扱きながら、観光の旅程でも語るような口調だ。

「だが船一隻丸ごと借り上げるとなると費用もそれなりのもんだろう」

ふと思いついた、とでも言うように殤《ショウ》不患《フカン》は尋ねるでもなく、ぽろりと口にした。

「それが何か？」

狩雲霄《シュウンショウ》は水面を眺めたまま、眼を細めた。

「いや、だってよ——着の身着のままで鍛剣祠《たんけんし》から逃げ出してきた丹翡《タンヒ》に路銀の持ち合わせがあった筈もない。となると途中の宿代、それとこの船の代金……ぜんぶ鬼鳥《キチョウ》が自腹を切ってるってことだよな？」

さも重要なことに気づいたとでもいうように殤《ショウ》不患《フカン》が頓狂な調子で問いかけるのを、狩《シュ》雲霄《ウンショウ》は胡乱げに見やった。

「ただ飯ただ酒なら、お前さんも美味そうに喰らっていたように見えたが？」

どの口でそんなことを？　と、でも言いたげな口ぶりだ。

「俺は……いいんだよ。ただの旅人の俺が厄介ごとに巻き込まれたのはあいつのせいだ。飯代宿代は出して当然だろ」

否定しつつも殤《ショウ》不患《フカン》はきまりの悪さに頭を搔いた。

「さて、どうかな」

それを見た狩雲霄《シュウンショウ》は話をはぐらかす。

「金だけじゃない。どうやらあいつは命を張ってまで事を成し遂げる覚悟を固めてるらしい。なあ、鬼鳥《キチョウ》ってのは……ありゃいったい何者なんだ？」

だが、それでも殤不患《ショウフカン》は諦めずに本題に斬り込む。

――鬼鳥《キチョウ》とは何者か？

それは風来坊が石仏の前で話しかけられて以来、抱えてきた疑問である。

「それを何故俺に訊く？」

だが、狩雲霄《シュウンショウ》は鬼鳥《キチョウ》本人に関する事柄となると、質問に質問しか返そうとしない。

「本人に聞いたってろくな答えが返ってきそうにないからよ」

殤不患《ショウフカン》は渋い顔をして言った。

狩雲霄《シュウンショウ》は目を細める。

「フン――俺があの男に対してどのような感情を懐いているか、それを探り出すのがお前の役目……というわけか？」

不審げな態度から明確な拒絶へと、鋭眼穿楊《エイガンセンヨウ》の中で歯車が切り替わる音がした。

「あン？　なんでそうなる？」

その変化は分かっても、理由までは分からない。殤不患《ショウフカン》は、おのれが無礼な真似をしたとも思えなかった。

「勘繰りもするさ。俺はお前がどのような経緯で鬼鳥《キチョウ》と組むようになったのか知らぬ」

狩雲霄《シュウンショウ》は殤《ショウ》不患《フカン》から一歩距離を取って、上から下まで視線を一巡させた。

「あいつと組んだ憶えなんてねえっつうの！」

あまりにぶしつけな視線に殤《ショウ》不患《フカン》も気分を害し、声を荒らげた。

「昨晩、お前と鬼鳥《キチョウ》は宿から消えた。あの鳴鳳決殺《メイホウケッサツ》の根城に踏み込んで生きて帰ってきた……のみならず、旅の一行に加えるという」

狩雲霄《シュウンショウ》の声は平坦だ。その眼は人を見る眼ではない。獲物を観察する眼だ。

「それはだな……」

殤《ショウ》不患《フカン》の言葉は歯切れが悪い。昨晩のことはおのれも消化しきれていない。

「説得した、などとは言うまいな。あれが説得や脅しの通じる手合いか？　人の命だけではない、奴はおのれの命とて惜しみはせんだろう。貴様らがどんな悪辣な策略を使って鳴《メイ》鳳決殺《ホウケッサツ》を引き入れたのか、俺如きには想像もつかん」

「……成り行きだよ、成り行き」

半ば本音である。理解できようができまいが、無駄な血が流れなかったのならば、それに越したことはない。

それよりも、どんな事態に襲われても柔軟に受けられるよう、何事も決めつけずにいることだ。昨日の敵は今日の友、今日の友は明日の敵、人の縁が複雑に絡み合う江湖では珍しいことではない。

ただ一つ、忘れずにいるべきものがあるとすれば、それは慈悲の心だ。

それはおのれに傘を与えた仏の慈悲であり、それに応えて丹翡《タンヒ》を救ったおのれの慈悲でもある。この際、余計な口出しをした気障《きざ》な貴公子のことは関係ない、と殤《ショウ》不患《フカン》は思った。

それは助けのみならず、災難にもなる。

しかし、それは水が人を生かし、あるいは人を害すようなもので、厄介だからと言ってそれなしで生きていけるような質のものではないのだ。

思わず腰の差料の鯉口を握りしめる。

刃は無情──。

だから、斬らずに済めばそれに越したことはない。

裏の意図を勘ぐるよりも、今の幸運に感謝すべきだと思った。

「お前についてはどうにも分からんことが多すぎる。どこから来たのか、何が望みか、何も明かされていないのだからな」

ここまで疑われていると、何を言ってもやぶ蛇だ。

適当に誤魔化しておくに限る──と殤《ショウ》不患《フカン》は思う。

「あのなあ。なんで俺の素性なんぞを気にかける？　あんたにとってはどうでもいいことだろ？」

「どうでもいいと見過ごしていたが、隠し事があるとなれば話は別だ」

「別に隠してるわけじゃ……」

「ならば何故、西幽《せいゆう》から来たなどと大法螺を吹く？」

「あン？　いや、だからそれは法螺じゃねえって」

「あり得ん話だ。いったい過去、どれだけ大勢の勇士が鬼歿之地《きぼつのち》に挑んで命を落としたと思っている？　あの瘴気渦巻く荒野に一歩踏み込めば生きて帰る望みなどない」

この二百年、鬼歿之地《きぼつのち》を越えようとした連中は数え切れないほどだ。

東離《とうり》と西幽《せいゆう》、かつての大国萬輿《ばんこう》が二つに引き裂かれた姿を嘆き、愛国心から軍を率いて遠征に乗り出した王族がいた。

東離《とうり》と西幽《せいゆう》、二国を隔てる不浄の瘴気に満ちた地獄へ交易路を開き、巨万の富を得ようとした商人がいた。

軍から選りすぐられた精鋭も、金に目が眩んだ武林の高手たちも、彼らの主人たちも、鬼歿之地《きぼつのち》からは帰らなかった。ただの一人さえ。

鬼歿之地《きぼつのち》はただ命を呑み込んで還さない。

そこで死ねば地獄にも極楽にも行けず、永遠に彷徨う亡者となると伝えられる。

魔神の呪詛が、万古の呪いが生きる土地——。

法螺を吹くにしてももう少し真面目に法螺を吹けと狩雲霄《シュウンショウ》は内心で罵った。

当の殤不患《ショウフカン》は気まずそうに目を逸らしている。

「──まあまあ。そんなに絡んでやるな。西幽《せいゆう》からの旅人、私はあり得ん話ではないと思うよ」

虫も殺さぬ笑みを浮かべた貴公子が会話に割り込んでくる。

「鬼鳥《キチョウ》……」

「いつからそこに？」

二人の達人に気取られもせず、背後に忍び寄る軽功が入神の域にあることは言うまでもない。

「法螺話がどうとかいう辺りから聞いていた。確かに信じがたい話ではあるがな。殤どのの生国については、しかし他に説明がつかないのも事実だ」

「何故だ？」

狩雲霄《シュウンショウ》の声音には不信が色濃い。

「言葉さ。殤どのは妙な訛りこそあるが会話に不自由はない。ところが、この国に着いてから日が浅いのもまた事実のようだ。なにせ鋭眼穿楊《エイガンセンヨウ》も泣宵《キュウショウ》も、さらには鳴鳳決殺《メイホウケッサツ》の名前すら耳にしたことがないときた。さりとて護印師《ごいんし》のように俗世を離れた身分とも思えない」

二人の視線が舐めるように殤不患《ショウフカン》の輪郭をなぞった。

「多少間の抜けたところはあるがね。私の眼から見ても、狩兄の眼から見ても、こいつの立ち居振る舞いは江湖の古株そのものだろう。武芸の腕も並みではなさそうだ。だが、我々はこいつのことを何一つ知らない。思い当たる節もない。おかしいとは思わないか？」

居心地が悪そうに眉を顰《ひそ》めていた殤《ショウ》 不患《フカン》がはたと気づいて口を開いた。

「おいおいおい、ちょっと待て。お前ら普通に西幽《せいゆう》の言葉が通じるから助かると思ってたが――」

鬼鳥《キチョウ》は殤《ショウ》 不患《フカン》の口元を見て言った。

「我々が話しているのは東離《とうり》の言語だ。異邦人が習い憶えるのはそう容易いことではないと聞くぞ」

殤《ショウ》 不患《フカン》は不思議そうにおのれの口元に手を伸ばす。

まるでそれによっておのれの発した言葉を捕まえて、つぶさに調べることができるとでもいうように。

「理屈として否やはないが……」

鋭眼穿楊《エイガンセンヨウ》は顎をしごいた。

「――そもそも東離《とうり》と西幽《せいゆう》は、窮暮之戰《きゅうぼのせん》より以前はひとつの国だった。魔神どもの呪詛が鬼殁之地《きぼつのち》を産み出し、国土が真っ二つに分断されたせいで二百年に渡り人の行き来は途絶えたが、言葉はさほど変化をしなかったのだろう」

鬼鳥《キチョウ》は淀みなくまるで見てきたように語った。

「なるほどなあ」

鬼鳥《キチョウ》の語りを聞いて、殤不患《ショウフカン》は納得顔で頷いた。おのれのことにも拘わらず、まるで他人事のような口ぶりだ。

「――鬼鳥《キチョウ》、お前とつるんでいるような奴が信用に値するとでも？」

狩雲霄《シュウンショウ》は言い捨て、くるりと背を向けた。桟橋を沖に向かって歩くと梯子を軽々と飛び越えて沙船上に消える。

「あいつ、なんであんなに疑り深いんだ？」

堅物な護印師《ごいんし》の娘、得体の知れない貴公子、英雄気取りのひよっこ、非情の殺し屋、果ては妖魔の死霊術師という釣り合いを完全に無視したとしか思えない面子の中で、狩雲霄《シュウンショウ》は唯一典型的な江湖の好漢と見える。

殤不患《ショウフカン》からしてみれば、仲間意識とまでは行かないまでも、互いにまともに話の通じる相手と見込めるはずだとの心積もりがあって、狩雲霄《シュウンショウ》へ疑念を打ち明けたのである。

「鋭眼穿楊《エイガンセンヨウ》の名で武林に知られた男でさえ、お前のことを見通せないということだ」

貴公子は風来坊の髭面の隣におのれの白皙の美貌を並べ、実に愉快げに笑った。

「なんだそりゃ、何が言いたい？」

殤不患《ショウフカン》は含みのある笑みに悪寒を覚え、肩を竦めた。

「あの慎重さは生き馬の目を抜く江湖で生き残る秘訣だよ。だからこそ、私も狩兄に声を掛けたのだ。殤どのも見習った方がいい」

貴公子は物知り顔で世渡りについて指南を打つ。

風来坊は毒気を抜かれた気分になった。

ふと直接疑問をぶつけてみようかという気分がむくむくと湧き上がってくる。

「なあ、鬼鳥《キチョウ》。お前はいったい……」

いったい何だと返答されたら納得できるんだ？

自問が風来坊の喉を詰まらせた。

「いったい――なんだね？」

聞き返す鬼鳥《キチョウ》を無視して、殤不患《ショウフカン》は耳の裏を掻いた。

「槍使いの小僧と違って俺はもう若くねえんでな。歩き通しで疲れっちまった」

独り言のように言って、桟橋と沙船を繋ぐ梯子に足を掛けた。

「何もないなら重畳。出港まで昼寝でもしているがいいさ」

船上から見た川面は昇りつつある陽を映して無数の星のようにさんざめく。

後から登ったはずの鬼鳥《キチョウ》はすでに船首に腰掛けて、煙管を吹かしている。

水や光のように捉えどころのない男だ。

刀を抜いて水を断てば水更に流る――正面から切り込んで正体を暴けるような甘い男ではない。

では何が求められるかと言えば、権謀である、術数である、詐術である。

そして、殤不患《ショウフカン》はそういう真似を得意としない。

だが、人生は得意なものだけで渡って行けるほど甘いものではないのもまた事実であった。

＊

啖呵《たんか》を切って出てきたが、捲殘雲《ケンサンウン》に行く当てはない。

怒らせた肩はすでに落ちている。

おのれが情けなかった。男の意地を張り通せぬことが恨めしかった。

手柄を立てる以前に、挑戦すら阻まれるのが口惜しかった。

何より、兄貴に気骨のない奴と見限られるのが怖かった。

大見得を切っておきながら、鳴鳳決殺《メイホウケッサツ》を前にして怖じ気づいたと思われでもしないかと、常に背に張りつく鋭眼穿楊《エイガンセンヨウ》の眼を気にしていた。

男にとって耐えられないこととは、尊敬する男に侮られることである。

認められたい男に無視されることである。

狩雲霄《シュウンショウ》の心中は舎弟の捲殘雲《ケンサンウン》にも読み解けない。不動の存在として江湖に屹立する好漢ない。


の背が、捲殘雲《ケンサンウン》の憧れるものだった。

ならば忍耐も時には必要だろう。猪突猛進は鋭眼穿楊《エイガンセンヨウ》の戒めるところでもある。

しかし、焦燥は濃かった。握りしめた槍も使いどころがなければ木切れとそう変わらない。

名状しがたい苦渋を口中から追い出すためには酒の力に頼るしかなかった。

だから、前を向いた。

港には街が付きものだ。街には酒楼がある。酒楼へ行けば酒があるのが道理だ。

すると、まだ酔ってもいないのに天女の背中が見えた。後光が射して見えた。

男は、酒がなくても酔える。

現金なものだ。いかに落ち込んでいようとも、女の光が射せば陰は消え去る。

「丹翡《タンヒ》さん？　一人じゃあ危ねえよ。鬼鳥《キチョウ》の旦那は？」

駆け寄る捲殘雲《ケンサンウン》の喉元に瞬時に翠輝剣《すいきけん》の切っ先が突きつけられる。

「わッ！　待った待った！」

「ッ！　捲様？　玄鬼宗《げんきしゅう》の手の者かと……もう、驚かせないでください」

花も恥じらう美しい顔《かんばせ》がほのかに紅く染まった。

すぐに剣は鞘に戻る。もう少しでお陀仏というところだった捲殘雲《ケンサンウン》の驚きも一入《ひとしお》だが、
丹翡《タンヒ》の方もほっと胸を撫で下ろしている。

「おっかねえ……いや、俺だったから良かったけどよ。丹翡《タンヒ》さんは狙われる身なんだ。一人で行動してたら危ねえよ」

剣先が引っ込むと同時に捲殘雲《ケンサンウン》は降伏の印に上げていた両腕を下ろし、額に湧いた冷や汗を拭う。危うく命を取られるところであったものの、惚れた欲目か——なんて気丈な人なんだ、とうっとりする始末。

「そうは言いましても、何もかもお世話になっているわけには参りません。この通り、船旅に必要なものを幾つか街で仕入れてこようと……」

丹翡《タンヒ》は流麗な文字で書かれた目録を捲殘雲《ケンサンウン》に見せた。

内容は食料含む日常の細々したものだ。

だが、それ以上に気になることが若者にはあった。

「丹翡《タンヒ》さん、もしかしてその格好で街へ行くつもりだったり？」

乙女は護印師《ごいんし》の装束を可憐に翻し、おかしなところがないか確かめる。

鼻先を掠めたひだ飾りから、得も言われぬ甘美な香りが匂い立ち、若武者を陶然とさせる。

「格好……格好とは何のことです？　何かおかしなところでも？」

「いやいや、おかしくねえよ。どっからどう見ても天女様のように美し——」

丹翡《タンヒ》の柳眉がまたきりりと吊り上がる。

「戯れはいい加減になさい！　そのような下らない世辞は私への侮りと受け取りますよ！」

全身の関節が外れたかのように弛緩《しかん》していた捲残雲《ケンサンウン》に雷霆が落ちて、脳天から杭を打ったようにしゃんと背筋が伸びる。

丹翡《タンヒ》とて深窓の令嬢だ。平生から癇癪を爆発させるお転婆であったわけではない。むしろ、鍛剣祠《たんけんし》で勤行に励んでいた頃は、物静かで慎み深い乙女であった。

ただ、一族郎党が皆殺しの憂き目に遭い、あまつさえ目の前で兄を殺されて、護印師《ごいんし》としての使命をたった一人で背負うことになったのだ。心理的に追い詰められ、気の休まる時はほとんどないとあっては、感情を抑えきれずとも責められまい。

自制が利いていないことは乙女にも自覚があるから、軽薄な若者に弱みを見せてしまったように思え、やるせない気持ちが目尻に溜まる。

「違うんだ、すまねえ……俺が言いたかったのは、その衣装、めちゃくちゃ似合ってて、その、どっからどう見ても護印師《ごいんし》だってことだよ」

慌てた捲残雲《ケンサンウン》の言うことも要領を得ないから、ますます話はこじれそうになる。

「護印師《ごいんし》で何か悪いのですか？」

「玄鬼宗《げんきしゅう》に見つかっちまうだろ。もう辺境の小村じゃねえ。ここらは河川を通じて交易も盛んとくれば、街で奴らの目の届かない場所はないと思った方がいいぜ」

丹翡《タンヒ》ははっとして俯いた。

「ええ、ええ……」

それを見て捲残雲《ケンサンウン》は悲しみを覚えた。

聞きたいのは丹翡《タンヒ》の優しい声音。鈴の鳴るような玲瓏たる声だ。

沈んだ声、悔しさの滲む震えた声ではない。

「丹翡《タンヒ》さんには必ず果たさなきゃならねえ使命があるんだ。細けえことまで気を利かせろったって無理に決まってる。敵の目を誤魔化すなんて、そういうこすっからい真似は俺に任せといてくれよ！」

一寸前までの落ち込んだ様は毛ほども見せず、おのれの胸を拳で叩いて太鼓判を押す。

焦りのあまり、取り返しのつかない間違いを犯そうとしていたことに気づいて落ち込むおのれを励まそうとしている。そう分かって、丹翡《タンヒ》の心も解《ほぐ》れた。

捲残雲《ケンサンウン》は陽性の男だ。軽薄で剽軽で頼りなげに見えるが、こういう時は逆に心強い。失敗してもすぐに前を向き、立ち上がる。筆舌に尽くしがたい悲劇を前にしても、軽口を叩いて笑い飛ばす。陽性の男は、おのれの中に光を持っているから、終わらない日没が訪れても決して挫けない。

そういう不屈の男こそ、窮地の時に背中を預けるべき男だ。

丹翡《タンヒ》と捲残雲《ケンサンウン》、若い二人が立ち止まっていた小径に壮麗な馬車が通りかかる。

不思議なことにそれほどまで豪奢《ごうしゃ》な装飾を施した馬車にも拘わらず、護衛らしき伴もなく、くたびれた老御者《ろうぎょしゃ》が一人で馬を走らせている。

「待っててくれよ、丹翡《タンヒ》さん」

そう言って躊躇いもせず、槍を抜いた捲殘雲《ケンサンウン》が馬車の通り道に飛び出した。陽光をぎらりと照り返す穂先で天を指し、仁王立ちになる。

丹翡《タンヒ》は若き武芸者が何をするつもりか分からず、道端に留まったまま、戸惑いの表情を浮かべている。

「あ、あ――」

仕方なく馬車を止めた老御者は狼狽した様子で震えている。

屋形の中からも女が御者に声を掛ける。

「どうかしたの?」

御簾《みす》を分けて顔を出したのは青白い肌をした中年の婦人だった。

顔貌にも、声にも、哀愁が滲んでいる。幸薄そうな女だった。だが、乗っている馬車と同様に人品賤《いや》しからぬ貴顕の風格があった。

目元には痣がある。だがそれは哀れみを誘うよりも、熟れた美貌に凄絶な色香を与えていた。

捲殘雲《ケンサンウン》は、多少鼻白んだ様子ながらも、剛槍《ごうそう》を二、三度扱いて、穂先を馬の鼻先に突きつけるように構えた。

どこからどう見ても護衛の少ない馬車を襲う強盗だ。

老御者は慌てて転《こ》けつまろびつ逃げ出した。

美貌の婦人は戸惑っている。捲残雲《ケンサンウン》はにこやかにしていれば人に好感を与える中々の美男子ではある。黄金の髪、涼やかな目元、鍾乳石《しょうにゅうせき》のように白く滑らかな歯……しかし、行動は山賊さながらだ。

「何をする気ですか！」

鞘に収まったままの翠輝剣《すいきけん》が捲残雲《ケンサンウン》の脳天を直撃した。

「てえッ！　いや、何もしないって！　ちょっと服を借りようと――」

屋形の中から若い女の押し殺したような悲鳴が上がる。

顔だけ覗かせていた婦人は決意を顔に浮かべて屋形から降りてきた。逃げ出した老御者の姿はとっくに見えなくなっている。

「お願いです。私の身であれば好きにして頂いて構いません。でも……娘にだけは手を出さないで」

そう言って衣を肩まではだけた。むっちりと白い肉がのぞき、加虐の欲求を扇情的に煽る。そういう扱いが哀しいまでに身に染みついている女だった。

その後ろでは娘だという痩せ細った若い女が、頭を抱え、身を縮こまらせている。その瞳はここにはない何か別の恐怖を映して小刻みに震えていた。

駆け寄った丹翡《タンヒ》が婦人のはだけた衣をそっと元に戻し、屋形の中へ戻るよう促す。

「こんなに怖がらせて！　あなたという人は……！」

振り返って捲殘雲《ケンサンウン》をきっと睨みつける。

「いや、俺はそんなつもりじゃ……」

怒髪天を衝かんばかりの丹翡《タンヒ》の剣幕をちらと見て、捲殘雲《ケンサンウン》は諦めたように言った。

「すまねえ」


母娘を庇うように立つ丹翡《タンヒ》の前で、捲殘雲《ケンサンウン》は跪座《きざ》していた。

実のところ捲殘雲《ケンサンウン》は強盗の真似事など初めてで、まさかこんなことになるとは思いも寄らなかった。丹翡《タンヒ》の前で一端《いっぱし》の俠客らしいところを見せようと、緑林の好漢を気取ってみせたのが裏目に出た。

江湖の道徳では富めるところから奪うのは別に悪ではない。身包みは剝がすが、抵抗しなければ命までは取らないのが暗黙の了解だ。ましてや捲殘雲《ケンサンウン》は衣以外に手を出す気はなかった。女仕立ての馬車ならば、丹翡《タンヒ》の変装に使える着物が拝借できるだろうと考えたまでのこと。

丹翡《タンヒ》もまた名家の子女であることに頓着しなかったのが、浅はかと言えば浅はかだった。

「いや、本当に悪かったよ。でも、どうしたって変装用の装束は手に入れなきゃ困るだろ？」

「だからと言って罪もない人をこんなに怯えさせていいわけがありません！」

一喝を受けて今度は捲殘雲《ケンサンウン》の方が縮こまる。

それを見ていた婦人が後ろから丹翡《タンヒ》に声を掛ける。

「これもまた何かの縁です。お困りでしたら、お助けするのも吝《やぶさ》かではありません。……それに、この娘《こ》の怯えはその方のせいではありませんわ」

婦人も丹翡《タンヒ》が何やら事情を抱えたお忍びの令嬢と察したらしい。

追われるものの嗅覚が境遇の同一を嗅ぎ取ったのかも知れない。同情でも、情が通えば抱えているものを吐き出したくなる。それが重いほどにそうだ。悲哀の籠もった声で婦人は
は事情を語り出した。

二人は元々は富裕な商家の奥方とその娘で、暮らし向きにも不自由はなかった。ところが、絹糸を手広く扱い、精力的に商売を広げていた旦那が、ある日前触れもなく突然死んでしまった。まだ男盛りの年頃であった。

母娘揃って何事も手に付かず、悲嘆にくれる間に、お定まりの没落が襲ってきた。番頭を筆頭に雇人は櫛《くし》の歯が欠けたように去った。嘘か誠か債権者を名乗る連中が腐肉に群がる野犬の如く押し寄せ、売り物の反物どころか、書画骨董、土地家屋に至るまで、金目のものを骨になるまで平らげてしまった。

抗議も取り合って貰えず放り出された母娘の身柄を引き受けたのが、夫の商売仲間を名

乗る富豪の男だった。

初めのうちは親切に感謝していた婦人も、そのうちに男に下心があることに気づいた。

「過ちに過ちを重ねる愚かな母だと笑ってください。初めから私の身体だけが目当てだったのです」

とはいえ、ゆくあてもない身の悲しさ。結局は娘の養育のために、男の妾《めかけ》となる他になかった。

母には不義の葛藤があれど、週に一度訪う男への苦痛を伴う歓待をのぞけば穏やかな日々が続いた。

新たに主人となった男は粗暴で褥《しとね》の中でさえ婦人に拳骨《げんこつ》を振るったが、娘には気味が悪いほど優しかった。

その優しさの理由が分かったのは三月前のことである。

妾として受け取っている給金の他に少しでも蓄えを増やそうと、普段は内職に精を出している母娘だが、その日は婦人だけが一人で買い物に出た。

少し離れた市場へ縁起物の食材を求めに行ったのである。十五になった娘に初めて月のものが訪れたのをひっそりと祝うためであった。

静かに家を出た婦人であったが、帰りには門前に塵を巻き上げた。あれもこれもと買い入れた品が嵩《かさ》んで、珍しく駕籠《かご》を雇ったのであった。

予定よりも早い婦人の帰宅に、ただ一人雇っている下女の老婆が慌てた様子でまろびでた。荷を降ろすよう申しつけると、あれやこれやと理由をつけて、婦人の手を煩わせる。そこに不審を嗅ぎ取った婦人が慌てて屋内へ駆け込むと、主人の男が泣く娘の衣を剝ぎ取ってのしかからんとする最中であった。

驚いて振り返った男の鬼面と婦人の目が合う。娘は情の抜け落ちた瞳からさめざめと涙を流し、庭先の竹林は浪として静寂の中に音を立てている。

鉛のような空気の中で婦人を動かしたのは娘を想う情だった。咄嗟に男に取りすがり、娘を逃がした。その場は婦人が男をなだめすかし、娘の代わりに奉仕してようやく帰らせた。

後に下女を詰問すると、男の命で母娘を見張り、生活の様子から何もかも仔細《しさい》に報告していたのだという。恐ろしい執念であった。

母娘にとってそれからは地獄の日々であったという。

「娘はそれから一言も発さなくなりました……」

娘の心は砕けていた。

男の婦人に対する乱暴はひどくなるばかり、娘に対する獣欲は吐き気を催すばかりだ。

ついに覚悟を決めて、息をひそめて逃げ出す時機を窺った。

そして主人の母の誕辰を祝う宴の日、本邸の賑わいに乗じて、装飾品や衣装など値の張るものを蔵から持ち出せるだけ持ち出し、家人が寝静まった頃に逃げ出した。足に使ったのは贈り物の一つとして用意されていた馬車である。

捲殘雲《ケンサンウン》の追い払った老御者は事情を教えぬまま事前に雇っておいた唖者《あしゃ》であった。

話を聞けば、おのれの状況がどうであろうと捨て置ける丹翡《タンヒ》ではない。

「河港はこの先です。着いたら、鬼鳥《キチョウ》という方を探してください。この言伝《ことづて》を持っていけば、きっと力になってくれるはずです」

丹翡《タンヒ》は急いで認《したた》めた書状を婦人の手に握らせた。すでに護印師《ごいんし》の装束から、富家の令嬢らしい着物に召し替えている。

策を考えたのは捲殘雲《ケンサンウン》だった。失態を少しでも取り返そうと珍しく知恵を絞ったのである。

「ちょっと面倒だけど、馬車じゃ行かねえ方がいい。目立っちまうからな」

まず母娘を手持ちの中で最も地味な装束に着替えさせた。そして代わりにちょうど年頃が近い丹翡《タンヒ》が、娘の着物の中から目立つものを選んで着替えたのである。

衣装を借りるのと引き替えに新たな逃走経路を斡旋し、娘の服を着た丹翡《タンヒ》が買い物のために街歩きをすれば囮にもなる。

おそらく追っ手が掛かっているだろうが、街のちんぴら如きに遅れを取る二人ではない。青年は一挙両得の奇策を講じたつもりであった。

母は娘をかき抱いたまま、深々と頭を垂れる。娘は侏儒《しゅじゅ》のように縮こまって爪を噛んでいたが、母に促されると丹翡《タンヒ》を見た。茫洋《ぼうよう》とした瞳に意思は感じられないが、母が感謝していることは分かるのか。

「あ……ああ――」

丹翡《タンヒ》は娘の手を取った。小鳥を撫でるようにそっと骨の浮いた手を包み込む。

「一樹の陰一河の流れも多生の縁と申します。私も使命を負う身ですが、破邪顕正こそ我らが本願、不義不正を捨て置いては護印師《ごいんし》としての名が廃るというものです」

丹翡《タンヒ》は娘の手をぎゅっと握ってから離すと、すっくと立ち上がり、剣を目の前に立てて念を込めた。

「任せといてくださいよ。なにも世の中に策士が鬼鳥《キチョウ》の旦那一人っきりってわけじゃないんだ。俺の作戦だって捨てたもんじゃないっすよ」

捲殘雲《ケンサンウン》も胸を張っておのれの策に太鼓判を押した。

策というより思いつきではあるが、この際、複雑なものより破綻は少ないと前向きに見るべきかも知れなかった。

街の賑わいは辺境の宿場の屋台市場とは比べものにならない。

中心部には競うように大店が軒を並べ、それぞれが独特の人の匂いを醸し出していた。

店主の趣向で店の匂いが決まり、店の趣向で客の質が決まり、そうして各々の店自体が独特の雰囲気を持つ。店自体が一人の人間のように一つの匂いを持つ。

こういうことは小さな邑《ゆう》では起こらない。そのような場では同業者が共存する余地はないからだ。一つの仕立屋にあらゆる客が集う。一つの鮮魚商にあらゆる客が集う。茶館も酒楼も一緒くたで、そこは雑駁《ざっぱく》な人の匂いを放つ。

この街の大路はあらゆる人々とその匂いが混淆している。だが、方々で軒先を潜れば、そこは小さな一つの国に似た統一された空気を持っていた。

丹翡《タンヒ》がまず入ったのは装身具を扱う雑貨商だった。店の中にいるのはいかにも富裕な装いの婦人や令嬢、あるいは付き添いの男たちだ。

こんな品の良い店に出入りしたことのない捲殘雲《ケンサンウン》は少々気圧《けお》されていた。

それを払拭しようとして、店先に並べられた耳飾りを指さして言う。

「丹翡《タンヒ》さん、これなんか似合うんじゃないですか？　これでもいくらかは蓄えがあるんで、何でも欲しいものを言って下さいよ」

玄鬼宗《げんきしゅう》に追われ、取るものも取りあえず、まともに身だしなみを整える余裕もない旅だった。身だしなみなど仇討ちと大義の前では無意味と断じるのは男の無神経さだろうと思う。婦女子であれば、仇の前に惨めな姿を晒したくないという気持ちにも頷ける。青年は乙女のいじらしさに感じ入っていた。

乙女は浮かれた様子の青年をきっと睨んだ。

「何を仰っているのです。侮らないで。私がこのような装飾品に目がないとお思いですか？」

ひそめた抗議の声には怒りが籠もっている。

「女としての自分は捨てました。手元不如意《てもとふにょい》の私がお金を作るためには身につけた品を売ることに何の不都合がありましょう」

丹翡《タンヒ》は懐からそっと取り出した簪《かんざし》を見せる。

飾りには翡翠《ひすい》から彫り出した竜胆《りんどう》の花があしらわれている。差込の部分は翠輝剣《すいきけん》と同じく翠晶鉄《すいしょうてつ》で造られている。華美ではないが、凜として匂い立つような気品がある逸品だ。

命よりも大事な形見の品であった。

思い詰めたような丹翡《タンヒ》の表情から、捲残雲《ケンサンウン》も察した。

「……俺にも分かるよ、これがすっげえ宝物だって。でも、こいつは売っちまったらまずいもんなんじゃないすか？」

護印師《ごいんし》の簪には装飾品としての価値もさることながら、それ以上の価値があった。本物の目利きにだけ分かる類のものだ。

古来より髪というものは霊的な力を秘めたものであり、持ち主の分身とも言えるものである。

平生より気を練り、心法を修める護印師《ごいんし》がその髪に挿して使う装飾品、それも清浄な気と和する性質を持つ神珍鉄《しんちんてつ》の一種、翠晶《すいしょう》鉄製《てつ》ともなれば莫大の霊的な力を貯め込んでいると見てよい。呪物として、最上の価値を持つものと言える。

「……私情を挟んで大義を歪めれば、最も大事なものを失うことになります」

丹翡《タンヒ》は天の理というものを信じている。それは護印師《ごいんし》の道でもある。

公平と正義のために戦う限り、護印師《ごいんし》は負けることはない。

だから魔神を打ち破り、世界を救った。

護印師《ごいんし》の一族に生を受けた者は、必ずこの信念を心底に刻み込まれる。

神誨魔械《しんかいまかい》!

神仙の技《わざ》が鍛造せし至境の宝具は、海を拓き、山を崩す力を持つ。悪の手に渡れば、とてつもない災厄となるであろう。

だからこそ、それを奉ずる護印師《ごいんし》には鋼よりもなお硬い信念が求められる。

だからこそ、大義に外れれば護印師《ごいんし》はその報いを受けるであろう。

だからこそ、情義に呑まれて丹翡《タンヒ》を庇った丹衡《タンコウ》は死んだのだ。

そうでなければ、おかしいではないか!

護印師《ごいんし》の理想を体現する存在であった兄が、無惨な敗死という結末を迎えるというのは辻褄《つじつま》が合わないのだ。

本来、生き延びて天刑《てんぎょう》剣《けん》を守護するのは丹衡《タンコウ》であるべきであった。丹翡《タンヒ》を犠牲に生き延びるべきであった。

世の正義の体現者たる護印師《ごいんし》が、情義に溺れて身内を優先したのだ。天刑《てんぎょう》剣《けん》を護るという使命よりも、妹を生き延びさせることを優先した結果が、死だ。

天の理を違えれば、天の加護を失う。

故に、私は決して間違えない。

故に、私は天刑《てんぎょう》剣《けん》を護り抜く。

故に、私は私を捨てる。

翠晶《すいしょう》鉄《てつ》の簪は、天刑《てんぎょう》剣《けん》の鍔を護るという使命を奉じた日に母から与えられた。母はその義母《はは》から、義母はそのまた義母から受け継いだものだ。だからこれは形見などではなく、護印師《ごいんし》の役目そのものなのだ。

ひんやりとした翠晶《すいしょう》鉄《てつ》が握りしめる掌から温《ぬく》みを奪う。使命に全てを捧げることを教えてくれる。

「いや、それは分かるけどさ。じゃあ尚更そいつは本当にどうしようもなくなった時のために取っときなよ。第一、そいつを売ったら護印師《ごいんし》の縁者だってバレちまうだろ？」

捲残雲《ケンサンウン》は頭の後ろで手を組み、軽く言い放った。

破邪顕正の霊力を秘め、気刃を練る器に適した翠晶《すいしょう》鉄《てつ》の鍛造技術を持つのは護印師《ごいんし》だけだ。品物の価値を知る人間に売るのは危険が伴う。玄鬼《げんき》宗《しゅう》は必ず嗅ぎつけるだろう。

「何も大切なものを手放さなくたって……へへッ——こいつを御覧《ごろう》じろ、っと」

捲殘雲《ケンサンウン》が懐から取り出したのはみっしりと金粒が詰まった巾着だ。

口を緩めると中から黄金色の輝きが漏れてくる。

「こんなに……どうしたのです？」

実を言えばこれは先の婦人から受け取った金子である。

逃走経路の斡旋だけでなく、身代わりとなって狙われるとあってはただでは頼めないと手に押し込めようとするのを、丹翡《タンヒ》がきっぱりと断ったのだ。

——これは悪人からとはいえ、盗んだ金子でしょう。逃げた先で生活を立て直すのに使ってこそ浄財と呼べます。私が受け取るわけには参りません。

丹翡《タンヒ》からしてみれば人助けは当然のこと、金子を受け取るなどあってはならぬことであった。

だが、捲殘雲《ケンサンウン》の考えは違う。金は天下の回り物、恩讐は返すもの。正しいことをして金子を受け取るのに何一つ恥じることはない。それにこれは母娘のせめてもの礼なのだ。おのれに置き換えて考えるがいい。恩を受けて何も返せぬことほど、心病むことはない。これから新しい門出を迎えようという人間に不要の重荷を背負わせるなど愚の骨頂。受け取ってやるのが功徳というものだと心得る。

——捲、貸し借りをするなとは言わん。だが、そいつが一方的では不和を生ずる。与えるだけ与えて、何も取らないなんて聖人ぶった態度は傲慢というものだ。江湖でそんな真似をする奴は舐められる。もし、お前が借りを受けて返さなければ、そいつと敵同士になった時、絶対に遠慮が生まれる。江湖の敵味方ってのは山の天気より変わりやすい。貸しは必ず取り立てろ。借りは必ず返せ。

兄貴分の狩雲霄《シュウンショウ》からも、世渡りの基本として叩き込まれていることだ。

だが、捲残雲《ケンサンウン》もいい加減、この古風で律儀で健気な娘の性格を把握しつつある。言わでものことは言わずにおればよい。それもまた功徳というものであろう。

「俺にだってこのくらいの蓄えはあるんですよ。少しは格好つけさせてくださいって。どうしても気になるってんなら、蔑天骸《ベツテンガイ》を討って天刑剣《てんぎょうけん》の柄を取り戻してから返してくれたっていい」

「そんなこと——ッ！」

——そんなことは保証できない。

そう言いかけて丹翡《タンヒ》は唇をきゅっと引き絞った。待ち受ける使命が難事だとしても、今そんなことを口にするのはまるで森羅《シンラ》枯《コ》骨《コツ》には敵わないと敗北を認めるようなものだ。それだけはしてはならないことであった。

「……分かりました。捲様、此度のご助力に感謝いたします。命に代えてもこの恩義には報います」

乙女は青年の前で膝を折った。

「ちょっ、何もそこまでッ」

慌てる捲残雲《ケンサンウン》に旋毛《つむじ》を向け、深々と頭を垂れる。

二人の様子を眺めていた客の中年男が野次を飛ばす。

「よおッ！　兄さんたち、初々しいが新婚かい？　やるねえ……、女ってのは主人に傅くもんだって、最初にしっかり教え込んでおくんだぞ！」

野次を受けて丹翡《タンヒ》の肩がわずかに震えた。

誇り高い丹翡《タンヒ》のことだ。こんなことを言われて黙っていられるはずもない。今に啖呵を切って無礼を咎めるに違いないと思った捲残雲《ケンサンウン》は丹翡《タンヒ》の肩を軽く押さえて囁く。

「と、とりあえず、ここに用はなくなったんだ。さっさと出て行きましょうよ」

丹翡《タンヒ》を男の視線から隠すように背に庇って、店の出口を目指す。

「なに莫迦なこと言ってんだい。余所さまに迷惑掛けるんじゃないよ、あんた」

中年男の奥方と思しき太肉《ふとりじし》の女が、その背中をどやしつける。

「おお、怖え……じゃねえと見ての通り、尻に敷かれる羽目になっちまうからよ」

「阿呆なことばかり言うんじゃないよ、この穀潰《ごくつぶ》しが」

夫婦がお互いのあら探しに夢中になっている隙に、二人は店の外へ出た。

捲残雲《ケンサンウン》は冷や汗を拭い、背に庇っていた丹翡《タンヒ》に向き直って言う。

「ふう……ここ随分と高級そうな店だが、あんな肝っ玉夫婦が客なんて何かの間違いじゃねえのか？　ねえ、丹翡《タンヒ》さん」

話しかけても、丹翡《タンヒ》はどうにも上の空の様子だ。怒っている様子もない。

そうなると捲殘雲《ケンサンウン》の軽薄の虫がうずき始める。

「俺ら、新婚に見えてたってこたあ――へへッ、やっぱお似合いなんですかね？」

普段の丹翡《タンヒ》なら、さきほどの奥方のように捲殘雲《ケンサンウン》をどやしつけるところだ。

だが、相変わらずの上の空で独り言を漏らしている。

「夫婦……鍛劍祠《たんけんし》を復興し、お役目を継いでいくためには婿《むこ》どのを迎えねばなりませんね……しかし、護印師《ごいんし》はどこも後継者不足、どうすれば武芸と人徳を備えた立派なお方が……」

「あのー、丹翡《タンヒ》さん？　ここに武芸に優れ、人徳もある、明るくて素敵な未来の旦那候補がいますよ？　俺、鍛劍祠《たんけんし》継いじゃおっかなー」

乙女は眉を吊り上げ、やに下がった笑顔を向ける青年を睨む。

「揶揄《からか》うのもいい加減にしてください！　これは鍛劍祠《たんけんし》の存続に関わる重要な問題なのです。真剣に考えている最中なのです。静かになさって下さい！」

ぴしゃりと言われるとそれ以上物も言えず、引っ込むしかない。

「俺も、真剣なんですけど……」

茶館に客はまばらであった。かといって寂《さび》れているわけではない。大路から外れた此処には地元の客以外はあまり来ないようであった。余所者の二人の方が珍しいのである。

仕入れを終えてから丹翡《タンヒ》を昼餉《ひるげ》に誘ったのは捲殘雲《ケンサンウン》の方だ。だが、いつものように小汚い場末の酒楼に入ろうとしたのを断られ、丹翡《タンヒ》が代わりに選んだのがこの茶館であった。木造の二階建てで、多少埃っぽいことを除けば調度の感性も中々でいい店だ。注文を取ったのは無口な媼《おうな》であった。取るだけ取ると黙って奥へ引っ込む。

「陰気な――いや、たまにはこういう古風で落ち着いた店もいいっすね。ほら、俺と兄貴、いつもは酒楼くらいしか行かないし」

茶など飲むのは家を飛び出して以来のことだ。江湖の豪傑は大抵が酒好きで、浴びるように酒を呑むものと相場が決まっている。

狩雲霄《シュウンショウ》は正体を失うほど呑むようなことはしないが、だからと言って茶を飲んでいるところなど舎弟の捲殘雲《ケンサンウン》でも見たことがない。青年は茶に好き嫌いはなかったが、軟弱と思われるのが嫌で水を除けば酒以外口にしないようにしてきた。

だが、意中の乙女と二人となれば話は別だ。

逆に丹翡《タンヒ》の方は酒を嗜《たしな》まない。護印師《ごいんし》は清浄な気を乱すものとして、酒毒を忌むべきものとするからだ。それでも父や兄が客人に付き合って酒杯を傾けるのを見たことがあったが、おのれが飲みたいと思ったことはない。

武芸の腕に命を懸ける武林の人間こそ、油断を招くような振る舞いは慎むべきだと思っている。

それに比べて茶は良い。茶は覚醒を促し、鋭敏な意識を保ったまま、適度に緊張をほぐす。武林の人間ほど茶を嗜むべきだというのが丹翡《タンヒ》の見解であった。

「あまり大きな声で騒がないでください。喫茶は心身と気の巡りを整えるためのものですよ」

奥の卓で静かに畑仕事の話などをしていた老人たちが、捲殘雲《ケンサンウン》に目を向けていた。

茶館は人々の交流の場だ。静かとは言っても竹林で葉が擦れ合うような心地よい喧噪に包まれていた。その中であっけらかんとした調子の捲殘雲《ケンサンウン》の声は茶器が割れる音のようによく響き通る。

丹翡《タンヒ》は自覚がなかったが、装いも人の目を引いた。令嬢風の乙女は措くとしても、青年の傾《かぶ》いた装束、振る舞いは見るからに無頼漢である。江湖者なら尻の青い小僧が形だけは無頼を繕っているのが分かるが、素人から見れば区別はつかない。

いかにも怪しく、不釣り合いで、目を引く二人連れであった。

見ようによっては女衒《ぜげん》と妓楼《ぎろう》に売られていく娘に見えなくもなかった。

そんなことで衆目を集めているとは露知らず、一仕事終えた後の丹翡《タンヒ》は珍しく緊張を解いていた。

護印師《ごいんし》として厳しい戒律を守り、武術に励んできた丹翡《タンヒ》にとって茶は日々の務めの中でも楽しむことができる趣味の一つだった。名家の跡継ぎの嗜みの意味合いが強い琴棋《きんき》書画《しょが》と比べても、茶は張り詰めた緊張の糸をほどくことのできる安らぎであった。

丹翡《タンヒ》が好むのは花茶《ホアチャ》であった。花茶とは茶葉に花の香り付けをしたもの、または茶葉に花弁を混ぜたもの、あるいはその両方の製法を用いたものである。

注文は二人分丹翡《タンヒ》がした。

無口な媼が運んできたのは乾燥した毛玉に似た茶葉であった。

丹翡《タンヒ》の顔がぱっと華やぐ。珍品である。

花茶の中には趣向を凝らしたものがある。茶葉の中に花弁を埋め込み、花の球根のように球形に整えたものだ。これを入れた茶碗に湯を注ぐと、碗の中で球がほどけ、まるで生きているかのように花弁が開く。

加工が難しく、丹翡《タンヒ》も実際に目にするのは初めてのことであったが、その分感動もひとしおであった。この地方が産地という話を聞いた覚えはない。しかし、河川交易の中心としてこのような品があることも珍しくはないと思われた。

清涼感のある甘い香りが湯気とともに広がり、鼻孔をくすぐる。

茉莉花《まつりか》の香りであった。

「いつもの凜としてる丹翡《タンヒ》さんもいいけど、やっぱり笑ってる方が可愛いよ。こっちまで嬉しくなってくるっつーかさ」

行儀悪く頬杖を突いた青年がじっと丹翡《タンヒ》の顔を見つめ、言う。

馥郁たる香りに包まれて、険の取れた丹翡《タンヒ》の貌には花開くような笑みが浮かんでいた。

「か、かわ――⁉」

このような物言いを受ければ、護印師《ごいんし》としての務め、武人としての誇りを汚されたものと感じて、怒りを表すのがこれまでの丹翡《タンヒ》であったが、今は確かに張り詰めた心の緊張がゆるんでいた。怒りよりも、余裕のなかったおのれの心情を省みる気持ちが勝った。

「え、ええ、これが茶の効用です。お酒より、よほど良いものですよ」

その頬は羞恥からか薄い桜色に染まっている。

茶の蒸らしが終わるまで、今ひとときが必要であった。

だから、乙女はふと青年自身について尋ねてみる気になった。

「捲様は何故、江湖に身を投じられたのですか？」

青年の眉が奇妙に歪んだ。

何か嫌なことがあったわけではない。

ただ、話すに値するようなことなのかという逡巡であった。

もっと故郷を捨てるに値する逸話の一つや二つでも持っていれば目の前の乙女を楽しませられたかも知れないのに――と思っている。

「あの、話しにくければ無理にとは――」

「いやいや、違うって！　ただ……」

「ただ……？」

「面白くもねえ話っすよ。ただ自分の目的を探したかっただけで……。ほら、丹翡《タンヒ》さんには護印師《ごいんし》としての立派な使命があるでしょ。だが、そうじゃねえ人間ってのはおのれ自身で生きる目的ってのを探してみなけりゃいけねえ。それで江湖で凌いでいるうちに、なりてえもんが出来たんだ……」

珍しくその碧眼は乙女以外のどこか遠くを見つめて細められていた。

そのどこか遠くは丹翡《タンヒ》にも想像がついた。

「鋭眼穿楊《エイガンセンヨウ》の狩雲霄《シュウンショウ》どの、ですか？」

「ああ……」

鋭眼穿楊《エイガンセンヨウ》の狩雲霄《シュウンショウ》――鍛剣祠《たんけんし》に籠もっていた丹翡《タンヒ》でも、その綽号《とおりな》には聞き覚えがあった。

江湖の好漢にも色々いるが、弓術において鋭眼穿楊《エイガンセンヨウ》に及ぶ名声を博す者は当代においてはいない。同じく名の通った武林の高手なら、鳴鳳決殺《メイホウケッサツ》のように悪名高い男もいる。だが、鋭眼穿楊《エイガンセンヨウ》の事跡はその名ほどは知られてはいないにせよ、悪い風評は全くといっていいほど聞こえてこない。

江湖者からすれば潔癖と見える護印師《ごいんし》の丹翡《タンヒ》でさえも、狩雲霄《シュウンショウ》は親指を立てるに値する好漢と思えた。捲残雲《ケンサンウン》が憧れるのも頷ける。

なにより狩雲霄《シュウンショウ》は捲残雲《ケンサンウン》にとって義兄弟の契りを結んだ兄貴分だという。

「俺の得物は槍だろ？　だから兄貴の武芸を教わることはできない。でもさ、その背中から好漢としての生き方は学ぶことが色々とあるわけよ」

軽薄で不埒なところがある――と丹翡《タンヒ》は思っていた――青年だが、狩雲霄《シュウンショウ》について語る時に見せる少年のように澄んだ瞳が印象的であった。その瞳は信用できると思った。

尊敬すべき兄、憧れの兄……丹翡《タンヒ》にも、丹衡《タンコウ》という兄がいた。だから、その気持ちは分かる気がした。その気持ちに嘘やまやかしがないことが分かった。そこで初めて、旅の仲間である青年と気持ちが通じ合った気がした。

そして――そして、狩雲霄《シュウンショウ》について語る捲残雲《ケンサンウン》が、ほんの少し……ほんの少しだけ恨めしかった。それでも昏い感情は自身でも気づけないほどであったし、花茶の香りが打ち消してくれていた。

だから、続けて問うた。

「捲様は狩様のどのようなところに憧れていらっしゃるのですか？　憧れ、という言い方でいいのか分かりませんけれど……」

捲残雲《ケンサンウン》は光るような笑みを浮かべた。

「憧れ以外の言葉じゃ表せねえ。そうだな……兄貴は孤高なんだ。かといって冷たいわけじゃねえ。俺なんかを舎弟にして、色々と江湖の渡り方を教えてくれたりもする。だが、別に兄貴自身は仲間は必要としちゃいないんだ。兄貴の仲間だって人なんか、鬼鳥《キチョウ》さんが初めて会うくらいだよ。兄貴は……おのれの武芸の腕と、おのれの信義のみに拠って立つ。何人たりとも兄貴に頭ごなしに指図なんて出来やしない。そういうところが堪らなく格好良いんだ。俺もそうなりてえ——そう思わされるんだ」

捲殘雲《ケンサンウン》は言った。寂しげな眼をしていた。

強く正しく自立した人間の傍にいる未熟な人間がする眼だった。

丹翡《タンヒ》の心臓が錐《きり》で刺されたように痛んだ。

「分かるような気がします……」

丹翡《タンヒ》の兄——丹衡《タンコウ》は、丹家始まって以来の俊英と呼ばれ、窮暮之戦《きゅうぼのせん》を戦い抜いた先達と比されるほどの存在であった。

丹翡《タンヒ》もまた護印師《ごいんし》として十二分な才能を持ち、努力を重ね、将来を嘱望《しょくぼう》されてはいたが、あくまでも丹衡《タンコウ》の陰にあった。血統上の予備、と言い換えても良い。

今、懐に携えている天刑剣《てんぎょうけん》の鍔にしても、丹翡《タンヒ》は仮の護り手である——あったはずだった。本来は丹衡《タンコウ》がふさわしい嫁を迎え、当主の任を継いだ時に、その奥方に護り手の任も引き継がれる伝統であった。

次代当主の兄妹である丹翡《タンヒ》は謂《い》わば繫ぎの役目を担っていた。だがそれでも、おのれの身の程は知れども、天刑《てんぎょう》剣《けん》の護り手として、丹衡《タンコウ》と並び立つ鍛剣祠《たんけんし》の象徴として、誇りを礎《いしずえ》に務めを果たしてきた。

だが、それは常に優れた兄と比較され、至らぬおのれを恥じる日々でもあった。むろん、不満はない。

兄は優しく導いてくれた。

兄は強く、助けを必要としなかった。

兄は私を必要としなかった。

最後の最後まで、私は足手まといだった。

想念は、雨垂れが岩を穿つように、ゆっくりと確実に丹翡《タンヒ》の心を侵食する。

目の前の青年――捲殘雲《ケンサンウン》は楽しげに話す。彼の兄貴分について。

その背を追う男が、おのれを必要としないことを切なげに話す。だが、その独立独行の生き様に憧れるのだと。

そういった全てに共鳴し、そういった全てに嫉妬を覚えた。

だが、その感情が醜いものだと心の冷めた部分が警告していた。

それは正義ではない。

妖魔は人間の負の感情を利用し、心の隙間に入り込む。

であるから護印師《ごいんし》は、振る舞いだけでなく、その心も律しなければならない。

護印師《ごいんし》の伝統が、常に拠り所とすべき正義を教えてくれる。
妖魔に、悪に、つけ入る隙を与えてはならない。
――私は間違えない。
常に正しくあることが、間違えないことが、護印師《ごいんし》の戦い方なのだ。
だから、微笑んだ。笑いには力がある。浄《きよ》めの力だ。
昏いものを吹き飛ばして、清浄な気を呼び込む力がある。
それに丹衡《タンコウ》は、丹翡《タンヒ》の笑みが好きだと言っていた。
だが、今の丹翡《タンヒ》の笑みは傷痕を覆い隠すための笑みだった。誤魔化しの笑みだった。
おのれ自身を欺くほどに会心の微笑みだった。
卓の上に置いた丹翡《タンヒ》の手に、捲殘雲《ケンサンウン》の掌が重なった。
鼓動が跳ね上がる。
青年がそっと囁く。
「周り……ゆっくり見てくださいよ。気づかれないように……」
丹翡《タンヒ》は警告に従わなかった。さっと周囲を見回す。
いつの間にか客の数が増えていた。
空気が変わっていた。
最初にいた住民らしき客たちの姿はなくなっていた。

各卓についているのは、どいつもこいつも堅気には見えない凶相の男たちであった。

二人が気づいていることに、包囲の衆も気づいた。

卓の一つから席を立った男が、丹翡《タンヒ》と捲殘雲《ケンサンウン》の下へ歩いてくる。

その正体は考えるまでもない。

「青蓮華荘《しょうれんげ》の劉《リュウ》旦那の……娘さんだね。旦那が表で待ってる。一緒に来てもらおうか」

言い淀んだのは妾の連れ子だと知っていたからであろうか。

母の行方を問わないのは、劉の旦那の興味の対象が娘に移ったからか。

「お断りします」

違うとは言わなかった。

言って聞く男たちではないだろう。引きずってでも攫って行き、違うと分かったら謝罪の代わりに罵声を浴びせて放り出すような輩のはずだ。

「小僧。お前に関しちゃ何も言われちゃいねえ。逃げたきゃ逃げろ」

男は丹翡《タンヒ》の言葉が聞こえなかったかのように言った。

捲殘雲《ケンサンウン》は感情を堪えて頬を痙攣《けいれん》させている。

「殺してはいけませんよ？」

その言葉を聞いた男は上衣の裾を撥ね上げて、後ろ手に乾坤圏《けんこんけん》を抜き出した。

「合点承知ッ！」

天井から粉雪のように埃が降る。

乾坤圏の男の上半身が天井をぶち破っていた。

「合点」の声の途中で跳ね上がった騰雷槍《とうらいそう》の石突が「承知」の発声と同時に乾坤圏の男を天井に叩きつけていた。

力を失った下半身が吊り行灯のようにぶら下がっている。わずかに身じろぎをする辺り、命に別状はないらしい。

吹き飛んだ乾坤圏——鉄で出来た円形の刃で、拳法の術理で使う短兵器だが、活躍の機会もなく床にむなしく突き立っている。

振り抜いた勢いのままに槍を一回転させた捲殘雲《ケンサンウン》はすでに立ち上がって油断なく構えていた。

堪えていた感情が顔を通じて噴出する。

悪戯を成功させたばかりの悪童のような笑みだ。

畢竟《ひっきょう》、武芸とは暴力だ。暴力とは解放だ。後ろめたさのない暴力ほど、人の気分を爽快にさせるものはない。

市井の民は暴力をお上に預け、裁きをお上に譲り、秩序を守って暮らしている。

だが、江湖者というのは暴力をお上からおのれの手に取り戻した者を言う。

裁きの権能をおのれの手に取り戻した者を言う。

弱肉強食の理に身を委ねた者を言う。

理不尽には即座に返報を加えなければ堪えられない者を言う。

おのれの誇りを汚されれば、おのれの手で拭わなければ気の済まぬ者を言う。

取り囲んだちんぴらたちも同じ事。

袖の下、裾の中、裙の裏から兵器を現した。

捲残雲《ケンサンウン》は穂先に覆いを掛けたままだ。

丹翡《タンヒ》は鞘に収めたままの翠輝剣《すいきけん》を腰の吊しから外して構えた。

「助太刀は無用です」

「ご存分に」

二人は敵の真っ只中に飛び込んだ。館の中心である。

逃げ出す気はなかったが、無謀ではない。

身を躱す場のない壁際に追い詰められるのを嫌ったのである。

中央は吹き抜けになっている。

ちんぴらの数が多いのは見慣れない江湖者——捲残雲《ケンサンウン》への警戒のためであろう。

双錘《そうすい》——短柄の先に鉄塊をつけた兵器——を構えた男が丹翡《タンヒ》に突っかけた。娘を傷つけないようにという劉旦那の警告は、仲間を叩きのめされて頭に血が上った無頼には何の意味もなさない。

風に舞うひとひらの花弁のように丹翡《タンヒ》はひらりと身を躱す。

錘が卓を砕き、床にめり込む。

丹翡《タンヒ》の頭上から飛爪《ひそう》が襲う。飛爪とは鉄の鉤爪《かぎづめ》を両端に結わえた流星錘に似た兵器である。

鞘に収まったままの翠輝剣《すいきけん》が天に疾《はし》り、鉤爪の、爪と爪の間を縫う。

捻！

空いた手で剣訣を結び、勁力を込めて剣を捻ると、内側から破裂するように鉤爪が砕けた。

勁力の余波が紐を伝わり、飛爪の使い手を打つ。手指を痺れさせた衝撃が兵器を弾き飛ばす。

双錘の男が小枝のように軽々と両手の兵器を振り回し、丹翡《タンヒ》に迫る。砕かれた卓や腰掛けの破片が舞う。男が嗤った。無駄に置物を砕いたわけではない。鋭く尖った木片が双錘に打たれて飛び、丹翡《タンヒ》を取り籠めた。

両側から唸りを上げて挟み潰しに迫る双錘を避ければ、乙女の柔肌《やわはだ》に木片が突き刺さることは必至である。

右の錘に翠輝剣《すいきけん》が張りつく。

粘の一手だ。

彼我《ひが》の重量が逆転したかのように、翠輝剣《すいきけん》に連れられて錘が泳ぐ。必殺の手が崩れ、双錘の男の体《たい》が開く。丹翡《タンヒ》が独楽《こま》のように回転し、男の懐に潜り込んだ。

翠輝剣《すいきけん》の柄が男の鳩尾《みぞおち》に突き刺さる。そのまま撥ね上げて、体を入れ替えるように投げた。

吹き飛んだ双錘の男の背におのれがまき散らした木片が針鼠《はりねずみ》のように突き刺さった。悶絶して床を転げ回るとますます肉に破片が食い込み、苦悶の度を深める。

長兵器を構えた捲殘雲《ケンサンウン》は室内では不利を取るが、歩法と間合いの妙を重ねて敵手を懐に入れないでいる。

牽制の突きを小脇ですり抜けた男が鬼頭刀を頭上に振り上げ、大喝一声する。

「死ねい！」

捲殘雲《ケンサンウン》は突いた穂先を振り上げつつ、逆に一歩踏み込んで、鬼頭刀の男の懐に潜り込んだ。蹴りも加えて加速させた槍が男が刃を振るより速く一回転し、石突が下顎を打ち抜く。糸の切れた木偶《もくぐう》のように重力に引かれた男が床板に接吻し、勢いのまま床を滑っていった。

矢が流星のように降り注ぐ。

捲殘雲《ケンサンウン》は咄嗟に騰雷槍《とうらいそう》を風車のように回転させて防ぐ。

鞘走った翠輝剣《すいきけん》が天を撫でるように一颯すると縦に両断された矢弾が丹翡《タンヒ》をすり抜けて床に矢衾《やぶすま》を作った。

射かけたのは二階で連弩《れんど》を構えた男だ。

連弩は弓と比べ習熟が容易く、短時間に連射も利く優れた兵器である。威力や射程に劣ることは屋内で使う分には欠点とならない。

だが、聴勁《ちょうけい》で意や動作を察知する武林の高手にとっては、気力の籠もらぬ器械の放つ雨矢など児戯《じぎ》に等しい。殺気を読まれれば、隠形《おんぎょう》、奇襲の優位も消失する。

捲残雲《ケンサンウン》が爪先で卓を引っ掛け、撥ね上げた。卓の表面に二階の伏兵が擲った鏢《ひょう》や箭《せん》が使い手の数だけ突き刺さった。

爪先を上げた勢いで身体を平行に倒し、丹翡《タンヒ》に向かって低空に穂先を突き出す。乙女がそれを止り木代わりにふわりと乗るやいなや、青年は体幹のひねりをそのまま発勁《はっけい》に変えて、長柄を震わせた。

うねりを踏んで丹翡《タンヒ》が一気に二階へと跳躍する。

跳躍が頂点に達する前に練気は終えている。

剣訣を翠輝剣《すいきけん》の腹に沿わせ、気力を込めた。

――丹輝剣訣《たんきけんけつ》・幽人対酌《ゆうじんたいしゃく》！

くっと喉奥で搾るように叫び、気刃ではなく、酒杯のように白く丸い気の塊を四方八方に放つ。

命を奪う鋭さはないが、意識を奪う威力はある。

二階に潜んでいた暗器使い五名が気弾を受けて派手に吹き飛ばされた。

手すりを飛び越えた丹翡《タンヒ》が音も立てずに沈黙した階上へ降り立つ。

階下では丹翡《タンヒ》への気遣いのいらなくなった捲殘雲《ケンサンウン》が長柄の威力と間合いを活かして、存分に槍を振るっている。

震脚が床板を踏み割り、同時に覆い付きの穂先を肩口に叩き込まれた鉄算盤《てっさんばん》使いの巨漢を首まで床に埋没させる。

前で穂先が護手鈎《ごしゅこう》使いをたたき伏せれば、後ろで石突が流星錘を巻き上げ、使い手を弾き飛ばす。攻防一体、虎頭龍尾の一手だ。

気の代わりに体重を込めて疾風迴旋《しっぷうかいせん》を繰り出す。回転する騰雷槍《とうらいそう》が残った雑魚の腹といわず胸といわず鉄槌《てっつい》の如き威力で叩き、壁をぶち破って茶館の外へ叩き出した。

「へへっ、掃除完了ッと！」

鼻先を擦りながら、捲殘雲《ケンサンウン》が階上を見上げる。

「呆れた……そんなに壊して……」

階下は戦場跡のような有様だ。散乱した暗器、刀剣、兵器の数々。ひっくり返った卓に腰掛け、割れた床板。吹き抜けどころか、壁をぶち抜かれてほとんど屋外席のようである。

「丹翡《タンヒ》さんこそ、本気出しすぎじゃないすか？　ちんぴら相手に丹輝《たんき》剣訣《けんけつ》って。でも、幽人対酌《さけをくみかわす》なんて護印師《ごいんし》にも気の利いた奴がいたもんだ」

笑いながら揶揄《からか》いの言葉を投げる。

「あれは……子供の練習用の技です。名前は本来ありません。兄上がふざけてつけたのです。酒杯で敵を酔い潰すような技だから、と」

江湖修行時代の丹衡《タンコウ》は殺すほどの恨みのない敵を打ち倒す時、手加減のためによくこの技を使っていたと丹翡《タンヒ》は聞いている。この技で倒した相手とは、戦いの後によく友誼を結んだものだ、とも。

二人が茶館の外へ出ると、気を失ったちんぴらどもの中に、腰を抜かした男がいた。そこらのちんぴらにしてはいかにも大人らしい威厳ある服装だ。蒼ざめた顔に滝の如く冷や汗を流し、ぶくぶくに太った身体を瘧《おこり》のように震わせている。

青蓮華荘の劉旦那とは恐らくこの男のことであろう。

捲残雲《ケンサンウン》は槍を腕枕代わりにして、つまらなそうに立っている。

丹翡《タンヒ》はすらりと翠輝剣《すいきけん》を抜き放った。

「自身の罪状は分かっているでしょう。大人しく自首して、あの母娘には二度と手を出さないことです！」

劉旦那は、抜き身の翠輝剣《すいきけん》を目の前に突きつけられ、浜に打ち上げられた魚のように息を荒くしている。目玉はそれこそ水揚げされた魚のように飛び出しそうだ。

「に、二度といたしません！　娘のことは何もかも忘れます！　どうかお許しを！」

娘を見つけたと聞いた。地回りの連中を捕縛に差し向けた。娘はおらず、配下は手もなく蹴散らされ、滅法腕の立つ二人組がおのれの命を脅かしている。

そういう把握だけは早い男だ。そして命惜しみでは何者にも引けをとらない。

丹翡《タンヒ》は男を睨みつけると、剣を退いた。

「いいでしょう……」

感謝の表情を浮かべた男の心臓を捲殘雲《ケンサンウン》の槍が貫く。

呆けた笑みを最後に、男は事切れた。

「なッ——何をするのです！　武器も持たず、無抵抗の者を！」

青年は鵰雷槍《とうらいそう》を振って、血滴を散らしてから穂先を収めた。

冷めた調子で言う。

「いや、自首なんて意味ないし、こいつみたいな奴は反省なんてしないって。役人は賄賂次第でどうとでもなるし、恐れ入ってるのは今だけ。あの母娘を助けてやるには、殺して禍根《かこん》を断つしかないんすよ」

「全ての役人が腐敗しているわけではないでしょう。試しもせずに何を言うのです。東離《とうり》には法と秩序というものがあります！」

「だったら玄鬼宗《げんきしゅう》なんて連中が放って置かれねえっしょ。主人が妾やその娘をいじめた程度で、役人が何かしてくれたなんてこと聞いたことないっすけどねえ？」

「あ、貴方には正義を信じる心はないのですか!?」

捲殘雲《ケンサンウン》は困ったように眉根を寄せて、

「んー、なんつうか……正義は降ってくるものじゃなくて為すものというか……おのれで考えるのが大切って兄貴も言ってたし……」

一応の見解を述べるが、心許ない。

「皆が皆その調子では、この世は殺し合いだらけになってしまいます！」

捲殘雲《ケンサンウン》は頭を搔く。丹翡《タンヒ》の言うことは正しい。

太陽が毎日東から昇るように、江湖には殺しがある。

酒と殺しが江湖者の生きる糧だった。

気まずい沈黙が二人を包む。

丹翡《タンヒ》は漠然と悪人は捕まえて刑部に突き出せば良いと考えていた。

だが、その理屈が通らないとなると――。

たしかに捲殘雲《ケンサンウン》の振る舞いにも理があると考えざるを得なかった。

だがしかし――。

正しき心、正しき誓いを胸に、勇を持って義を行えば、必ずや神仏は応えん――という護印師《ごいんし》の教えはどうなる？

「……いかに悪人とはいえ、護印師《ごいんし》が無抵抗の者を殺すなど……」

「だったら、俺が殺しますよ。丹翡《タンヒ》さんにできないことなら俺が代わりにやります」

「そういうことではありません！　そういうことでは……」

丹翡《タンヒ》は目を伏せた。言うべき言葉を探していた。

鍛剣祠《たんけんし》の二百年の伝統と矜持が乙女独りの身に余ることは百も承知だった。だが、それを捨てれば、何のために丹衡《タンコウ》が死に、何のために丹翡《タンヒ》が生き延びたのか。人は生きる意味のために死ぬことはできても、生きる意味なしに生きることなどできない。

捲殘雲《ケンサンウン》は劉旦那の屍《しかばね》を漁って銭入れを探り出すと、少し迷った後、まるごと茶館の中へ投げ入れた。修繕《しゅうぜん》費用の代わりのつもりであった。

「古の聖賢《せいけん》曰く、江魚の腹中に葬《ほうむ》らるとも、いずくんぞ能く皓皓の白きを以てして、世俗の塵埃を蒙《こうむ》らんや」

おのれに言い聞かせるように丹翡《タンヒ》は呟いた。

純潔の志を汚すくらいであれば、江に己が身を投げて魚の餌とする——節操を固く守らんという決意を示す言葉であった。

丹翡《タンヒ》の呟きを耳にした捲殘雲《ケンサンウン》がふと小首を傾げる。

「たしか兄貴に続きを教わった気が……」

「……滄浪《そうろう》の水清《す》まば以て我が纓《えい》を濯《あら》うべし、滄浪の水濁らば以て我が足を濯うべし——狩様が仰ったのはこうでは？」

「そうそう！　何事も臨機応変にやらねばならん――って、兄貴が」

捲残雲《ケンサンウン》は丹翡《タンヒ》との間に通じる話題を見つけて嬉しかった。

丹翡《タンヒ》が表情を硬くしたことには気づかない。

青年は退屈な学問もたまには役に立つと思い直していた。

武芸者であっても学を修めるべきだというのが狩雲霄《シュウンショウ》の方針であり、折に触れて舎弟へ典籍《てんせき》を教授していたが、あいにく捲残雲《ケンサンウン》は熱心な生徒ではなかった。

元の散文詩は、汚職と闘い故国を追放された硬骨漢と、それに同情し、世俗との折り合いを説く隠者の対話篇である。

詩に詠われた硬骨漢がついには節を曲げることを肯んぜず、江に身を投げ、死を選んだという知識は青年の記憶から抜け落ちていた。


河港で二人は母娘が鬼鳥《キチョウ》の手引きで船に乗ったことを聞いた。

帰りの道中終始無言であった丹翡《タンヒ》はここでようやく笑みを見せた。

茶館での大立ち回りについては二人とも黙っていた。敵対とも友好とも違う妙な空気が二人の間に流れていることを気にしたのは、殤《ショウ》不患《フカン》だけであった。

七人を乗せた船は焰のような夕映えを帆に集め、流れを下る。

緑江は不思議と静かだ。船そのものが嵐の目かの如く。

嵐の手綱を取らんとする者は多い。しかし、成し遂げた者はいない。

陽は落ちていき、貨客は闇に沈む。帆は疑心の風を孕み、船は隔意《かくい》の江を遡上する。

ただ独り、船上に笑う者がいた。

蛍火《ほたるび》の如く煙管が火を宿し、風流人たる鬼鳥《キチョウ》の秀麗な眉目《びもく》が闇に浮き上がる。

古の故事に、疑心が暗鬼を生ずと言う。

疑心が暗鬼を生ずるが真なれば、暗鬼が疑心を生ずるもまた宜《むべ》なりや。

鳥が人を導くのか、人が鳥に導きを見出すのか。

交わらぬを交わらせ、踊らぬを踊らせる鳥。

悪鬼よりもなお嗤う鳥。

＊

小器用でない人間が不得意なことに挑戦する時、間違った対象に間違った手段を用いることが往々にしてある。

たとえば、妖魔相手にその仇敵について尋ねるといったことだ。

刑亥《ケイガイ》は船室で筆を取っていた。

使う墨は赤黒く生臭い。

船室を隔てる簾《すだれ》の裏に人影が差す。

「ちょっといいか？」

風来坊は簾越しに声を掛けた。

「構わぬ。入れ」

「おう、すまねえな」

簾をかき上げて上がり込むと、刑亥《ケイガイ》の前にどっかと腰を下ろす。

「何の用だ？　人間」

刑亥《ケイガイ》が書いているのは死霊術に使う呪符《じゅふ》だ。その作業の手を止めぬまま問うた。

「ああいや、ちょっとな……あんたに聞きたいことがあってさ」

「死霊術の秘伝にでも興味があるのか？」

手元の呪符から視線を上げ、男を揶揄《からか》うように言った。

「いやいや、そうじゃなくて——」

身を乗り出し、手を振って否定する。

「鬼鳥《キチョウ》のことさ。なんか過去に色々あった様子じゃねえか」

殤《ショウ》不患《フカン》は耳打ちするような語調で問うた。

刑亥《ケイガイ》の顔に険が表れる。

「それがどれほど私にとって不愉快な話題かわきまえた上で聞いているのか？　そこまで

私を怒らせたいと？」

声音には殺気すら混じっている。

「いやいやいや、待てよ。俺はただ本当に鬼鳥《キチョウ》のことを知りたいだけだ。あいつが何考えてやがるんだか、ますます分かんなくなっちまってよ」

殤不患《ショウフカン》は慌てて否定する。どうも鬼鳥《キチョウ》とこの妖女の過去には並々ならぬ因縁があるらしい。だが、今知りたいのは二人の関係ではなかった。

「鬼鳥《キチョウ》との因縁ではなく、あやつ自身について聞きたいと？」

刑亥《ケイガイ》の怒りが鈍ったのを見て、殤不患《ショウフカン》は質問を続ける。

「あんたは魔族だし、天刑劍《てんぎょうけん》が祠の外に持ち出されるのを嫌がるってのもまあ分かる。だが、鬼鳥《キチョウ》はなんでまたあそこまで護印師《ごいんし》のために身体を張りやがる？　最初はただの酔狂かと思っていたが、命まで投げ出すなんて尋常じゃねえだろう」

「魔族の私に言わせれば、貴様ら人間の行動はいつだって理不尽極まりないが……。やれ友愛だの、やれ正義だのといった妄言のために命懸けになるような連中だ。何をしでかしてもおかしくはあるまい」

腕組みをして少し考えてから殤不患《ショウフカン》は言う。

「あー……まあ、その辺の基準が食い違ってるのはこの際いいとして、だ。あんたから見た鬼鳥《キチョウ》ってのが一体どういう奴なのか、そこを詳しく聞かしちゃくんねえか？」

刑亥《ケイガイ》が筆を置いた。

「ははぁん――貴様、そうやって私に探りを入れるのが目的か」

「は？」

わけが分からぬ殤《ショウ》不患《フカン》は怪訝な表情を浮かべた。

刑亥《ケイガイ》はしたり顔で続ける。

「案ずるには及ばぬ。業腹だが天刑劍《てんぎょうけん》については奴の采配が最善の策なのも事実。事を成すまで裏切りはない。過去の清算はその後だ。そう雇い主には伝えておけ」

事を成した後のことまでは保証しない。利害の一致ある限り、手は貸そう。だが、どこからどこまで利害が一致するかは魔神のみぞ知る。

だが、風来坊が引っかかったのは別の部分だ。

「おい、何勘違いしてやがる？　俺が誰に雇われてるってんだ？」

殤《ショウ》不患《フカン》は苛立たしげに言った。

「私相手につまらぬ小細工を弄するよりも、まずは鳴鳳決殺《メイホウケッサツ》をどうにかする方が先決であろう。寝込みを襲うか毒でも盛るか、とにかくさっさと迴靈笛《かいれいてき》を取り戻せ」

刑亥《ケイガイ》は不服を滲ませながら言い捨てる。

「なんでそう明後日の方向に話がすっ飛んでいくんだよ？　あんた、俺の話を聞いてたか？」

殤《ショウ》不患《フカン》はあくまでも食い下がった。

「貴様が話す以上のことを聞いておるぞ。西幽《せいゆう》から鬼歿之地《きぼつのち》を渡ってきたなどと、よくも真顔でほざけたものだな。だから鬼鳥《キチョウ》の手先ではないとでも言いたいのであろう？　たわけめが。貴様の与太話を私が真に受けると思っていたなら、この刑亥《ケイガイ》を侮りすぎというものだ」

またその話か――そういう表情が男の顔に浮かんだ。

「おいそれ、無生の奴が言い触らしてまわってんのか？」

「朝からあれだけ騒ぎ立てられれば、耳を塞いでいても聞かずにおれるものか」

殤《ショウ》不患《フカン》は下唇を噛んで唸っている。

「だいたい貴様は、他の人間どもと比べてもあまりに得体が知れぬ。嫌だ嫌だとぼやきながらも我らと同じ船に乗っているのはどういう魂胆だ？」

投げかけられた挑発的な視線を払い除けるように殤《ショウ》不患《フカン》はかぶりを振る。

なかばやり返すように鬼鳥《キチョウ》と刑亥《ケイガイ》の因縁を蒸し返す。

「仕方ねえだろ。蔑天骸《ベツテンガイ》と事を構える以上、鬼鳥《キチョウ》の野郎について行くしかねえ。そいつはお前も同じだから、なにやら恨み骨髄って仲の鬼鳥《キチョウ》と手を結んだんじゃねえのか？」

刑亥《ケイガイ》の目の色が変わる。

「はッ、言ってくれるな、人間。良いことを教えてやろう。玄鬼宗《げんきしゅう》との諍いを解決したいなら、あの護印師《ごいんし》の小娘を縊り殺して天刑《てんぎょう》剣《けん》の鍔を差し出せば済むことだ」

言葉は十分な嘲りを乗せて放たれた。

「……それが魔族のやり方だってのか？」

殤《ショウ》不患《フカン》の声は冷えた。当初にあった友好的な雰囲気は完全に消失した。

「笑わせる。裏切りは魔族だけの特権ではないわ。くふふ……人の子は弱い。弱いから、より弱いものを強者に差し出して、おのれの命を購《あがな》う。弱いから、欺き、騙し、裏切る。窮暮之戰《きゅうぼのせん》より二百年……それが私の見てきた人間というけだものの性よ」

殤《ショウ》不患《フカン》は座り直し、背筋を伸ばした。

鞘込めの刀を立て、鐺で床を突く。

「だとしても――俺は違う道を行く」

けだものには性がある。

だが、好漢には俠がある。

「けだものはおのれの利にこそ鼻が利く。それはそれで賢さよ。だが、違う道とやらを行くのなら、貴様の言葉の矛盾、貴様の振る舞いの無謀にも納得できようぞ」

利の分からぬ奴だ――刑亥《ケイガイ》の言葉にはそういう嘲りが込められていた。

しかし、妖女は武俠という生き物を見誤っている。

武俠とは、武を以て道を開き、俠に拠って人を救う者だ。

世の理も己が利も埒外に置き、ただ気骨のみを重んずる。

玄鬼宗《げんきしゅう》が、おのれの命を狙うならば好きなだけ狙えば良い。

だが、うら若き乙女が、たった一人で気骨を示し、正義のために戦うならば――これを救わねばおのれはおのれでいられなくなる。

たしかに殤不患《ショウフカン》は重要な使命を負っている。おのれがおのれに課した使命を。

おのれの存在は災厄そのものだと解している。だから、丹翡《タンヒ》を突き放した。

玄鬼宗《げんきしゅう》などよりも、おのれの方が乙女にとっては疫病神だと思っている。

だが、因果は巡る。一度繋いだ縁《えにし》は天の意なしには断ち切れない。

乙女の決意を見た。純粋さを知った。助けてやりたいと思ってしまった。

ならば、やるしかない。そういう生き方は捨てられないからだ。

生きるということは、おのれの真情に従うことだからだ。

「俺には俺の守る信義がある。だが、説明してもてめえにゃ一生理解できねえだろうさ」

口元を裾で隠し、刑亥《ケイガイ》は苛立たしげに言う。

「フン……鼻の利かぬけだもの以下と交わす言葉などないわ」

「なあ、魔族の姐《あね》さん。魔界にも還らず二百年……人間に興味があるんだろう？　理由は聞かねえ、聞きたくもねえがよ。なら人に交じってみな。そしたら分かるぜ。人間にも色んな種類がいるってな」

刑亥《ケイガイ》の瞳にちらりと憎悪の炎が走った。

「余計なお世話だ。貴様こそ百年、二百年、人の世を見るがいい。人に種類などないわ」

冷たく突き放して、呪符作りに集中する。

引き絞った弓のような一瞬の緊張の後、殤《ショウ》不患《フカン》は席を立った。

風来坊は山陰に沈む夕日を拝みながら独り言ちた。

「魔族からあれほどの恨みを買うってこたあ……鬼鳥《キチョウ》の野郎、あれでよほどの英雄か。……そうは見えねえんだがな」

船は進む。

愉悦、謀略、殺意に利得、野望、使命、仁義を乗せて——。

＊

月光が水面に冴え、沙船がさざ浪《なみ》を割って光が飛沫《しぶ》く。夜風は軽く頬を撫でる。

船室から上がってきた殤《ショウ》不患《フカン》は、甲板に男女一対の影を見た。

小柄な影が長身の影を小突く。言い争う声が聞こえ、小柄な影がそっぽを向く。長身の影があれこれと取りすがった後、意気消沈して去る。

月桂《げっけい》はすべてを見ていた。

殤不患《ショウフカン》は船室に戻る肩を落とした影を避けて、屋形の影の中に身を沈めた。

男には男の情けがある。

気づかれぬようすれ違うと甲板に出た。

船縁に立つ小柄な影――丹翡《タンヒ》の横顔に月光が憂いを映していた。

殤不患《ショウフカン》はいつもより強く甲板を踏んだ。船板が軋む。

「殤様……」

丹翡《タンヒ》が振り向く。

「どうした？　眠れないのか」

乙女は言い淀む。

「ああ、いえ……」

「あいつに何かされたか？」

念のため、聞いた。

「まさか！　違います……ちょっとした意見の相違です」

「ならいいんだけどな」

殤不患《ショウフカン》はそれ以上は聞かなかった。

丹翡《タンヒ》は夜空と水面を見渡し、甲板に向き直って月光を背に受け、風を孕んで膨らむ帆を見た。何もかもが新鮮だった。希望だけを信じて良いと思えた。

「船が珍しいかい？」

「ええ、鍛剣祠《たんけんし》は山の中でしたから。こんな大きな船に乗るのは初めてで……ついつい興奮を」

大きく夜気を吸い込む。

川面を渡る冷たく澄んだ空気は、鍛剣祠《たんけんし》の清浄な空気にも似て、興奮に火照った身体を内側から冷ましてくれる。心地好い冷気が肺に満ちる。

殤《ショウ》不患《フカン》は黙っている。夜気と同じく心地好い沈黙だった。

「私、子供の頃からずっと鍛剣祠《たんけんし》に籠もりきりで……。外のことを知るのは兄の役目。それを補佐する私は伝統を正しく伝えるために外界の塵埃には塗れずに一生を暮らすものだとばかり思っていました。でも、この旅では、風も、波も、光も、何もかもが違って見えて、私、すごく不謹慎な気持ちになるんです」

丹翡《タンヒ》は苦しげな表情で胸元に拳をあてた。

そうすれば、そこにある感情を握りつぶせるかのように。

「あんたが背負った使命がどうあれ、楽しいときは楽しいと笑っていいんだ。世界を知って楽しいと思ったのなら、この世界にはあんたが守る価値がある」

使命も義務も必要ない。人は守りたいと思ったもののためになら、おのれのすべてを注いで戦える。そうした時、人の力は限界を超えて引き出される。

だから、知る者は知らぬ者よりも強い。

殤《ショウ》不《フ》患《カン》はそれが真理だと知っている。

殤《ショウ》不《フ》患《カン》はそれが諸刃《もろは》の真理だと知っている。

世界に価値がないと知れば、人は二度と立ち上がれなくなる。人は二度と戦えなくなる。

「はい……でも何よりも嬉しいのは、私の役目のためにこれほど大勢の方が力を貸してくださる、その御恩なのです。兄は私にたくさんの話を聞かせてくれていました。武林の高手の、江湖の英雄好漢たちの物語を……今は私がその中にいます。だから、たとえ玄鬼宗《げんきしゅう》が強大であろうとも……」

乙女の瞳が冷月を映し、寒光を照り返した。

殤《ショウ》不《フ》患《カン》の表情に影が射す。

殤《ショウ》不《フ》患《カン》は逡巡した。乙女は兄という山にこだました江湖の影を聞いているに過ぎぬ。耳をそばだて、目を凝らし、そして初めて知れることがある。

月光が日光の反射に過ぎぬように、物事は見たまま、聞いたままとは限らない。

「そうは言うがな。みんな腹の内では何を考えているのやら……」

だが、乙女の神聖視する兄を疑えとも言いかね、言葉を濁した。

「なにか心配事でも?」

沈んだ声音に気づき、問うた。

「そうさな、鬼鳥《キチョウ》のことはどう思う？」

難しい男だ。殤《ショウフ》不患《カン》もいまだ測り切れていない。

言動は好漢らしさを装っている。だが、殤《ショウフ》不患《カン》にはあまりにも作り物めいて見える。しかし、敵意は読み取れない。

読めない男は、眼力を測るにはもってこいであった。

丹翡《タンヒ》は先にも増して、瞳を輝かせる。

「素晴らしい方です。妖魔や無情の殺人鬼までも味方につけてしまうなんて……なんて度量の大きな御方なんでしょうか」

兄の、丹衡《タンコウ》のことを語る時と同じ声音だった。

殤《ショウフ》不患《カン》は、漏れそうになった溜息を必死で嚙み殺した。

強いて表情を動かさぬよう努め、落ち着いた声で言う。

「俺にはどうにも解せん。あんたが天刑《てんぎょうけん》剣のために命懸けなのは分かる。しかし、あいつが迴靈笛《かいれいてき》のためにおのれの頸まで差し出したってのは……正気の沙汰だと思うか？」

殤《ショウフ》不患《カン》は初めて乙女に射貫くような厳しい眼光を向けた。

丹翡《タンヒ》は不思議そうに見返して、

「つまり――旅の道中で無生様と仲直りする算段がおありなのでしょう？　でなければそのような約束をなさるはずがありません」

ゆめ疑わざる口調で断定してのけた。

その眼光に鋭さはない。だが、風来坊が思わず目を逸らしそうになるほど、眩しかった。

「……その発想はなかったぜ。なるほど箱入りのお嬢様ってのは考えることが違うな」

目を細め、笑った。目が眩んだことを誤魔化すためだ。だが、このまぶしさは不快ではなかった。

「私、そこまで軽蔑されるようなことを言いましたか？」

丹翡《タンヒ》は笑いを侮りとみて、憮然《ぶぜん》とした表情を浮かべて言った。

そうではない。心地好かったのだ。暖かい光に蒙《もう》を啓《ひら》かれたのはこちらの方だと言いたかった。

「いや素直に感心してるんだ。そんな風に人の善意を信じられる奴ばかりなら、どれだけこの世界は住みやすいだろうな」

男の瞳は哀愁を湛えていた。

世間に良い人間など一人もいないと合点するのは簡単だ。

友は利用するためのもので、他人は騙すか踏みつけにするのが賢く、隙を見せれば背中を刺されることになる。

そう承知しておくのも生き方かも知れない。

「殤様は人を善なるものと信じておられないのですか？」

乙女の持つ光は風来坊にはまぶしすぎる。

だが、たとえまぶしくても目を逸らさずに見つめて尊敬の念を抱けるなら、まだおのれは大丈夫だと思える。それならば、まだ戦える。

おのれの理想が不完全だと知って、なお立てるならば、まだやれることはある。

「信じたいとは思ってるし、実際に信じられる奴もいる。ただ生憎《あいにく》この船に乗ってる連中は誰一人として背中を預ける気にはなれねえな」

人を信じろ。だが、信じてはならない奴もいる。

例外だらけの歪《いびつ》な理想だ。そんなものを理想と呼んでいいはずがない。

「どうしてそのような……」

殤《ショウ》不患《フカン》には丹翡《タンヒ》の困惑する気持ちが分かった。

こんなことは言いたくない。丹翡《タンヒ》が信じるのと同じ理想を一緒に信じたいと切に願う。乙女に薄汚い現実を突きつけるのは悪趣味だと思う。だが、殤《ショウ》不患《フカン》は耳心地のよい世辞を言える男ではなかった。

「話してみて思い知ったのさ。どいつもこいつもお互いを疑ってばっかりだ。俺だって例外じゃねえ。こんな有様じゃ先が思いやられるぜ」

説教臭くなっているのは分かっていた。

本当は素直にあんたの善意は美しいと言ってやりたかった。素晴らしい理想だと言ってやりたかった。

だが、おのれが掲げた理想の価値はおのれの手でしか証明できない。だからせめて丹翡《タンヒ》がおのれの理想に手ひどく裏切られぬように、大人らしい賢しらな言葉を掛けてやるしかなかった。

丹翡《タンヒ》は殤《ショウ》不患《フカン》をまじまじと見つめて言う。

「やはり殤様はお優しい……それに謙虚です」

嬉しそうに笑う丹翡《タンヒ》に毒気を抜かれた。

「いや、俺はだな――」

言いかけて飲み込む。この純粋さには勝てないなと分かってしまう。

「だって、こんなにも真剣に私たちの行く末を案じてくださるなんて。貴方もまた道中を共にしてくださること、私は嬉しく思っています」

丹翡《タンヒ》には殤《ショウ》不患《フカン》がおのれの理想を青臭いものと看做《みな》していることは分かっていた。同時に、その理想を否定せず、尊いものとして扱ってくれていることも。

だから、感謝した。

だって私はこの理想を捨てられない。

清浄な護印師《ごいんし》の正義を穢すことはできない。

鍛剣祠《たんけんし》の護印師《ごいんし》は皆、私情を捨てて大義に殉じた。

私は鍛剣祠《たんけんし》の後継者だ。私は護印師《ごいんし》の一員だ。

私が私であるために、私は理想を裏切れない。

背負うもののないあいつとは違う。

「──ったく。これだから箱入りのお嬢様ってのは始末が悪い」

丹翡《タンヒ》から向けられる憧憬を含んだ視線に、殤不患《ショウフカン》は背を向けた。まぶしいものを見ることはまだできる。だが、まぶしく見られることには堪えられない。


月は目に痛いほど円《まる》く、寒光は真昼のように甲板を照らす。

だが、人心は明月あれども照らせない。見えるものが、感じるものが、心のすべてとは限らない。

光強ければまた影も濃く、心内にあれども色外に現るとは限らず。

＊

水上は朝霧に煙り、船上にはただ七人の影だけがおぼろに揺らいで見えた。

暁天《ぎょうてん》に射す曙光もまろみを帯びた乳色の霧を裂くには至らない。

風は凪ぎ、帆を畳んだ船は無音のまま、熟練の舵取りの腕で流水に乗って岸辺へ近づく。

江上を伝う隠密行は無事に魔脊山《ませきざん》の麓へと辿り着くかに思われた。

「そろそろ接岸だ。ここで船を下りたら魔脊山《ませきざん》までは目と鼻の先だよ」

冷たく湿った霧の中で丹翡《タンヒ》が身を強ばらせているのを見抜いた鬼鳥《キチョウ》が安心させるように言った。

だが、殤不患《ショウフカン》はその気休めに渋い顔だ。

「これで玄鬼宗《げんきしゅう》の連中を出し抜けたのならいいんだがな」

腕組みして霧中を睨んだ。いくら睨もうとも、乳色の霧はすべてを覆い隠している。

だが、霧を睨む男がいま一人、鋭眼穿楊《エイガンセンヨウ》の狩雲霄《シュウンショウ》だ。

こいつはその眼力で音に聞こえた男。たとえ霧の中、闇の中であっても、澄み切った湖水のように見通す男だ。

見えない視線の鏃《やじり》は霞を射貫き、岸辺の景を眼に焼きつけた。

「……いいや、その見込みは甘すぎたようだ」

その言葉に釣られたように、霧中に鬼火が浮かぶ。

一つ、二つ、三つ……すぐに数え切れなくなる。

岸に寄るにつれ、魔脊山《ませきざん》から吹き下ろす風が強まった。

風は江上を渡り、船上まで吹き寄せ、霧を払う。

鬼火は、篝火だ。

玄鬼宗《げんきしゅう》が焚いた篝火が、地獄へ誘う鬼火となって七人を待ち受けている。岸辺に雲霞《うんか》の如く寄せた玄鬼宗《げんきしゅう》郎党の数は、数十では利かない。

ここはすでに敵地、七罪塔《しちざいとう》の膝元なのだ。

玄鬼宗《げんきしゅう》の多勢は陣を整えつつあった。すでに七人を軽く見てはいない。軍勢に対すると同じ心構えで対している。

陣の最奥では、獵魅《リョウミ》、凋命《チョウメイ》の二人の幹部が郎党に手足の如く指令していた。

獵魅《リョウミ》は品を欠きかねないほどに嗤った。

「ほほほ、宗主様の見込み通り。やはり奴らは江から来たわね」

怨敵を一度は包囲の内に追い込みながら、狩雲霄《シュウンショウ》によっておのれをのぞいて全滅の憂き目に遭わされている。恨みは骨髄に徹していた。

何よりも、宗主の命を受けながら無様を晒したことは耐えがたいほどの恥辱であった。仇敵が罠にはまり込んだと知って、小娘のように頬を上気させている。

この屈辱は怨敵の流す血でしか拭えない。流血の予感が欲情に似た興奮を喚起している。

今度の備えはほとんど軍勢と言って良いほどの兵の数そのものだ。いくら鋭眼穿楊《エイガンセンヨウ》が間合いの外から矢を射かけようと、こちらの兵よりも先に矢が尽きる。

矢が尽きれば戦うまでもない。近づいて船の底を抜くも、火を掛けるも思いのままだ。

すでに敵勢は命運尽きている。

凋命《チョウメイ》の方は幾分か冷静だ。

情報を吟味して警戒すべき敵とは思えど、不必要に恐れるのは愚か者がすることだと思っている。それでいて油断はせず、江を渡って敵勢が反撃を試みた場合に備え、陣の構築に手を抜いてはいない。

「我らの裏を掻いたつもりでいたのであろうが。浅知恵というものだ」

に、と糸のように双眸を細めて笑う。

宗主の命を受けた二人は江の港各所に手配を回し、騒ぎがないか監視させていた。当然、その網の目に丹翡《タンヒ》と捲残雲《ケンサンウン》が引っかかっていたのである。

上陸地点に伏せさせておいた兵は二百を超え、万が一にも敗北の気遣いはなかった。

霧が晴れると、冥府の獄卒のように手ぐすね引く玄鬼宗《げんきしゅう》の陣容は狩雲霄《シュウンショウ》以外の者の眼にもありありと映った。

逃れようのない死の顎《あぎと》が開き、待ち構えていた。

だが、沙船上に臆する者はない。

朝の冷気にふさわしい寒月のような笑みを浮かべて、

「敵の頭目は二人か。ただ斬るだけなら造作もないが、こう雑魚が多いと辿り着くまでが億劫だな」

殺無生《セツムショウ》が嘯く。

「ハッ、天下の鳴鳳決殺《メイホウケッサツ》が弱音かよ」

その言葉を聞き咎めた捲殘雲《ケンサンウン》が挑発を弄す。腕が鳴るとでも言いたげに騰雷槍《とうらいそう》でおのれの肩を叩いた。

若い武芸者に視線すら向けず、鳴鳳決殺《メイホウケッサツ》は心にもない言葉を嘆息とともに漏らす。

「うむ、もし俺よりも先にあの二人の素っ首落とすような奴がいれば、そいつは鳴鳳決殺《メイホウケッサツ》に先んじた猛者として名を馳せることになるだろうな」

殊勝な物言いも、腰の退けた仕草も、すべては御し易しと見た若僧を操る手練手管に過ぎぬ。

敵を前にして滾っていた青年は槍で旋風を巻き起こし、

「ほう？　本気だな？　鳴鳳決殺《メイホウケッサツ》ともあろうもんが二言はねえよな⁉」

叫ぶと軽く腰を落として構えた。

「ああ——素直に負けを認めるさ」

鳴鳳決殺《メイホウケッサツ》の言葉には珍しく面白げな調子が滲んでいた。

露払いに指嗾《しそう》されているとも気づかず、捲殘雲《ケンサンウン》は気合い一声、

「——しゃあッ！」

甲板を蹴って江上へと跳んだ。

捲殘雲《ケンサンウン》が水面を蹴るたびに、水面には椀形の窪《くぼ》みが穿たれる。軽功によってその身体の

重みをわずかなものとしたのである。

水を踏むささやかな反撥のみを利用し、水上を旋風《つむじかぜ》の如く一息に駆け抜けると、その勢いのままに岸辺で待ち構える玄鬼宗《げんきしゅう》郎党に打ち掛かった。

宙空で剛槍を撓らすと同時にその身体が重量を取り戻し、叩き込まれた穂先が玄鬼宗《げんきしゅう》の一人を真っ向から断ち割る。

飛び越えた一人には背後へ脚を飛ばし、江へと蹴り落とす。

「世に仇なすは玄鬼宗《げんきしゅう》、天下に義士たるは捲殘雲《ケンサンウン》！　槍の寒赫《カンカク》の晴れ舞台だ！　道を空けなァ！」

気を込めた発声が攻め寄せる玄鬼宗《げんきしゅう》を雷鳴のように打つ。震脚が地を響かせ、振り回した騰雷槍《とうらいそう》が飄々と風切り音を鳴らす。待ち構えていたはずの陣形がたたらを踏んで乱れる。

威勢よく敵陣に斬り込む舎弟を視《み》ていた狩雲霄《シュウンショウ》が船縁に腰掛けた鳴鳳決殺《メイホウケッサツ》に視線を移し、声を掛ける。

「思いのほか若い奴の扱いに長けているな。いっそ弟子でも取ったらどうだ？」

ひとまず危険はないと見切って先陣は舎弟に任せたつもりでいる。

剣一筋に見えた男の老獪さ、いやむしろ稚気《ちき》に興味を示し、揶揄《からか》いの言葉で探りを入れる。

意外や、これに殺無生《セツムショウ》もなにげなく答えて、

「人を育てるのは性に合わん。見込みのある奴だと分かった途端に斬ってみたくなってしまう」

嘘か真か物騒な言葉で返した。

狩雲霄《シュウンショウ》は薄く笑った。

――鳴鳳決殺《メイホウケッサツ》の殺無生《セツムショウ》、人を殺すしか能のない剣術一筋の堅物かと思っていたが、なかなかどうして……。

鳴鳳決殺《メイホウケッサツ》の名が先走り、彼方に忘れ去られているが、この無情の剣鬼とて人の子である。修行時代もあった。やたらと突っかかる生意気な小僧のあしらいも一つや二つは心得ている。

鋭眼穿楊《エイガンセンヨウ》が鳴鳳決殺《メイホウケッサツ》と腹の探り合いをする間も、舎弟は次々に襲いかかる玄鬼宗《げんきしゅう》を……いや逆に先手を取って玄鬼宗《げんきしゅう》へ襲いかかり縦横無尽に打ち払って岸辺に橋頭堡《きょうとうほ》とでも呼ぶべき空間を作りだしている。

だが、それも一瞬のことで、一時の動揺が去ると伏兵の陣から包囲の陣へと陣形が組み直される。洗脳と外道法術によって心を縛られた玄鬼宗《げんきしゅう》の雑兵に恐れの感情はない。串刺しにされた同胞の屍《しかばね》を踏んで怨敵と定められた捲殘雲《ケンサンウン》包囲の陣を徐々に狭めていく。

だが、手近の敵から突き、薙ぎ、払い、叩き伏せることに夢中の捲殘雲《ケンサンウン》は陣形の質が変わったことに気づかない。

一人油断を見せず岸辺を睨んでいた殤不患《ショウフカン》が捲殘雲《ケンサンウン》の安否を気遣って言う。

「おいおいおい？　あいつ一人に任せとく気か？　流石に無茶すぎないか？」

捲殘雲《ケンサンウン》の戦いは何度か見て、その実力は概《おおむ》ね想像がついていた。

一対一、いや十対一でも若き武芸者が玄鬼宗《げんきしゅう》の雑兵に遅れを取るとは思わないが、体力は無限ではなく、敵の数は十ではない。背後には薄笑いを浮かべた幹部二人が余裕ありげに迎撃の陣の指揮を執っている。

援軍もなしに敵陣で暴れていれば、呼吸が乱れ、内息の練りが乱れる瞬間は遠からず訪れる。敵はその機を待っているに過ぎない。手応えのなさはその表れだ。

幹部二人は最初から捲殘雲《ケンサンウン》を相手にする気はないと見ていた。その視線は常に船へと向けられている。

船は鬼鳥《キチョウ》の指示に従い、捲殘雲《ケンサンウン》と玄鬼宗《げんきしゅう》が激闘を繰り広げる岸辺へと徐々に寄せてゆく。

「陽のあるところは好かぬ。それに、助太刀してやろうにも活きのいい屍《しかばね》がないと私の術は使いどころがないな」

刑亥《ケイガイ》は人足に運ばせた傘付きの寝椅子に横たわり、船上の一行に流し目をくれながら言った。

「屍《しかばね》なら今まさに続々と増えているようだが」

鋭眼穿楊《エイガンセンヨウ》が捲殘雲《ケンサンウン》が屠った玄鬼宗《げんきしゅうしかばね》の屍を指した。

岸辺を濡らす流血と屍《しかばね》の山、酸鼻を極める情景を見た刑亥《ケイガイ》は扇で口元を隠したまま、ホホと喜悦を漏らす。

「では誰か、あちらへ行って屍《しかばね》にこの呪符を貼ってきてくれ」

豊満な胸元が覗く紗《うすぎぬ》の合わせ目に婀娜《あだ》っぽく手を差し入れたかと思うと、死霊術に使う呪符の束を取り出して、すと一行に向かって差し出した。

「あのなあ……」

人任せの態度に気を損ねた殤《ショウ》不患《フカン》が眉根を顰《ひそ》める一方、

「ふむ――心得た」

鋭眼穿楊《エイガンセンヨウ》は腕組みを解いて笑った。

背から弓を外し、構える。

それを見た刑亥《ケイガイ》は、ほうと息を漏らし、寝椅子から身をもたげた。

「くく、それは私も初めてだ。面白いぞ、人間」

呪符の括《くく》りを外し、指先で一撫でして空中に放った。法術によって宙に綴られた呪符が帯のように連なりはためく。

一方で捲殘雲《ケンサンウン》は孤軍能く奮闘していた。

槍の間合いを活かし、懐に敵を寄せ付けない。

貫いた敵が穂先の重しとなるを嫌って突きを控え、薙ぎ払いによる斬撃と柄を使った打撃を駆使し戦う。騰雷槍《とうらいそう》は業物だ。勁力を込めれば柄は鋼の帷子《かたびら》を砕き、刃を防ぐ。

牽制の小技や連携、読み合いはあまり得意ではない捲残雲《ケンサンウン》だが、玄鬼宗《げんきしゅう》の雑兵相手ならば技の組み立てを考えずに隙の多い大技を連発できる。軍勢相手でも思う存分戦え、むしろ快《こころよ》いほどであった。

「数だけじゃこの槍の寒赫《カンカク》は倒せねえぜ！　せいッ――蛟龍《こうりゅう》盤雲《ばんうん》‼」

槍を撓らせ、力任せに龍脈へ勁力を叩き込む。

渾身の一撃が衝撃波となって地を伝い、龍脈がその震動を増幅する。

砂礫が爆ぜて兵士を撃ち殺し、地割れが兵士を飲み込んだ。

蛟龍《こうりゅう》盤雲《ばんうん》は地を走る龍脈を直接刺激することで、広範囲に震撃を喰らわす技である。技の〝からくり〟こそ単純なれど、確実な効力を発揮するためには龍脈の位置を正確に読み、勁力を撃ち込む必要がある。

だが、幸いここは魔脊山《ませきざん》の麓――東離《とうり》を縦横に走る龍脈がここで合流する結節点の一つであった。足下を流れる太い龍脈の上で戦っているようなもので、位置を探るまでもない。

普段はほとんど運任せに放つ捲残雲《ケンサンウン》の蛟龍《こうりゅう》盤雲《ばんうん》も百発百中、必殺の技と化して玄鬼宗《げんきしゅう》郎党を轢《ひ》き砕いた。

「一騎当千！　万夫不当！　運良く生きてりゃ、英雄寒赫《カンカク》の名を憶えて帰りな！」

捲残雲《ケンサンウン》は余勢を駆《か》って、ひるみを見せた玄鬼宗《げんきしゅう》を騰雷槍《とうらいそう》の餌食にする。

しかし、同胞が血泥に沈んでも、玄鬼宗《げんきしゅう》の郎党は挫けない。苦痛も嘆きも、黒衣と仮面で隠し、ただ腐肉に集る黒蠅《くろばえ》のように淡々と己が身を顧みず怨敵に群がり寄せる。

「はぁッ！　くっそ——こいつら死ぬのが怖くねえのかよ！」

捲残雲《ケンサンウン》にはまだ余力がある。

だが、死を恐れず、屍《しかばね》の上に屍《しかばね》を積む玄鬼宗《げんきしゅう》の鬼気迫る戦意に気圧されていた。さらに戦い始めた時より苦戦し始めてもいる。玄鬼宗《げんきしゅう》一人一人の強さが底上げされているのだ。

引きちぎれた腕が杭のように地に刺さり、こぼれた臓物が足に絡まる。渇いていた大地はいまや流血によって泥濘と化している。

すでに捲残雲《ケンサンウン》に硬く平坦な足場は残されていなかった。

玄鬼宗《げんきしゅう》は同胞の骸を被って地に伏せ、あるいは屍《しかばね》のふりをして潜み、背後から、足下から捲残雲《ケンサンウン》を襲う。

枯骨《ここつ》・喋血陣《ちょうけつじん》——戦いの中でおのれらの骸を以て怨敵撃滅のための陣地を築く、肉弾相殺の術理に拠った枯骨《ここつ》の奥義が一つである。

魔脊山《ませきざん》の裾野に広がる森ではなく、遮蔽物《しゃへいぶつ》も何もない岸辺に待ち構えていたのは油断を誘い、敵を陣地に誘い込む罠であった。敵は勝利に酔いながらおのれの墓穴を掘ることになる。

臓物の臭気が呼吸を乱し、血泥が脚を重くする。屍《しかばね》に隠れて刃が迫る。

「くッ――」

吐きそうになった弱音は矜持で噛み殺し、屍《しかばね》の陰から足首を摑んできた玄鬼宗《げんきしゅう》の手首を斬り飛ばす。

だが、敵は雲霞のように湧き、恐れを知らぬように寄せてくる。捲残雲《ケンサンウン》の敗北はそう遠くはなかった。

飄と風切り音が耳元を通り過ぎる。

「兄貴ッ⁉」

鋭眼穿楊《エイガンセンヨウ》の放った無数の矢はしかし、その尽くが包囲の玄鬼宗《げんきしゅう》を掠めて地に落ちた。

捲残雲《ケンサンウン》は狩雲霄《シュウンショウ》の矢が的を外すのを初めて見た。あり得ない。だが、目に見える事実はそうだ。仮面の内で、玄鬼宗《げんきしゅう》が嗤うのが見えた気がした。

船上で何があった？

おのれを囲む敵の数も忘れ、振り返る。

船上には白い帯が揺蕩《たゆた》う。刑亥《ケイガイ》の呪符が織りなす帯だ。

鋼の強弓を鋭眼穿楊《エイガンセンヨウ》が苦もなく引き絞り、一度に三本の矢を無造作に上空へ放つ。

矢は呪符を刺し貫き、江上を風に乗って渡り、骸と怨霊を繋ぐ縁《えにし》を岸辺へと送る。

枯骨《ここつ》・喋血陣《ちょうけつじん》、矢が貫くのは血泥そのものだ。陣を形作る玄鬼宗《げんきしゅう》の骸がそのまま泣宵《キュウショウ》の刑亥《ケイガイ》の死霊術を発動せしめる糧となる。

血のように朱《あか》い毒花が船上に咲いた。

朱い紗がひらめく。ほつれるように妖しく衿裾《きんきょ》が開き、美しい屍《しかばね》のように蒼ざめた素肌が覗く。夜魔の森の妖女の舞踏は怨霊を誘い、生への欲求を駆り立てる。

死霊術の導きにより、怨霊はあたたかみの残る骸の内側へ回虫の如く潜り込む。骸に張りついた呪符が屍《しかばね》に霊的な入り口を開くのだ。

「さあ舞い踊れ、我が愛しき傀儡《くぐつ》たちよ!」

妖歌吟，鴆花蜜，鎮亡夜之魂，惑永寐之軀。生人樂舞，屍亦婆娑。幽冥絕麗之界，不聞人語，唯識月光。

(妖魔の歌は毒花の蜜、闇夜に迷う魂鎮め、永久に眠る骸を魅する。生者が舞踏に親しむように、幽鬼も屍衣を翻し舞う。げに麗しきは黄泉の国、生者の聲《こえ》は聴かずして、ただ月光のみを識れ)

捲殘雲《ケンサンウン》を包囲した玄鬼宗《げんきしゅう》郎党の足首に骸が絡みつく。割れた頭蓋から脳漿《のうしょう》を漏らした同胞の首が、零れた臓物が、敵となって玄鬼宗《げんきしゅう》に襲いかかる。

血泥の中から悪鬼と化した骸が立ち上がり、新鮮な血肉を求めて手当たり次第に生きた同胞たちへむしゃぶりつく。

「死霊術だと⁉　奴らいったい……」

喋血陣《ちょうけつじん》が破られ、悍ましい同士討ちが繰り広げられる光景に凋命《チョウメイ》は絶句した。

「ええい、怯《ひる》むな！　屍《かばね》は屍《かばね》、芸もなく食らいつくだけの獣よ」

獵魅《リョウミ》の叱咤に励まされた玄鬼宗《げんきしゅう》は活気づいて同胞の骸に刃を向けた。

だが、結果は変わらぬ。

亡者に技も気功もありはしない。ただ手に兵器あらば振り下ろし、なくば爪で歯で引き裂き千切るだけだ。

玄鬼宗《げんきしゅう》郎党は亡者よりも速く致命の一撃を叩き込む。亡者は手足をもがれ、胴を断たれ、首を落とされながら、それでもなお生きた同胞に抱きつき、肉を引き裂き、生き血を啜る。

防御を捨てた渾身の一撃を敵より先に放つ。あるいは相討ちとせしめる。そういう枯骨《ここつ》の技が、すでに死するが故に不死身の亡者とは致命的なまでに相性が悪いのだ。

もはや動けぬほどに人体を損壊しなければ、亡者は動きを止めない。

死んだ同胞が新たな亡者となり、また骸を増やす。

阿鼻叫喚《あびきょうかん》の地獄が現出していた。

「せめて貴様にッ――！」

悲鳴のような叫び。

亡者を切り抜けて捲殘雲《ケンサンウン》の前に立った玄鬼宗《げんきしゅう》がよろめいた軌道で剣を振り下ろした。勢いが足らず、間合いは遠すぎる。原因は太ももに食らいついた亡者の生首であった。

騰雷槍《とうらいそう》の穂先が苦もなく敵手の喉首を串刺しにする。

無念の表情を浮かべて血を吐いた男が倒れると、すぐに矢が呪符を運び、玄鬼宗《げんきしゅう》の骸が味方へと反転する。

喉から流れ出た血が赤い前掛けの如く黒衣に広がり、滴る。濁った瞳に生者への嫉妬を浮かべて、おのれに続いて亡者の群れを切り抜けてきた同胞に血混じりの唾液を垂らしながらのしかかる。

「……こいつが英雄の姿なのか?」

捲殘雲《ケンサンウン》は血に塗れた穂先に眼を奪われていた。

吐き気を催す亡者の軍勢が地上に地獄を作りだしている。

一対一の決闘も、武芸者の技比べも、この戦場には存在しない。

おのれが憧れた英雄好漢の理想は、こんなものであったのか?

――せめて貴様に……殺されたい。

さきほどの玄鬼宗《げんきしゅう》が言いかけた言葉が脳裏に浮かぶ。

せめて亡者の爪牙ではなく、俺の振るう槍で冥府へ送る。

「やってやんよ！　蛟龍盤雲《こうりゅうばんうん》‼」

丹田で練り込まれた気が龍脈のつぼを叩く。

勁力に反応した龍脈が震動を連鎖的に増幅し、大地がぐらぐらと煮え立つ。

震動は熱量だ。震えは地から脚へと伝わり、玄鬼宗《げんきしゅう》郎党の血肉を沸騰させた。

人体が一瞬で沸き立ち、内側から粉微塵に爆ぜる。もはや死霊術の傀儡《くぐつ》としても使えぬほどに。

血煙が立ち上る。沸騰した紅い体液の霧は船上からもよく見えた。

「やるではないか、小僧」

血霧を見た刑亥《ケイガイ》は恍惚に肌を染め、官能の吐息を漏らした。

まるで血煙が船上までも届くかの如く陶然と笑い、それを塗り込むかのように妖しくおのれの素肌を撫でた。

捲残雲《ケンサンウン》は一切の余力を残さぬほどの猛進で混乱する玄鬼宗《げんきしゅう》を蹴散らし、包囲を突き抜ける。そこには幹部二人が陣取っていた。

迎撃に一歩踏み出したのは獵魅《リョウミ》だ。

玄鬼宗《げんきしゅう》に二度目の失敗は許されない。せめて目の前の男の首級だけでも挙げねば、宗主に許しを請うことすら敵わぬ。

先の手合わせを阻まれたのが、捲残雲《ケンサンウン》としても心残りであった。決着は望むところだ。

「さあ、いつぞやの続きと行こうぜ！　おっかねえお嬢さんよ！」

挑発はするが、構えは防御的な下段である。包囲を突破するまでに大技を連発してきた。乱れた内息を一度整える必要があった。

本来下段はあまり防御的とは言えない。槍同士で構えれば中段の方が間合いを管理しやすく、槍のもっとも基本的な技術、即ち刺突も一動作で繰り出せる。

下段からでも下肢《かし》を突くには一動作で済むが、上下の変化に自在な中段と比べて、余分な穂先の制御を必要とする。それは拳一つ分の差でしかないかも知れぬ。しかし、肉に刃が拳一つ分沈めば人が死ぬには十分だ。

捲残雲《ケンサンウン》が下段に構えたのは獵魅《リョウミ》の得手を知っていたからである。子母鴛鴦鉞《しぼえんおうえつ》――捨己の心得でのみ扱える究極の短兵器である。

間合いにこれほどに差があると、槍の下段構えによる拳一つ分の差など存在しないに等しい。むしろ斜め下に向けて構えることで本来の槍の長さ、穂先が届く間合いが読みづらくなり、迂闊には踏み込めなくなる。

鴛鴦鉞《えんおうえつ》という間合いの管理こそが扱いの要諦《ようてい》となる兵器に対しては、おのれの兵器の間合いを悟らせないことこそがもっとも有効な戦術なのである。

「チッ、痴れ者《しもの》が調子に乗りおって」

吐き捨てつつも獵魅《リョウミ》は慎重に機を窺う。

獵魅《リョウミ》に焦りの色はない。鴛鴦鉞《えんおうえつ》を使うならば、敵手に兵器の間合いで劣るのは前提である。獵魅《リョウミ》の戦いは常に間合いに勝る敵手の懐に潜り込むことから始まる。

刑亥《ケイガイ》の呪符を十分に岸へ送り終えた狩雲霄《シュウンショウ》はその隻眼で舎弟の決闘を気楽に見守っていた。

「どうする捲。相手は当然狙いを読んでいるぞ」

後ろにいる殺無生《セツムショウ》を振り返って、

「で、お前さんはどうする。いよいよ先を越されるが？」

舌先三寸で舎弟を露払いに送り出した男を挑発した。

鳴鳳決殺《メイホウケッサツ》の殺無生《セツムショウ》は顔色一つ変えない。

「ふむ、まあ頃合いか……」

そう呟くと、手慰《てなぐさ》みに掌で転がしていた迴靈笛《かいれいてき》を懐に仕舞った。

船縁を軽く蹴って飛び降りる。

だが、先に走った捲殘雲《ケンサンウン》と違い、水面を踏みすらしない。一条の閃光と化して戦場へと奔った。

殺気が漲った捲殘雲《ケンサンウン》と獵魅《リョウミ》の間に降り立つ。

「ば、莫迦なッ⁉ 鳴鳳決殺《メイホウケッサツ》……何故ここに⁉」

獵魅《リョウミ》の背後で様子見していた凋命《チョウメイ》が慄いてさらに一歩距離を取った。

殺無生《セツムショウ》は振り返りもせずに獲物を横取りされた捲殘雲《ケンサンウン》に教訓を与える。

「この俺に先んじたいならば、せめて流《りゅうせいほ》星歩くらいは究めておけ。小僧」

流《りゅうせいほ》星歩――己が身を、尾を引く極光と化して宙を奔る軽功の絶技である。

「畜生ッ！　汚えぞ！」

そう叫んだ捲殘雲《ケンサンウン》に背後から包囲の雑兵が追いつき、斬りかかった。仕方なく反撃を加えるが、はからずも一騎討ちに挑む殺無生《セツムショウ》の背を守る構図となっている。

船上から見守る丹翡《タンヒ》は両手を祈るように組み、

「以心伝心……皆様、素晴らしい団結力です！　やはり天時不如地利《てんのときはちのりにしかず》、地利不如人和《ちのりはひとのわにしかず》と言いますもの！」

感動とともに言葉を漏らした。

狩雲霄《シュウンショウ》、刑亥《ケイガイ》の連携が若武者の窮地を救い、さらに殺無生《セツムショウ》が捲殘雲《ケンサンウン》を助けに飛び出して行った。丹翡《タンヒ》にはそう見えている。たしかにそれは一つの客観的事実ではあった。

むろん横で見ている殤不患《ショウフカン》にはまた別の見解があった。不仲のために互いが互いを道具として利用しあったが故に生じた偶然の嚙み合いというのがそれだ。相性、と言ってもいい。

「嘘だろ？　おい……」

とにかく何故破綻していないのかが不思議でならなかった。

鬼鳥《キチョウ》は煙管で戦場を指し示し、

「これこそ仲間同士の信頼と絆の証です。いかがです？　この鬼鳥《キチョウ》の人選に間違いはなかったでしょう？」

憧れるような視線を向ける丹翡《タンヒ》に嘯いて、満足げに胸を張った。

「はい！」

瞳を尊敬で潤ませて幾度も頷き、首肯する。

軍師の方策か偶然の産物か。殤不患《ショウフカン》の眼からも鬼鳥《キチョウ》の微笑みの裏は見通せない。

一方、戦場では江湖の無常鬼《しにがみ》が命の選択を突きつけていた。

鳴鳳決殺《メイホウケッサツ》は命を啄《ついば》む凶鳥だ。鳳啼雙聲《ほうていそうせい》が抜かれるのを見て、生きて帰った奴はいない。

そういう噂は獵魅《リョウミ》と凋命《チョウメイ》も風に聞いている。

「さて——どちらが先に死ぬ？　決めかねるならば同時でも構わんぞ」

殺無生《セツムショウ》の指の股が双剣の柄を求めて軽く開いた。

血を見ずには収まらない。そういう意思表示だ。

刃を見せずとも長身が放つ鋭利な剣気は肌を刺すようだ。

「くッ——」

凋命《チョウメイ》は兵器に伸びそうになる手を抑えた。

白刃を見せることは即ち剣鬼への宣戦布告と看做される。対決は必至としても、戦いが刻む拍子の主導権を敵手に握らせたくなかった。

鳴鳳決殺《メイホウケッサツ》は傲慢な男、と凋 命《チョウメイ》は読んだ。

ならば格下と看做した我らに不意討ちは仕掛けまい。こちらが兵器を抜くのを待つはず。そう腹を括った。時間を稼げば罠を仕掛け、奸計《かんけい》を巡らす隙もできようぞ。

だが、後のない獵 魅《リョウミ》にその姿勢は怯 懦《きょうだ》と映る。

「たわけ！　怯んでどうする！　今こそ玄鬼宗《げんきしゅう》の底意地の見せどころであろうぞ！」

獵 魅《リョウミ》は魅月弧《みげつこ》を構え、叫んだ。

鳴鳳決殺《メイホウケッサツ》は江湖に名高い殺し屋といえども、使う双剣の間合いは槍よりも遥かに狭い。兵器の相性でいえば懐に潜り込みやすくなったとさえ言える。

そして鳴鳳決殺《メイホウケッサツ》は獵 魅《リョウミ》から見ても自信過剰だ。剣を背負っては居合いによる抜き打ちは望めまい。腰と背では抜剣の速度に雲泥《うんでい》の差がある。敵と対峙してなお双剣を鞘から抜かぬは傲慢を越えて油断であろう。

――貴様から見れば女一人、さぞ他愛なく思えよう。だが、その油断こそ命取り。

獵 魅《リョウミ》はこの命、すでに宗主に捧げたものと心得ている。

剣術に格別の拘《こだわ》りを持つ蔑天骸《ベッテンガイ》のことだ。江湖で最強の呼び声も高い鳴鳳決殺《メイホウケッサツ》を仕留めたとなれば、その寵愛は約束されたようなものである。

両手に魅月弧《みげつこ》を握ったまま、続けざまに印相《いんそう》を結ぶ。

「枯骨《ここつ》・砕腑《さいふ》！」

砕腑《さいふ》、とは全身の経絡を暴走状態に追い込み、爆発的に内力を増幅する術だ。もっとも、使いすぎれば経絡に甚大な損傷を負い、廃人と化す諸刃の剣でもある。

制御を超えて経絡から溢れた気が体外に漏れ出し、獵魅《リョウミ》の長髪に燐光が宿る。

鳴鳳決殺《メイホウケッサツ》は力任せの豪傑ではない。正派の剣術を究めてのち、裏社会に落魄した武林の泰斗にして殺人鬼だ。

剣客は必ず術理に従う。敵の実力を測り、動きを読み、必要最小限の力で斬る。その力の制御が隙を作らぬために必要だからだ。

だからこそ、ありえない力、ありえない速さが鳴鳳決殺《メイホウケッサツ》攻略の鍵となる。侮りは業腹だが、侮りは読みを曇らせもする。

さらに獵魅《リョウミ》にはまだ隠し手があった。

獵魅《リョウミ》の得物、子母鴛鴦鉞《しぼえんおうえつ》は掌法の応用で扱う兵器だ。であるから、その術理は当然掌法に基づく。愛用の鴛鴦鉞《えんおうえつ》、魅月弧《みげつこ》を掌の延長とするのがその極意である。この掌は敵を斬り、鉤裂《かぎざ》き、敵の刃を受け止めもする。

だが、獵魅《リョウミ》の隠し手は、掌法の極意、掌法の術理の枠の外にあった。

血鶴翔嘴脱手双飛《けっかくしょうしだっしゅそうひ》——敵を死角に追い込んだ時か、命を捨てる覚悟がついた時のみ放つ極めつきに危険な技だ。両手に構えた魅月弧《みげつこ》を敵手に向けて擲つのである。

これは武芸の術理においてもっとも根本的なものである間合いを覆す回避不能の殺し技だ。隠し手を知らぬ者にとっては何よりも恐ろしい。武芸に長けた者ほど、術理に基づく〝読み〟を覆されることは致命的な隙に繋がる。

ただし、身のうちの気力すべてを込めて擲つから、放った後は無防備になる。そして兵器は手の内を離れた後だ。万が一、回避されれば命運は尽きたも同然である。

だから、この技を使う時は、敵かおのれのどちらかが必ず命を落とす。

獵魅《リョウミ》は獣のように地を駆け、間合いを一気に詰めた。

——真《しん》・血鶴翔《けっかくしょうし》嘴脱手双飛《だっしゅそうひ》！

無言のまま必殺の手を放つ。

先の手痛い敗北が、獵魅《リョウミ》の奥義にさらなる一手をつけ加えていた。

枯骨《ここつ》・砕腑《さいふ》によって、本来の才能を超える内力を引き出した時のみに使える技である。血鶴翔《けっかくしょうし》嘴脱手双飛《だっしゅそうひ》では兵器を擲った後に無防備となる。だが、この時、獵魅《リョウミ》が放ったのは必殺の気力を込めた外勁であった。

相討ちの気迫で放った一撃は兵器そのものが飛び来るものと、いかな武林の高手といえど欺く。

しかし、魅月弧《みげつこ》はいまだ手の内にあるのだ。

気力が底をつき、無防備となるはずの身体には力が漲っている。

命を削り、暴走させた経絡が能力の限界を超えて力を引き出している。

懐に潜り込み、止めを刺す。

鳴鳳決殺《メイホウケッサツ》の頸は貰った！

「殺劫《さつごう》・黑禽夜哭《こっきんやこく》……」

獵魅《リョウミ》の丹田から急速に真気が失われつつあった。

臓物の奥から底冷えする寒気が広がる。

「りょ、獵魅《リョウミ》！」

凋命《チョウメイ》の喉から情けない声が漏れた。

間違いだった。挑むべきではない相手だった。

玄鬼宗《げんきしゅう》幹部ともあろう男が恥も外聞もなくそう思った。

鞘走りの音は響かなかった。

剣光は閃かなかった。

双剣がいつ抜かれたのか、斬られたのか、刺されたのか、そもそもおのれを殺したのは鳴鳳決殺《メイホウケッサツ》か？

獵魅《リョウミ》には何も分からなかった。

視界が傾き、地面が近づき、衝撃が頬を打った。

痛みはない。苦しみはない。生きている徴《しるし》がない。

ただ寒かった。

黒禽夜哭《こっきんやこく》は、敵の闘気を、殺気を吸って威力を増す。おのれを戦場の暗渠《あんきょ》と化して、吸収した敵の殺意や敵意を以て殺し技を放つ。だから、〝起〟が読めない。敵はおのれの殺意でおのれを殺すのだ。

殺無生《セツムショウ》の足がうつ伏せに倒れた獵魅《リョウミ》を無造作に蹴り転がして仰向けにする。

「まだ息があるとは、所詮は女か」

おのれの殺気を乗せられた一撃で死なぬのは相討ちの覚悟が足りぬからだ。

剣鬼はそう言っている。

屈辱だった。

敗北がではない。おめおめと生き残ったことがだ。

それはつまり宗主に命を捧げる覚悟がないということと同義だからだ。

天骸様のために死ぬ。そう定めたはずのこの命が、それ以外を願っていたからだ。

おのれがおのれを裏切ったからだ。

まだ見えている眼も、生き汚く大気を啜る肺も、おのれでおのれが憎くて堪らない。

「殺し合いの場ですら真剣になれぬ雑魚を斬る剣はないな」

剣鬼は虫の息で横たわる女に興味を失った。

焼けるように熱い血涙が死にかけた女の頬を濡らす。

頸を掻き切る力は四肢から失われている。

舌を噛み切ろうにも、その気力はもはやない。

意識はすでに混濁している。

「てん、がい……様……どうかお慈悲を……」

何よりも苦い裏切りの味を舌に感じながら、獵魅《リョウミ》は暗くなる視界の中で死を願った。


大気が爆ぜる――。

強大な気の塊が戦場の喧噪を打ち消すように現れた。

紫の焔が戦場を奔り、屍《しかばね》に貼りついた呪符を次々と焼き尽くすばかりか、屍《しかばね》ごと消し炭に変えていく。

熱波は船上にまで届いた。

「何だ⁉」

岸辺を一掃した紫の火柱が人影に化身する。

黒衣に包まれた髑髏《どくろ》面の魔人。

「おお、宗主様ッ！」

凋命《チョウメイ》が頭を垂れる。

亡者の群れを焼き尽くしたのは強力無比の外道法術だ。

それを自在に操るは森羅枯骨《シンラココツ》、蔑天骸《ベツテンガイ》に他ならぬ。

「ふむ、宴もたけなわ——といったところか」

黄金の髑髏面の下から、血の気のない、この世のものとは思えぬ美貌が現れる。

己が郎党の屍《しかばね》の山の上で、魔脊山《ませきざん》の妖人が悠然と微笑む。

生き残った者たちの眼光を、敵も味方もなく一身に集め、真っ向から受け止める。

東離《とうり》を荒らし回った玄鬼宗《げんきしゅう》郎党の一群は土に混じり、あるいは主に火葬され、もはや昔日の姿をとどめない。

息があっても、もはや宗主の役に立てぬほどの傷を負った者は亡者もろとも火に炙られて逝った。例外は川岸の包囲の外で一騎討ちに馳せた獵魅《リョウミ》だけだ。

罰ではない、慈悲ではない。

ただ目障りだったからだ。

命。それは森羅枯骨《シンラココツ》にとって空気のように軽く、すべて平等に価値がない。

江上から吹く蕭条《しょうじょう》たる風が魔人の黒衣を揺らす。

七罪塔《しちざいとう》の主は奸絶《かんぜつ》なり。奸絶の覇者は梟雄なり。

熱風が江上を渡り、船首近くで戦闘を見守っていた丹翡《タンヒ》を打った。

「蔑、天骸——ッ！」

仇敵の名が舌を噛んだように苦しげな吐息とともに乙女の唇から絞り出された。

「蔑天骸《ベツテンガイ》、あいつが……？」

殤《ショウ》不患《フカン》はそれと分からぬほどに膝を屈めた。こうすれば咄嗟にでも膝のばねが利く。黒衣の魔人の放つただならぬ殺気に反応してのことだ。

「そう、人呼んで森羅枯骨《シンラココツ》。玄鬼宗《げんきしゅう》の長だ」

常日頃緊張感の薄い男、鬼鳥《キチョウ》の声音にさえ、うっすらと芯に硬さがあった。

「船を岸へ！」

丹翡《タンヒ》が水夫を叱咤する。功夫の成った者の眼には蔑天骸《ベツテンガイ》の顔まではっきり見えるほどの距離である。

帆が風を捉え、じりじりと船を岸へ寄せる。

丹翡《タンヒ》の焦りを見て取った蔑天骸《ベツテンガイ》が愉快げに笑う。

「ふむ、鍛劍祠《たんけんし》の丹翡《タンヒ》か……壮健そうで何よりだ。草の根分けてでも探し出すつもりではいたが、わざわざ手間を省いてくれるとはありがたい」

蔑天骸《ベツテンガイ》の言葉は不思議と船上まで掠れることもなく届く。内功の秘訣は呼吸法にある。内功に優れた達人は千里先まで声を届け、咆吼のみで敵を屠る。

「まさか待ち伏せが功を奏するとは……呆れたものだ。ただ天刑劍《てんぎょうけん》を護るだけならば、鍔を持ったまま地の果てにでも落ち延びていれば、まだしも成算があったろうに」

蔑天骸《ベツテンガイ》の挑発に、丹翡《タンヒ》が歯ぎしりしかねないほどにきっと口角を絞った。

「待ちたい奴は待たせておけばいい」

先んじて飛び出そうとする丹翡《タンヒ》の肩に殤《ショウ》不患《フカン》が手を掛けて止める。

「侮るな！　お前のごとき外道に恐れをなす護印師《ごいんし》だとでも思ったか！」

清冽な鬼気とともに乙女の咆吼が水面を渡り、蔑天骸《ベッテンガイ》に叩きつけられる。

クク、と嗤いを噛み殺しながら、

「ああ——その愚かしい矜持が、きっとお前を我が七罪塔《しちざいとう》へと招き寄せるものと思っていた。兄の仇討ち、そして剣の柄の奪還……フフフ、無謀、蛮勇、愚の骨頂よなァ」

黒衣の魔人は護印師《ごいんし》の乙女を愚弄する。

剣の柄に手を掛けたまま、

「私は一人ではありません。ここに集った六人の義士が、必ずやあなたに誅《ちゅう》を下します」

乙女は嘲笑を凛として斬り捨てた。

蔑天骸《ベッテンガイ》の麗顔《れいがん》に愉悦が浮かぶ。

「義士？　この連中が？」

嗤いが満面に広まる。

「フハハハハ！　鋭眼穿楊《エイガンセンヨウ》に泣宵《キュウショウ》の刑亥《ケイガイ》、おまけに鳴鳳決殺《メイホウケッサツ》までもが義士ときたか。そもそもそんな顔ぶれを呼び集めたのが、いったいどんな奴なのか、さては本当に知らないのだな？」

「あン、何言ってやがる」

蔑天骸《ベツテンガイ》の嘲りから乙女を庇うように殤《ショウ》不患《フカン》が一歩進み出る。

そも、この魔人はおのれの知らぬことを知っているのか？

この義士たちがいったい如何なる連中であるか。

だが、魔脊山《ませきざん》の梟雄は他者の意になど頓着しない。

「面白い。興が乗った。今しばらく鍔は預けておこう。その哀れな道化ぶり、堪能させてもらおうか」

宗主が腕を一振りすると、生き残りの玄鬼宗《げんきしゅう》は潮が引くように退いてゆく。

「てめえ、独り合点してんじゃねえ！」

沙船はようやく岸辺に寄せる。

だが、殤《ショウ》不患《フカン》の怒気は蔑天骸《ベツテンガイ》には届かない。

「お前の言う義士どもが果たしてどこまで奮闘するか——見物よな。フハハハハ！」

哄笑とともに蔑天骸《ベツテンガイ》が懐から取り出した風笛を投擲した。

鬼鳥《キチョウ》と殤《ショウ》不患《フカン》は一度同じものを見ている。殘凶《ザンキョウ》の首級を運んだ怪鳥を喚んだ笛だ！

予兆もなく宙に跳ねた蔑天骸《ベツテンガイ》が笛の音に喚ばれて飛び来た怪鳥の脚を摑む。

沙船がついに接岸する。

丹翡《タンヒ》を先頭に一行が川岸へ飛び降りた時には、蔑天骸《ベツテンガイ》の影はすでに雲間《くもま》に消えるところであった。

「なんだ？　野郎、逃げた……のか？」

拍子抜けしたように殤不患《ショウフカン》が肩の力を抜いた。

「いいや、見逃してもらえた、というべきだろうね」

鬼鳥《キチョウ》が睨むのは魔脊山《ませきざん》だ。

踏破不可能とされる魔脊山《ませきざん》の関門だが、蔑天骸《ベツテンガイ》は魔界の怪鳥の翼で往来するのである。

「大丈夫すか、丹翡《タンヒ》さん」

捲殘雲《ケンサンウン》が駆け寄ってくる。

「ええ、捲様こそ……」

ぎくしゃくしていた二人だが、戦いの緊張の解けた後だけに素直に互いへの気遣いを吐露した。

川岸と森の間には玄鬼宗《げんきしゅう》の千切れた手足やはらわたが死屍累々と横たわる。五体の残った屍《しかばね》は亡者に変えられ、蔑天骸《ベツテンガイ》に焼き払われたために、残ったのは人体の切れ端のような部分だけであった。

「むごい……いえ、皆様を責めているのではありません。ただ……」

丹翡《タンヒ》は惨状から眼を逸らさなかった。

分かっていたつもりではある。だが、戦いはこうもむごいものなのかとも思う。屍《しかばね》を築くことでしか正義を貫けないのか、と。

目の前の焼け焦げた屍《しかばね》の山と、鍛剣祠《たんけんし》襲撃の夜――記憶に焼きついた情景が、重なって見えた。

酸鼻を極めた岸辺で、唯一四肢の揃った獵魅《リョウミ》が天を睨んでいた。

その頬で血と涙が混じっている。

丹翡《タンヒ》は手を伸ばしかけて躊躇した。

憎い玄鬼宗《げんきしゅう》の女だ。

だが、生命はすでに失われている。無念が血の気の失せた貌に刻まれていた。

憎むべきか、憐れむべきか。

「憎んでもいい。だが、おのれの尊厳は捨てるな」

風来坊が丹翡《タンヒ》の前に立つ。背を向けてはいるが、呼びかけは乙女に向けたものだった。

大きな背が獵魅《リョウミ》に覆いかぶさる。

「まだ流す涙があるうちは死ぬ必要なんてねえんだぜ」

風来坊の呼びかけは、屍《しかばね》に向けたものというより、この世の無情そのものへの怒りの声だった。

剣だこで節くれた指が獵魅《リョウミ》の顔を一撫でし、瞼を閉じさせる。

それだけで死者も少し安らかに眠れるはずだった。

風来坊と護印師《ごいんし》の乙女は、屍《しかばね》を集めて焼いた。さいわい油は船にあった。鼻の曲がる臭いがした。

丹翡《タンヒ》はこの臭いを憶えておくべきだと思った。隣に並んで火を見つめる風来坊も同じ気持ちだと分かっていた。

「なあ、兄貴……」

捲殘雲《ケンサンウン》は二人を手伝うのを狩雲霄《シュウンショウ》に止められていた。

「女々しい真似はやめておけ。いちいちああいうものを背負い込むのは慈悲じゃない。傲慢、というものだ」

鋭眼穿楊《エイガンセンヨウ》は忌々しげに炎から眼を背けた。

火の粉が季節外れの雪のように舞う。

梟雄は血の河を渡り、骨を鋪《し》いた道を歩む。

英雄は己が血を流し、涙を呑んで道を拓く。

本書は、ＴＶ人形劇『Thunderbolt Fantasy 東離劍遊紀』の書き下ろしノベライズ作品です。

使用書体
本文――――A P-OTF 秀英明朝 Pr6N L＋游ゴシック体 Pr6N R〈ルビ〉
柱――――A P-OTF 凸版文久ゴ Pr6N DB
ノンブル――ITC New Baskerville Std Roman

星海社
FICTIONS
フ4-01

東離剣遊紀《とうりけんゆうき》　上之巻《じょうのかん》　掠風竊塵《りょうふうせつじん》

2024年9月17日　第1刷発行　　定価はカバーに表示してあります

著　者————分解刑《ぶんかいけい》
原　案————虚淵玄《うろぶちげん》
発行者————太田克史《おおたかつし》
編集担当————太田克史
編集副担当————戸澤杏奈《とざわあんな》

発行所————株式会社星海社
〒112-0013 東京都文京区音羽 1-17-14 音羽 YK ビル 4F
TEL 03(6902)1730　FAX 03(6902)1731
https://www.seikaisha.co.jp

発売元————株式会社講談社
〒112-8001 東京都文京区音羽2-12-21
販売 03(5395)5817　業務 03(5395)3615

印刷所————TOPPAN株式会社
製本所————加藤製本株式会社
ISBN978-4-06-537086-5　N.D.C.913 424p 19cm　Printed in Japan

『真贋』

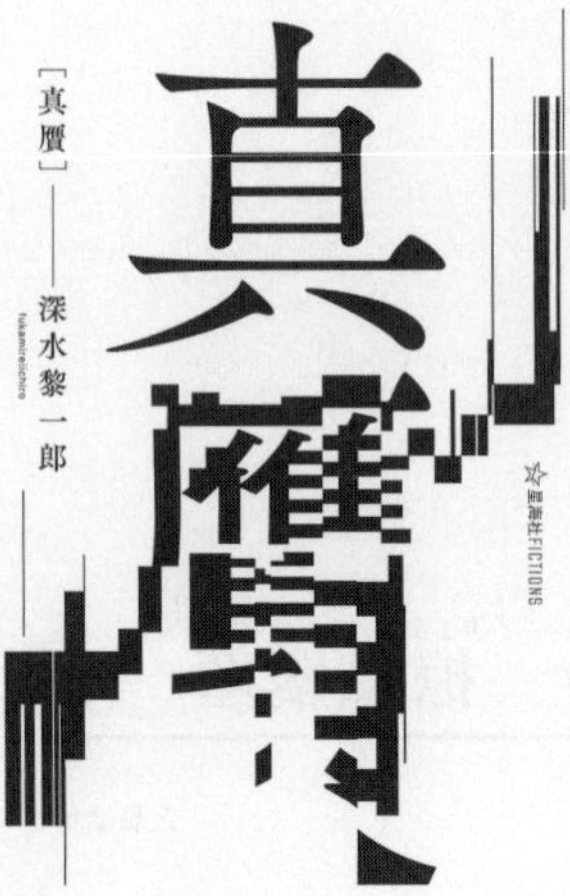

深水黎一郎

時価数百億、すべて贋作!?

美術にまつわる犯罪を解決するために警視庁に新設された「美術犯罪課」。

その課長代理を命じられた森越歩未と唯一の部下・馬原茜に初めて課された任務は、日本きっての名家・鷲ノ宮家による名画コレクションの巨額脱税疑惑。時価数百億円とも謳われるそのコレクションに出された鑑定結果は、なんと“すべてが贋作”だった——!?

捜査を進める中、新たに浮かび上がった「絵の中で歳を重ねる美女」の謎に、美術犯罪課は芸術探偵こと神泉寺瞬一郎の力を借りて立ち向かうが——？

今と昔、真と贋とが絡み合う傑作美術ミステリ！

『紫式部と清少納言の事件簿』

汀こるもの

Illustration／紗久楽さわ

日本文学史上、最大のコンビが織り成す平安ミステリ！

後宮の梨壺に引き籠もり、『源氏物語』と『紫式部日記』の執筆に悩む紫式部のもとに、『枕草子』執筆以後、行方が定かでなかった清少納言が現れる。皇后定子は崩御し、時の権勢は藤原道長が握っていたが、帝の寵愛を巡る政争は未だ絶えてはいなかった。火定入滅の焼身体入れ替え、罠の張られた明法勘文、御匣殿の怪死事件……。後世に遺されなかったふたりの密会と謎解きは、男たちの政《まつりごと》の影に隠された真実を解き明かしてゆく──！

ラインナップ

『牢獄学舎の殺人 未完図書委員会の事件簿』

市川憂人

〈解答編のない推理小説〉が解き放つ密室殺人に挑む、学園本格ミステリ！

私立北神薙高校に通うミステリ好きの少年・本仮屋詠太は、校内で謎の本――『牢獄学舎の殺人』を見つける。ある高校での三連続密室殺人を描くその本格ミステリは、〈読者への挑戦状〉を解いた者が完全犯罪の手引書として使用できる「未完図書」の一冊だった！　やがて校内で『牢獄学舎の殺人』を模倣した本物の密室殺人が発生。詠太は「未完図書委員」を名乗る謎の少女・杠来流伽とともに、虚構《フィクション》の密室×現実《リアル》の密室に挑む！

『セント・アグネスの純心　花姉妹の事件簿』

宮田眞砂
Illustration／切符

少女たちの感情と絆を〈日常の謎〉が照らし出す学園ミステリの傑作！

聖花女学院の中等部に編入した神里万莉愛は、みなの憧れの高等部生・白丘雪乃と仮初めの姉妹――花姉妹《フルール》になる。学院の寄宿舎セント・アグネスには、若葉《フィーユ》と呼ばれる中等部生と成花《マフルール》と呼ばれる高等部生がルームメイトとなる、花姉妹《フルール》制度が設けられていた。深夜歩き出す聖像、入れ替わった手紙、解体されたテディベア……。万莉愛が遭遇する不思議な謎を雪乃は推理し、孤独に閉ざされた彼女の心さえ解いてゆく――

ラインナップ

『永劫館超連続殺人事件 魔女はXと死ぬことにした』

南海遊

Illustration／清原紘

「館」×「密室」×
「タイムループ」の
三重奏《トリプル》本格ミステリ。

「私の目を、最後まで見つめていて」

そう告げた“道連れの魔女”リリィがヒースクリフの瞳を見ながら絶命すると、二人は１日前に戻っていた。

母の危篤を知った没落貴族ブラッドベリ家の長男・ヒースクリフは、３年ぶりに生家・永劫館《えいごうかん》に急ぎ帰るが母の死に目には会えず、葬儀と遺言状の公開を取り仕切ることとなった。

大嵐により陸の孤島《クローズド・サークル》と化した永劫館で起こる、最愛の妹の密室殺人と魔女の連続殺人。そして魔女の“死に戻り”で繰り返されるこの超連続殺人事件の謎と真犯人を、ヒースクリフは解き明かすことができるのか──

SEIKAISHA

星々の輝きのように、才能の輝きは人の心を明るく満たす。

その才能の輝きを、より鮮烈にあなたに届けていくために全力を尽くすことをお互いに誓い合い、杉原幹之助、太田克史の両名は今ここに星海社を設立します。

出版業の原点である営業一人、編集一人のタッグからスタートする僕たちの出版人としてのDNAの源流は、星海社の母体であり、創業百一年目を迎える日本最大の出版社、講談社にあります。僕たちはその講談社百一年の歴史を承け継ぎつつ、しかし全くの真っさらな第一歩から、まだ誰も見たことのない景色を見るために走り始めたいと思います。講談社の社是である「おもしろくて、ためになる」出版を踏まえた上で、「人生のカーブを切らせる」出版。それが僕たち星海社の理想とする出版です。

二十一世紀を迎えて十年が経過した今もなお、講談社の中興の祖・野間省一がかつて「二十一世紀の到来を目睫に望みながら」指摘した「人類史上かつて例を見ない巨大な転換期」は、さらに激しさを増しつつあります。

僕たちは、だからこそ、その「人類史上かつて例を見ない巨大な転換期」を畏れるだけではなく、楽しんでいきたいと願っています。未来の明るさを信じる側の人間にとって、「巨大な転換期」でない時代の存在などありえません。新しいテクノロジーの到来がもたらす時代の変革は、結果的には、僕たちに常に新しい文化を与え続けてきたことを、僕たちは決して忘れてはいけない。星海社から放たれる才能は、紙のみならず、それら新しいテクノロジーの力を得ることによって、かつてあった古い「出版」の垣根を越えて、あなたの「人生のカーブを切らせる」ために新しく飛翔する。僕たちは古い文化の重力と闘い、新しい星とともに未来の文化を立ち上げ続ける。僕たちは新しい才能が放つ新しい輝きを信じ、それら才能という名の星々が無限に広がり輝く星の海で遊び、楽しみ、闘う最前線に、あなたとともに立ち続けたい。

星海社が星の海に掲げる旗を、力の限りあなたとともに振る未来を心から願い、僕たちはたった今、「第一歩」を踏み出します。

二〇一〇年七月七日

星海社　代表取締役社長　杉原幹之助
代表取締役副社長　太田克史